民國文化與文學研究文叢

十五編

李　怡　主編

第 10 冊

抗戰大後方的杜甫研究（上）

熊　飛　宇　著

國家圖書館出版品預行編目資料

抗戰大後方的杜甫研究（上）／熊飛宇 著 -- 初版 -- 新北市：
花木蘭文化事業有限公司，2022〔民 111〕
目 4+184 面；19×26 公分
（民國文化與文學研究文叢　十五編；第 10 冊）
ISBN 978-986-518-968-6（精裝）
1.CST：（唐）杜甫 2.CST：唐詩 3.CST：詩評
4.CST：抗戰文藝
820.9　　　　　　　　　　　　　　　　111009885

特邀編委（以姓氏筆畫為序）：

丁　帆	王德威	宋如珊
岩佐昌暲	奚　密	張中良
張堂錡	張福貴	須文蔚
馮　鐵	劉秀美	

民國文化與文學研究文叢
十五編　第 十 冊　　　　　　　ISBN：978-986-518-968-6

抗戰大後方的杜甫研究（上）

作　　者　熊飛宇
主　　編　李　怡
企　　劃　四川大學中國詩歌研究院
總 編 輯　杜潔祥
副總編輯　楊嘉樂
編輯主任　許郁翎
編　　輯　張雅淋、潘玟靜、劉子瑄　美術編輯　陳逸婷
出　　版　花木蘭文化事業有限公司
發 行 人　高小娟
聯絡地址　235 新北市中和區中安街七二號十三樓
　　　　　電話：02-2923-1455／傳真：02-2923-1452
網　　址　http://www.huamulan.tw 信箱 service@huamulans.com
印　　刷　普羅文化出版廣告事業
初　　版　2022 年 9 月
定　　價　十五編 21 冊（精裝）新台幣 55,000 元

抗戰大後方的杜甫研究（上）

熊飛宇　著

作者簡介

熊飛宇，文學博士，重慶師範大學文學院副研究員，重慶市抗戰文史研究基地副主任。現已發表論文百餘篇，主持並完成國家社科基金項目和教育部人文社科項目各一項。出版專著《中共中央南方局與重慶抗戰文學論稿》《重慶時期冰心的創作與活動研究》《深隱的風景線——巴蜀人物散記》《艾蕪抗戰文獻考錄》，編著《鄭賓于文存》《從上海到重慶》，擔任《重慶抗戰文學區域性》《連橫詩詞選注》《中日現代詩歌比較》等書副主編。其中《重慶時期冰心的創作與活動研究》曾獲重慶市第十次社科優秀成果獎三等獎。

提　　要

　　抗戰時期，由於時代的刺激，杜甫作為中華民族的一種文化符號和精神象徵，得到廣泛的認同和廣大的弘揚；同時，在大後方，由於文化機構和文人學者的彙集，這一時期的杜甫研究，呈現出繁盛的局面，成為杜詩學史上的一個重要階段。本書主要包括緒論，正論十章及餘論和結語。正論十章分別為「抗戰大後方古典文學學者的杜甫研究」「抗戰大後方新文學作家的杜甫研究」「抗戰大後方歷史學者的杜甫研究」「抗戰大後方關於杜甫研究的論爭」「文學史中的杜甫評論」「選本、國文教材中的杜詩及其檢索工具書」「杜甫草堂——抗戰國人的精神聖殿」「對杜甫遺跡與遊蹤的憑弔和歌吟」「抗戰文學作品中的杜甫形象」「杜詩對抗戰文學創作的影響」。作者最後總結指出，抗戰時期杜甫的精神特質與文化象徵，很大程度上影響和決定著當時知識分子的個人行為及其價值取向；而杜甫研究，也就成為文化抗戰、學術抗戰的主要代表和重要力量。另一方面，由於當時的文化生態與文人心態與杜詩多有暗合，故抗戰大後方的杜甫研究，無論是專著、論文、教材與作品，均曾蔚為大觀。整體而言，此一階段的杜甫研究，呈現出戰時性和現代性的顯著特色。

從地方文學、區域文學到地方路徑
——《民國文化與文學研究文叢‧十五編》引言

李　怡

　　2020 年，我在《成都與中國現代文學發生的地方路徑問題》中，以內陸腹地的成都為例，考察了李劼人、郭沫若等「與京滬主流有異」的知識分子的個人趣味、思維特點，提出這裡存在另外一種近現代嬗變的地方特色。這一走向現代的「地方路徑」值得剖析，它與多姿多彩的「上海路徑」「北平路徑」一起，繪製出中國文學走向現代的豐富性。沿著這一方向，我們有望打開現代文學研究的新的可能。〔註 1〕同年 1 月，《當代文壇》開始推出我主持的「地方路徑與文學中國」的學術專欄，邀請國內名家對這一問題展開多方位的討論，到 2021 年年中，共發表論文 33 篇，涉及四川、貴州、昆明、武漢、安徽、內蒙古、青海、江南、華南、晉察冀、京津冀、綏遠、粵港澳大灣區等各種不同的「地方」觀察，也有對作為方法論的「地方路徑」的探討。2020 年 9 月，中國作協創研部、四川省作協、中國人民大學書報資料中心、《當代文壇》雜誌社還聯合舉行了「地方路徑與文學中國」學術研討會，國內知名學者與專家濟濟一堂，就這一主題的問題深入切磋，到會學者包括阿來、白燁、程光煒、吳俊、孟繁華、張清華、賀仲明、洪治綱、張永清、張潔宇、謝有順等等。〔註 2〕2021 年 10 月，中國現代文學理事會在成都召開，會

〔註 1〕李怡：《成都與中國現代文學發生的地方路徑問題》，《文學評論》2020 年 4 期。

〔註 2〕研討會情況參見劉小波：《地方路徑與文學中國——「2020 中國文藝理論前沿峰會暨四川青年作家研討會」會議綜述》，《當代文壇》2021 年 1 期。

議主題也確定為「地方路徑與中國現代文學」，線上線下與會學者 100 餘人繼續就「地方路徑」作為學術方法的諸多話題廣泛研討，值得一提的是，這一主題會議還得到了第一次設立的國家社科基金「學術社團主題學術活動資助」。

經過了連續兩年的醞釀和傳播，「地方路徑」的命題無論是作為理論方法還是文學闡述的實踐都已經產生了重要的影響，在這個時候，需要我們繼續推進的工作恰恰可能是更加冷靜和理性的反思，以及在更大範圍內開展的文學批評嘗試。就像任何一種理論範式的使用都不得不經受「有限性」的警戒一樣，「地方路徑」作為新的文學研究方式究竟緣何而來，又當保持怎樣的審慎，需要我們進一步辨析；同時，這種重審「地方」的思維還可以推及什麼領域，帶給我們什麼啟發，我們也可以在更多的方向上加以嘗試。

一

「名不正，則言不順」，這是《論語》的古訓，20 世紀 50 年代以來，西方史學發現了「概念」之於歷史事實的重要意義，開啟了「概念史」（conceptual history）的研究。這是我們進一步推進學術思考的基礎。

在這裡，其實存在著一系列相互聯繫卻又頗具差異的概念。地方文學、地域文學、區域文學、文學地理學以及我所強調的地方路徑，它們絕不是同一問題的隨機性表達，而是我們對相近的文學與文化現象的不同的關注和提問方式。

雖然「地方」這一名詞因為「地方性知識」的出現而變得內涵豐富起來，但是在我們的實際使用當中，「地方文學」卻首先是一個出版界的現象而非嚴格的概念，就是說它本身一直缺乏認真的界定。地方文學的編撰出版在 1990 年代以後逐漸升溫，但凡人們感到大中國的文學描述無法涵蓋某一個局部的文學或文化現象之時，就會自然而然地將它放置在「地方」的範疇之中，因為這樣一來，那些分量不足以列入「中國文學」代表的作家作品就有了鄭重出場、載入史冊的理由。近年來，在大中國文學史著撰寫相對平靜的時代，各地大量湧現了以各自省市為單位的地方文學史，不過，這種編撰和出版的行為常常都與當地政府倡導的「文化工程」有關，所以其內在的「地方認同」或「地方邏輯」往往不甚清晰，不時給人留下了質疑的理由。

這種質疑很容易讓我們聯想到「區域文學」與「地域文學」的分歧。學

界一般認為，「地域文學」就是在語言、民俗、宗教等方面的相互認同的基礎上形成的文學共同體形態，這種地區內的文學共同體一般說來歷史較為久遠、淵源較為深厚，例如江左文學、江南文學、江西詩派等等；「區域文學」也是一種地區性的文學概念，不過這樣的地區卻主要是特定時期行政規劃或文化政治的設計結果，如內蒙古文學、粵港澳大灣區文學、京津冀文學等等，其內在的精神認同感明顯少於地域文學。「『地域』內部的文化特徵是相對一致的，這種相對一致性是不同的文化特徵長期交流、碰撞、融合、沉澱的結果，不是行政或其他外部作用所能短期奏效的。而『區域』內部的文化特徵往往是異質的，尤其是那種由於行政或者其他原因而經常變動、很難維持長期穩定的區域，其文化特徵的異質性更明顯。」〔註3〕在這個意義上，值得縱深挖掘的區域文學必須以區域內的歷史久遠的地域認同為核心，否則，所謂的區域文學史就很可能淪為各種不同的作家作品的無機堆砌，被一些評論者批評為「邏輯荒謬的省籍區域文學史」，「實際上不但割裂了而且扭曲了文化的真實存在形態」。〔註4〕1995年，湖南教育出版社開始推出嚴家炎先生主編的《二十世紀中國文學與區域文化》叢書，涉及東北文學、三晉文學、齊魯文學、巴蜀文學、西藏雪域文學等等，歷經近二十年的沉澱，這套叢書在今天看來總體上還是成功的，因為它雖然以「區域」命名，卻實則以「地域文學」的精神流變為魂，以挖掘區域當中的地域精神的流變為主體。相反，前面所述的「地方文學」如果缺乏嚴格的精神的挖掘和融通，同樣可能抽空「地方性」的血脈，徒有行政單位的「地方」空殼，最終讓精神性的文學現象僅僅就是大雜燴式的文學「政績」的整合，從而大大地降低了原本暗含著的歷史價值。

中國傳統文化其實也一直關注和記錄著地域風俗的社會文化意義，《詩經》與《楚辭》的差異早就為人們所注目，《禹貢》早已有清晰明確的地域之論，《漢書》《隋書》更專列「地理志」，以各地山川形勝、風土人情為記敘的內容，由此開啟了中國文化綿邈深遠的「地理意識」。新時期以後，中國文學研究以古代文學為領軍，率先以「文學地理」的概念再寫歷史，顯然就是對這一傳統的自覺承襲，至新世紀以降，文學地理學的理論建構日臻自覺，似有一統江山，整合各種理論概念之勢——包括先前的地域文學、區域文學。有學者總結認為：「文學地理學是由中國本土學者提出並發展起來的一門學

〔註3〕曾大興：《「地域文學」的內涵及其研究方法》，《東北師大學報》2016年5期。
〔註4〕方維保：《邏輯荒謬的省籍區域文學史》，《揚子江評論》2012年2期。

科，也是由中國本土學者提出與發展起來的一種新的文學批評方法。」〔註5〕
這也是特別看重了這一理論建構與中國傳統文化的深刻聯繫。

當然，也正如另外有學者所考證的那樣，西方思想史其實同樣誕生了「文
學地理學」的概念，並且這一概念也伴隨著晚清「西學東漸」進入中國，成為
近代中國文學地理思想興起的重要來源：「文學地理學是 18 世紀中葉康德在
他的《自然地理學》中提出的一個地理學概念，由於康德的自然地理學理論
蘊涵著豐富的人文地理學和地域美學思想，在西方美學和文學批評中產生了
深遠的影響。清末民初，在西學東漸和強國新民的歷史大潮中，梁啟超、章
太炎、劉師培等人將康德的『文學地理學』和那特礎的『政治學』用於中國古
代文學藝術南北差異的研究，開創了中國文學地理學的學科歷史。」〔註6〕認
真勘察，我們不難發現西方淵源的文學地理學依然與我們有別：「在康德的眼
裏，文學地理學是地理學的一個分支學科而不是文學的分支學科」〔註7〕，後
來陸續興起的文化地理學，也將地理學思維和方法引入文學研究，改變了傳
統文學研究感性主導色彩，使之走向科學、定量和系統性，而興起於後殖民
時代的地理批評以「空間」意識的探究為中心，強調作品空間所體現的權力、
性別、族群、階級等意識，地理空間在他們那裡常常體現為某種的隱喻之義，
現代環境主義與生態批評概念中的「地方」首先是作為「感知價值的中心」
而非地理景觀，用文化地理學家邁克‧克朗的話來說就是：「文學作品不能被
視為地理景觀的簡單描述，許多時候是文學作品幫助塑造了這些景觀。」〔註
8〕較之於這些來自域外的文學地理批評，中國自己的研究可能一直保持了對
地方風土的深情，並沒有簡單隨域外思潮起舞，雖然在宏觀層面上，我們還
是承認，現當代中國的文學地理學是對外開放、中西會通的結果。

「地方路徑」一說是在以上這些基本概念早已經暢行於世之後才出現的，
於是，我們難免會問：新的概念是不是那些舊術語的隨機性表達？或者，是
不是某種標新立異的標題招牌？

這是我們今天必須回答的。

〔註5〕鄒建軍：《文學地理學：批評和創作的雙重空間》，《臨沂大學學報》2017 年 1
期。
〔註6〕鍾仕倫：《概念、學科與方法：文學地理學略論》，《文學評論》2014 年 4 期。
〔註7〕鍾仕倫：《概念、學科與方法：文學地理學略論》，《文學評論》2014 年 4 期。
〔註8〕【英】邁克‧克朗（Mike Crang）：《文化地理學》，楊淑華、宋慧敏譯，南京
大學出版社 2003 年版，第 55 頁。

二

在現代中國討論「地方路徑」，容易引起的聯想是，我們是不是要重提中國文學在各個地方的發展問題？也就是說，是不是要繼續「深描」各個區域的文學發展以完整中國文學的整體版圖？

我們當然關注現代中國文學的一系列共同性的問題，而不是試圖將自己侷限在大版圖的某一局部，為失落在地方的文學現象拾遺補缺，從這個意義上來說，跨出地方的有限性，進入區域整合的視野甚至民族國家的視野乃題中之義。但是，這樣的嘗試卻又在根本上有別於我們曾經的區域文學研究。

在中國，區域文學與文化研究集中出現在 1990 年代中期，本質上是 1980 年代以來「走向世界」的改革開放思潮的一種延續。嚴家炎先生主編的《二十世紀中國文學與區域文化》叢書最早在 1995 年推出，作為領命撰寫四川現代文學與巴蜀文化的首批作者，我深深地浸潤於那樣的學術氛圍，感受和表達過那種從區域文化的角度推進文學現代化進程的執著和熱誠。在急需打破思想封閉、融入現代世界的那種焦慮當中，我們以外來文化為樣本引領中國文學與文化的渴望無疑是真誠的，至今依然閃耀著歷史道義的光輝，但是，心態的焦慮也在自覺不自覺中遮蔽了某些歷史和文化的細節，讓自我改變的激情淹沒了理性的真相。例如，我們很容易就陷入了對歷史的本質主義的假想，認為歷史的意義首先是由一些巨大的統攝性的「總體性質」所決定的，先有了宏大的整體的定性才有了局部的意義，中國文化的現代化進程也是如此，先有了整個國家和民族的現代觀念，才逐步推廣到了不同區域、不同地方的思想文化活動之中，也就是說，少數先知先覺的知識分子對西方現代化文化的接受、吸收，在少數先進城市率先實踐，形成了中國現代文化的「總體藍圖」，然後又通過一代又一代的艱苦努力，傳播到更為內陸、更為偏遠的其他區域，最終完成了全中國的現代文化建設。雖然區域文學現象中理所當然地涵容著歷史文化的深刻印記，但是作為「現代文學」的歷史進程的重要環節，我們的主導性目標還是考察這一歷史如何「走向世界」、完成「現代化」的任務，所以在事實上，當時中國文學的區域研究的落腳點還是講述不同區域的地方文化如何自我改造、接受和匯入現代中國精神大潮的故事。這些故事當然並非憑空捏造，它就是中國文化在近現代與外來文化交流、溝通的基本事實，然而，在另外一方面的也許是更主要的事實卻可能被我們有所忽略，那就是文化的自我發展歸根到底並不是移植或者模仿的結果，而是自我的一

種演進和生長，也就是說，是主體基於自身內在結構的一種新的變化和調整，這裡的主體性和內源性是不可或缺的基礎。如果說現代中國文學最終表現出了一種不容迴避的「現代性」，那麼也必定是不同的「地方」都出現了適應這個時代的新的精神的變遷，而不是少數知識分子為中國先建構起了一個大的現代的文化，然後又設法將這一文化從中心輸送到了各個地方，說服地方接受了這個新創建的文化。在這個意義上，地方的發展彙集成了整體的變化，是局部的改變最後讓全局的調整成為了現實。所謂的「地方路徑」並非是偏狹、個別、特殊的代名詞，在通往「現代」的征途上，它同時就是全面、整體和普遍，因為它最後形成的輻射性效應並不偏於一隅，而是全局性的、整體性的，只不過，不同「地方」對全局改變所產生的角度與方向有所不同，帶有鮮明的具體場景的體驗和色彩。從這裡，我們可以得出結論：在現代中國文學的學術史上，我們曾經有過的區域文化研究其實還是國家民族的大視角，區域和地方不過是國家民族文學的局部表現；而地方路徑的提出則是還原「地方」作為歷史主體性的意義，名為「地方」，實則一個全局性的民族文化精神嬗變的來源和基礎，可謂是以「地方」為方法，以民族文化整體為目的。

「地方」以這種歷史主體的方式出場，在「全球化」深化的今天，已經得到了深刻的證明。

在當今，全球化依然是時代的主題。然而，越來越多的人都開始意識到一個重要的問題：全球化是不是對體現於「地方」的個性的覆蓋和取消呢？事實可能很明顯，全球化不僅沒有消融原本就存在的地方性，而且林林種種的地方色彩常常還借助「反全球化」的浪潮繼續凸顯自己，在一個相當長的時期內，全球化和地方性都會保持著一種糾纏不清的關係，有矛盾衝突，但也會彼此生發。

文學與地方的關係也是如此。現代中國的文學一方面以「走向世界」為旗幟，但走向外部世界的同時卻也不斷返回故土，反觀地方。這裡，其實存在一個經由「地方路徑」通達「現代中國」的重要問題。

何謂「現代中國」？長期以來，我們預設了一些宏大的主題——中國社會文化是什麼？中國文學有什麼歷史使命、時代特點？不同的作家如何領悟和體現這樣的歷史主題？主流作家在少數「中心城市」如何完成了文學的總體建構？然而，文學的發生歸根到底是具體的、個人的，人的文學行為與包裹著他的生存環境具有更加清晰的對話關係，也就是說，文學人首先具有切

實的地方體驗，他的文學表達是當時當地社會文化的有機組成部分，文學的存在首先是一種個人路徑，然後形成特定的地方路徑，許許多多的「地方路徑」，不斷充實和調整著作為民族生存共同體的「中國經驗」，當然，中國整體經驗的成熟也會形成一種影響，作用於地方、區域乃至個體的大傳統，但是必須看到，地方經驗始終存在並具有某種持續生成的力量，而更大的整體的「大傳統」卻不是一成不變的，「大傳統」的更新和改變顯然與地方經驗的不斷生成關係緊密。正是在這個意義上，我們認為，並不是大中國的文化經驗「向下」傳輸逐漸構成了「地方」，「地方」同樣不斷凝聚和交融，構成了跨越區域的「中國經驗」。「地方經驗」如何最終形成「中國經驗」，這與作為民族共同體的「中國」如何降落為地方性的表徵同等重要！在現代中國文學發展的過程之中，不僅有「文學中國」的新經驗沉澱到了天南地北，更有天南地北的「地方路徑」最後匯集成了「文學中國」的寬闊大道。〔註9〕

這樣，我們的思維就與曾經的區域文學研究有所不同了。

在另外一方面，地方路徑的提出也意味著我們將有意識超越「地域文學」或者「地方文學」的方式，實現我們聯結民族、溝通人類的文學理想。

如前所述，我們對區域文學研究「總體藍圖」的質疑僅僅是否定這樣一種思維：在對「地方」缺乏足夠理解和認知的前提下奢談「走向世界」，在缺乏「地方體驗」的基礎上空論「全球一體化」，但是，這卻並不意味著我們要固守在「地方」之一隅，或者專注於地方經驗的打撈來迴避民族與人類的共同問題，排斥現代前進的節奏。與「區域文學」「地方文學」的相對靜止的歷史描述不同，「地方路徑」文學研究的重心之一是「路徑」，也就是追蹤和挖掘現代中國文學如何嘗試現代之路的歷史經驗，探索中國文學介入世界進程的方式。換句話說，「路徑」意味著一種歷史過程的動態意義，昭示了自我開放的學術面相，它絕不是重新返回到固步自封的時代，而是對「走向世界」的全新的闡發和理解。

同樣，我們也與「文學地理學」的理論企圖有所不同，建構一種系統的文學研究方法並非我們的主要目的，從根本上看，我們還是為了描述和探討中國文學從傳統進入現代，建設現代文學的過程和其中所遭遇的問題，是對現代中國文學的「現象學研究」，而不是文藝學的提升和哲學性的概括。當然，包括中外文學地理學的視角、方法都可能成為我們的學術基礎和重要借鑒。

〔註9〕參見李怡：《「地方路徑」如何通達「現代中國」》，《當代文壇》2020年1期。

三

現代中國文學的「地方路徑」研究當然也有自己的方法論背景，有著自己的理論基礎的檢討和追問。

「地方路徑」的提出首先是對文學與文化研究「空間意識」的深化。

傳統的文學研究，幾乎都是基於對「時間神話」的迷信和依賴。也就是說，我們大抵都相信歷史的現象是伴隨著一個時間的流逝而漸次產生的，而時間的流逝則是由一個遙遠的過去不斷滑向不可知的未來的勻速的過程，時間的這種不以人的意志為轉移的勻速前進方式成為了我們認知、觀察世界事物的某種依靠，在很多的時候，我們都是站在時間之軸上敘述空間景物的異樣。但是，二十世紀的天體物理學卻告訴我們，世界上並沒有恒定可靠的時間，時間恰恰是依憑空間的不同而變化多端。例如愛因斯坦、霍金等人的宇宙觀恰恰給予了我們更為豐富的「相對」性的啟示：沒有絕對的時間，也沒有絕對的空間，時間總是與空間聯繫在一起，不同的空間有不同的時間。「相對論迫使我們從根本上改變了我們的時間和空間觀念。我們必須接受，時間不能完全脫離開和獨立於空間，而必須和空間結合在一起形成所謂的時空的客體。」〔註10〕二十世紀以後尤其是 1970 年代以後，西方思想包括文學研究在內出現了眾所周知的「空間轉向」，傳統觀念中的對歷史進程的依賴讓位於對空間存在的體驗和觀察，這些理念一時間獲得了廣泛的共識：「當今的時代或許應是空間的紀元……我們時代的焦慮與空間有著根本的關係，比之與時間的關係更甚。」〔註11〕「在日常生活裏，我們的心理經驗及文化語言都已經讓空間的範疇、而非時間的範疇支配著。」〔註12〕「一方面，我們的行為和思想塑造著我們周遭的空間，但與此同時，我們生活於其中的集體性或社會性生產出了更大的空間與場所，而人類的空間性則是人類動機和環境或語境構成的產物。」〔註13〕有法國空間理論家列斐伏爾等人的倡導，經由福柯、

〔註10〕【英】霍金：《時間簡史》，吳忠超譯，湖南科學技術出版社 2002 年版，第 22 頁。

〔註11〕【法】福柯：《不同空間的正文與上下文》，陳志悟譯，見包亞明主編：《後現代性與地理學的政治》，上海教育出版社 2001 年版，第 18 頁、20 頁。

〔註12〕【美】詹明信：《晚期資本主義文化的邏輯：詹明信批評理論文選》，陳清僑等譯，三聯書店 1997 年版，第 450 頁。

〔註13〕愛德華・索亞語，見包亞明：《後大都市與文化研究・前言：第三空間、後大都市與文化研究》，上海教育出版社 2005 年版，第 1 頁。

詹姆遜、哈維、索雅等人的不斷開拓，文學的空間批評得到了前所未有的長足發展，文本中的空間不再只是故事發生的背景，而是作為一種象徵系統和指涉系統，直接參與到了主題與敘事之中，空間因素融入傳統的社會歷史批評、文化批評、性別批評、精神批評等，激活了這些傳統文學研究的生命力，它又對後現代性境遇下人們的精神遭際有著獨到的觀察和解讀，從而切合了時代的演變和發展。

如同地理批評遠遠超出了地方風俗的文學意義而直達感知層面的空間關係一樣，西方文學界的空間批評更側重於資本主義成熟年代的各種權力關係的挖掘和洞察，「空間」隱含的主要是現實社會中的制度、秩序和個人對社會關係的心理感受。

在中國現代文學的研究中，我們長期堅信西方「進化論」思想的傳入是驚醒國人的主要力量，從嚴復的「天演公例」到梁啟超的「新民說」、魯迅的「國民性改造」，中國文學的歷史巨變有賴於時間緊迫感的喚起，這固然道出了一些重要的事實，然而，人都是生存於具體而微的「空間」之中的，是這一特殊「地方」的人生和情感的體驗真實地催動了各自思想變化，文學的現代之變，更應該落實到中國作家「在地方」的空間意識裏。近現代中國知識分子，同樣生成了自己的「空間意識」：

> 中國近現代知識分子是在一種極為特殊的條件下形成自己的時空觀念的。不是時間觀念的變化帶來了他們空間觀念的變化，而是空間觀念的變化帶來了他們時間觀念的變化。我們知道，正是由於鴉片戰爭之後中國的知識分子發現了一個「西方世界」，發現了一個新的空間，他們的整個宇宙觀才逐漸發生了與中國古代知識分子截然不同的變化。

> 中國現代知識分子的「地理大發現」，發現的卻是一個無法統一起來的世界，一個造成了空間割裂感的事實。這種空間割裂感是由於人的不同而造成的。

> 我們既不能把西方世界完全納入到我們的世界中來，成為我們這個世界的一個有機組成部分，我們也不願把我們的世界納入到西方世界中去，成為西方世界的一個有機組成部分。二者的接近發生的不是自然的融合，而是彼此的碰撞。

> 上帝管不了中國，孔子管不了西方，兩個空間結構都變成了兩

個具有實體性的結構，二者之間的衝撞正在發生著。一個統一的沒有隙縫的空間觀念在關心著民族命運的中國近現代知識分子的意識中可悲地喪失了。這不是一個他們願意不願意的問題，而是一個不能不如此的問題；不是一個比中國古代知識分子「先進」了或「落後」了的問題，而是一個他們眼前呈現的世界到底是一個什麼樣子的問題。正是這種空間觀念的變化，帶來了他們時間觀念的變化。〔註14〕

近現代中國知識分子同樣在「空間」感受中體驗了現實社會中的制度與秩序，覺悟了各種不平等的權力關係，但是，與西方不同的在於，我們在「空間」中的發現主要還不是存在於普遍人類世界中的隱蔽的命運，它就是赤裸裸的國家民族的困境，主要不是個人的特異發現，而是民族群體的整體事實，它既是現實的、風俗的，又是精神的、象徵的，既在個人「地方感」之中，又直陳於自然社會之上。從總體上看，近現代中國的空間意識不會像西方的空間批評那樣公開拒絕地方風土的現實「反映」，而是融現實體驗與個人精神感受於一爐。我覺得這就為「地方路徑」的觀察留下了更為廣闊的可能。

「地方路徑」的提出也是對域外中國學研究動向的一種回應。

海外的中國學研究，尤其是美國漢學界對現代中國的觀察，深受費正清「衝擊／反應」模式的影響，自覺不自覺地站在西方中心的立場上，以西歐社會的現代化模式來觀察東方和中國，認定中國社會的現代化不可能源自本土，只能是對西方衝擊的一種回應。不過，在 1930、40 年代以後，這樣的思維開始遭受到了漢學界內部的質疑，以柯文為代表的「中國中心觀」試圖重新觀察中國社會演變的事實，在中國自己的歷史邏輯中梳理現代化的線索。伴隨著這樣一些新的學術思想的動態，西方漢學界正在發生著引人矚目的變化：從宏大的歷史概括轉為區域問題考察，從整體的國家民族定義走向對中國內部各「地方」的再發現，一種著眼於「地方」的文學現代進程的研究正越來越多地顯示著自己的價值，已經有中國學者敏銳地指出，這些以「地方」研究為重心的域外的方法革新值得我們借鑒：「從時間與空間起源上，探究這些地區如何在大時代的激蕩中形成具有現代意義的文學觀念、如何生發具有地域特色的文學文本，考察文學與非文學、本土與異域、沿海

〔註14〕王富仁：《時間‧空間‧人（一）》，《魯迅研究月刊》2000 年 1 期。

與內地、中心與邊緣之間的多元關係，便不失為中國現代文學研究的一種新路徑。」〔註15〕

當然，必須指出的是，中國學者對「地方路徑」問題的發現在根本上說還是一種自我發現或者說自我認知深化的結果，是創立中國學術主體性的積極體現。以我個人的研究為例，是探尋近現代白話文學發生的過程中，接觸到了李劼人的成都寫作，又借助李劼人的地方經驗體驗到了一種近代化的演變曾經在中國的地方發生，隨著對李劼人「周邊」的摸索和勘察，我們不斷積累著「地方」如何自我演變的豐富事實，又深深地體悟到這些事實已經不再能納入到西方—中國先進區域—偏遠內陸這樣一個傳播鏈條來加以解釋了。與「中國中心觀」的相遇也出現在這個時候，但是，卻不是「中國中心觀」的輸入改變了我們的認識，而是雙方的發現構成了有益的對話。這裡的啟示可能更應該做這樣的描述：在我們力求更有效地擺脫「西方中心」觀的壓迫性影響、從「被描寫」的尷尬中嘗試自我解放、重新獲得思想主體性的時候，是西方學者對他們學術傳統的批判加強了這一自我尋找的進程，在中國人自己表述自己的方向上，我們和某些西方漢學家不期而遇，這裡當然可以握手，可以彼此對話和交流，但是卻並不存在一種理論上的「惠賜」，也再不可能出現那種喪失自我的「拜謝」，因為，「地方路徑」的發現本身就是自我覺醒的結果。這裡的「地方」不是指那種退縮式的地方自戀，而是自我從地方出發邁向未來的堅強意志。在思考人類共同命運和現代性命題的方向上我們原本就可以而且也能夠相互平等對話，嚴肅溝通，當我們真正自覺於自我意識、自覺於地方經驗的時候，一系列精神性的話題反而在東西方之間有了認同的基礎，有了交談的同一性，或者說，在這個時候，地方才真正通達了中國，又聯通了世界。在這個時候，在學術深層對話的基礎上，主體性的完成已經不需要以「民族道路的獨特性」來炫示，它同時也成為了文學世界性，或者說屬於真正的「人類命運共同體」的有機組成部分。

上世紀 20 年代，詩人聞一多也陷入過時代發展與「地方性」彰顯的緊張思考，他曾經激賞郭沫若《女神》的時代精神，又對其中可能存在的「地方色彩」的缺失而深懷憂慮，他這樣表達過民族與世界、地方與時代的理想關係：「真要建設一個好的世界文學，只有各國文學充分發展其地方色彩，同時又

〔註15〕張鴻聲、李明剛：《美國「中國學」的「地方」取向與中國現代文學研究——以中國現代文學研究的區域問題為例》，《中國現代文學論叢》2018 年 13 輯。

貫以一種共同的時代精神，然後並而觀之，各種色料雖互相差異，卻又互相調和」〔註16〕。在某種意義上，這可以被我們視作中國現代文學沿「地方路徑」前行的主導方向，也是我們提出「地方路徑」研究的基本原則。

〔註16〕聞一多：《〈女神〉之地方色彩》，《創造週報》第 5 號，1923 年 6 月 10 日。

緒　論

抗戰時期，由於時代的刺激，杜甫作為中華民族的一種文化符號和精神
象徵，得到廣泛的認同和廣大的弘揚；同時，在大後方，由於文化機構和文
人學者的彙集，這一時期的杜甫研究，呈現出繁盛的局面，成為杜詩學史上
的一個重要階段。

杜詩學發展至今，已積累成「深廣之內容，浩繁的材料」，與「選學」和
「紅學」鼎足而三。〔註1〕論者對各個階段的杜詩學，包括抗戰時期的杜甫研
究，均有或詳或略的總結和闡述。筆者將首先擷取部分研究成果，分類予以
介紹；在此基礎上，則將對本著的研究對象、範圍等作出界定和說明。

一、研究現狀概覽

（一）杜詩學的倡導與建構

「杜詩學」自元好問提出之後，經多年發展，目前已進入整合階段。謝
思煒《杜詩解釋史概述》、廖仲安《杜詩學》、胡可先《杜詩學論綱》和《杜詩
史料學論綱》、林繼中《杜詩學——民族的文化詩學》等文章，以及許總的專
著《杜詩學發微》，為杜詩學建設提出總體構想，並做出有益的探索。

1989 年 5 月，許總的《杜詩學發微》由南京出版社出版。這是首次對杜
詩研究史加以宏觀描述和重點開掘的一部專著。作者試圖從學術史的角度，
開闢出在當時的杜詩研究界尚為處女地的一片領域，同時也是從文學批評史

〔註1〕廖仲安：《杜詩學》（上），《首都師範大學學報》（社會科學版）1994 年第 5 期，
　　　第 38 頁。

的角度，對「杜詩學」體系的一種建構。至 1997 年 2 月，其《杜詩學通論》由臺灣聖環圖書公司出版。該書亦分兩編。上編「杜詩學史概要」，下編「杜詩藝術掇瑣」，主要通過研究史及文本兩個層面，去構建「杜詩學」的研究範圍和體系。

謝思煒的《杜詩解釋史概述》（載《文學遺產》1991 年第 3 期）認為，杜詩學的歷史即是杜詩的解釋史。對杜詩的具體理解和解釋，主要從兩方面展開：一是道德倫理，一是詩藝技巧，二者互相依賴。由於中國文人創作的自傳性特徵，杜詩解釋的目的，主要指向作者思想動機、創作意圖的識別。而「詩史說」則體現了本文與歷史的統一。「陳時事」與「知子美」的密切結合，構成了杜詩的歷史精神和道德精神。

廖仲安的《杜詩學》分上、下兩篇，分別刊於《首都師範大學學報：社會科學版》1994 年第 5 期和第 6 期。上篇首考「杜詩學」的由來，次談「杜詩學」獨立發展的歷史條件。下篇主要考察杜詩學發展的幾個時期。論者指出，近百年來，中國內憂外患日深，政治、經濟、學術、文化，均呈曠古未有之變局，重估傳統文化價值，創造中國新文化，已成必然趨勢，而討論杜詩價值的論著，亦源源不絕。另一方面，中華民族原本就是飽經憂患而能自立的民族，中國文化也並不缺乏鼓舞人民在憂患中奮進的傳統，而杜詩正是這一傳統的代表。

廖仲安的《杜詩學》，「以簡要的文字疏而不漏地勾畫了杜詩學的歷史形成」，其「所示杜詩學之歷程」，林繼中在《杜詩學──民族的文化詩學》（載《首都師範大學學報：社會科學版》1995 年第 4 期），將其概括為如下圖式：對杜詩內容與形式的討論──對「詩史」的認識──發掘倫理、人格的意義，此為歷來杜詩學的三個基本支點。林繼中進而指出，杜學的生命所在，在於杜詩本身極其多面的豐富內涵，且與中國文化精神息息相通。杜詩學可以、也應當成為中華民族的文化詩學。

對於杜詩學的建構，胡可先亦貢獻良多。其《杜詩學論綱》（載《杜甫研究學刊》1995 年第 4 期）的探討，已初步涉及杜詩目錄學、杜詩版本學、杜詩注釋學（包括杜詩的校勘、杜詩的注釋）。其《杜甫史料學論綱》（載《杜甫研究學刊》1997 年第 2 期）作為《杜詩學論綱》的續篇，則在目錄、版本、注釋之外，將歷代選集所選杜詩情況、杜詩資料的輯錄、年譜的編纂、叢書類收錄杜詩的情況以及其他種種考訂，納入杜詩史料學討論的範圍。胡可先

關於杜詩學的見解，後進一步引申、擴充為專著《杜甫詩學引論》（安徽大學出版社，2003年3月）。

2012年4月，吳中勝的《杜甫批評史研究》由中國社會科學出版社出版。該書以時代為綱，以具體的批評家或著述設目，考查歷代學者對杜甫及其詩學的思想態度。其中第五章「民國時期杜甫批評」論及此一時期杜甫批評的繁盛和專門化，並剖析其原因及特點。該章之下，又分設四節：杜甫詩歌在「五四」前後的命運；梁啟超論情聖杜甫；民國時期聞一多等大學教授論杜甫；抗戰時期的杜甫形象及杜詩評論。而對於抗戰時期的考察，又主要從四個層面展開，即專著、國文教材、報紙雜誌文章及詩歌創作，揭示其原因與特點：流離愛杜甫；全民眾全社會的代言人；抗戰的號角。

此外，關於杜詩學的論著，還有孫微、王新芳著《杜詩學研究論稿》（齊魯書社，2008年6月），郝潤華等著《杜詩學與杜詩文獻》（巴蜀書社，2010年6月），劉文剛著《杜甫學史》（巴蜀書社，2012年11月）等。上述諸書，或未具體涉及抗戰時期杜甫研究的史料，但其中所包蘊、闡發的杜詩學的綱要性原則，對於本著的研究，無疑具有非常重要的指導作用。

（二）杜甫研究的文獻輯錄

歷代杜集書目的裒匯，主要見諸四書：

1.《古典文學研究資料彙編：杜甫卷》，華文軒編。「華文軒」者，當屬化名。杜甫卷輯集從唐代到「五四」以前有關杜甫研究的資料，計劃出上、下兩編。上編從詩文別集、總集、詩話、筆記、史書、地志、類書中，輯集有關杜甫生平事蹟及其作品思想、藝術總評的資料，依其時代先後，按唐、宋、元、明、清及近代的順序排列。上編「唐宋之部」全三冊，於1964年8月由中華書局出版。但三冊合訂本，曾以「杜甫研究資料彙編」之名，由臺灣明倫出版社出版。至1961年2月，已是「再版」。由此可見，明倫版早於中華書局版。下編擬輯集對每一篇作品的評析，類似集評的方式。迄今未見出版。

2.《杜集書目提要》，鄭慶篤、焦裕銀、張忠綱、馮建國編著，齊魯書社，1986年9月版。本書搜得有關杜詩書目，古今中外凡890種，以時為序，一一敘錄。其中1911～1949年的杜集書目32種，計有：《杜詩精華》（闕名選）、《杜詩補遺》（榮縣文學舍編）、《少陵閒適詩選》（周學熙選）、《杜詩釋義》（李詳撰）、《續杜工部詩話》二卷（蔣瑞藻輯）、《浣花草堂志》八卷（何明禮輯）、《音注杜少陵詩》（清沈德潛選本，張廷貴音注）、《杜甫詩裏的非戰思想》

（顧彭年著）、《李杜研究》（汪靜之著）、《杜詩精選》（熊希齡選）、《少陵先生年譜會箋》（聞一多著）、《少陵先生交遊考略》（聞一多著）、《說杜叢抄》（聞一多輯）、《杜工部詩選》（高劍華注）、《杜甫生活》（謝一葦著）、《李白與杜甫》（傅東華著）、《杜甫年譜新編》（李書萍編著）、《杜甫研究》（鍾國樓著）、《杜甫詩》（金民天編）、《杜甫詩》（傅東華選注）、《少陵新譜》（李春坪著）、《杜詩索引》〔（日本）飯島忠夫、福田福一郎編〕、《杜詩引得》（哈佛燕京學社引得編纂處編）、《杜甫今論》（易君左著）、《杜甫》（章衣萍著）、《工部浣花草堂考》（吳鼎南編）、《白話注解杜甫詩選》（余研因選注）、《杜少陵評傳》（朱偰著）、《杜甫詩選》（王學正選編）、《杜詩》（國立北平師範大學編印）、《杜詩偽書考》（程會昌著）、《杜甫論》（王亞平著）。1909 年以後至 1984 年，報刊發表之有關論文，依發表時間為序，列次篇目索引，作為附錄，以便查閱。其中 1909～1949 年的論文計 122 篇。

3.《杜集書錄》，周采泉著，上海古籍出版社，1986 年 12 月版。書錄分內外兩編，其中「內編」以存書之書錄解題為主，11 卷；「外編」以存目及參考資料為主，5 卷。附錄有四。每書首列書名，下繫卷數及著者小傳，大體包括如下欄目：著錄、板本、序跋、編者按。附錄二《近人杜學著作舉要》中，「詩論雜著」自「五四」至 1949 年，收四種：《杜甫詩裏的非戰思想》（顧彭年著）、《杜甫生活》（謝一葦著）、《杜甫今論》（易君左著）、《杜甫戲為六絕句解》（郭紹虞著）、《杜甫論》（王亞平著）；「李杜合論」兩種：《李杜研究》（汪靜之著）、《李白與杜甫》（傅東華著）；「解放前報刊論文」79 篇。

4.《杜集敘錄》，張忠綱、趙睿才、綦維、孫微編著，齊魯書社，2008 年 10 月版。本書所收杜集，包括自唐迄今中國（包括臺灣、香港、澳門地區）和國外（包括歐美、朝鮮半島、日本、越南等地區和國家）有關杜甫詩文的全集、選集、評注本及各類研究著作、文藝作品（包括集杜、和杜、擬杜及傳奇、雜劇、小說、電影等）。其中 1911～1949 年的杜集書目有：《杜詩證選》（李詳撰）、《杜詩釋義》一卷（李詳撰）、《杜詩》（吳闓生選）、《續杜工部詩話》二卷（蔣瑞藻輯）、《杜詩精選》（熊希齡選）、《讀杜韓詩箚記》二卷（趙式銘撰）、《杜詩讀本》二卷（余重耀撰）、《杜古四品》（虞和欽撰）、《杜韓五言古詩類纂》（虞和欽撰）、《杜詩從約》六卷（古槐書屋選錄）、《李杜研究》（汪靜之著）、《杜甫詩裏的非戰思想》（顧彭年著）、《杜甫》（聞一多著）、《杜甫生活》（謝一葦著）、《少陵先生年譜會箋》（聞一多著）、《杜工部詩選》（曾

國藩選，高劍華點注）、《杜甫年譜新編》（李書萍編著）、《李白與杜甫》（傅東華著）、《杜甫詩》（傅東華選注）、《杜五律選》二卷（溥儒選）、《杜甫詩》（金民天編）、《杜甫研究》（鍾國樓著）、《少陵新譜》（李春坪著）、《杜甫傳》（易君左著）、《杜詩引得》（洪業、聶崇岐、李書春、趙豐田、馬錫用編）、《杜甫》（章衣萍著）、《杜少陵評傳》（朱偰著）、《杜詩偽書考》（程會昌著），計 28 種。較之《杜集書目提要》，其篇目或增或刪，排序亦不少變化。鑒於兩書都有張忠綱參與，其取捨與調整，應該是後出者較前者更為合理。

　　而對民國時期杜甫研究論文的輯錄，主要集中於以下兩種：

　　1.《杜甫研究論文集》，收入中華書局叢書「中國古典文學研究論文集」，共三輯。一輯，1962 年 12 月出版。其所收論文，起自「五四」以後，至 1949 年中華人民共和國成立時為止，共 20 篇。二輯，1963 年 2 月出版。所收論文起自 1949 年中華人民共和國成立，至 1961 年年末止，共 28 篇。三輯，1963 年 9 月出版，收錄 1962 年 1 月至 9 月底，發表在報刊上的論文 36 篇。第一輯全文收錄的篇目依次為：梁啟超《情聖杜甫》、胡小石《李杜詩之比較》、聞一多《杜甫》、郭紹虞《杜甫〈戲為六絕句〉集解》、羅庸《少陵詩論》、玄修《說杜》、羅庸《讀杜舉隅》、黃芝岡《論杜甫詩的儒家精神》、朱偰《杜少陵在蜀之流寓》、賀昌群《記杜少陵浪跡西川》、翦伯贊《杜甫研究》、金啟華《杜甫詩論》、馮至《杜甫與我們的時代》、許同莘《從杜詩中所見之工部草堂》、煥南《案頭雜記》、錢來蘇《關於杜甫》、李廣田《杜甫的創作態度》、馮鍾芸《論杜詩的用字》、孫次舟《關於杜甫》、傅庚生《評李杜詩》。書末附報刊論文目錄（1910～1949），共計 87 篇，按發表的先後年月依次編排。

　　2.《杜甫和他的詩》（上、下），臺灣學生書局，1971 年 10 月初版，1982 年 2 月再版。上冊收文 5 篇：由毓淼《杜甫及其詩研究》、（李）廣田《杜甫的創作態度》、郭紹虞《杜甫戲為六絕句集解》、馮鍾芸《論杜詩的用字》、傅庚生《評李杜詩》。下冊收文 3 篇：孫次舟《關於杜甫》、聞匡齋《少陵先生年譜會箋》、葉綺蓮《杜工部集源流》。

　　（三）二十世紀杜甫研究的綜述

　　對 20 世紀杜甫研究的總體考察，已有多篇論文。

　　杜曉勤的《20 世紀唐代文學研究歷程回顧》（載《北京大學學報：哲學社會科學版》2002 年第 1 期），將 20 世紀唐代文學的研究歷程，劃分為三個階段。其中第一階段即 20 世紀前半葉，是唐代文學研究的現代學術規範形成、

定型的時期。就唐詩研究而言，邵祖平的《唐詩通論》、蘇雪林的《唐詩概論》、聞一多的《唐詩雜論》等綜論性著作，已經擺脫宋明以來點評、鑒賞式的舊思路，一方面對唐代文學的發展規律進行梳理，另一方面則加深了對唐代詩歌「史」的研究。同時，聞一多、岑仲勉、陳寅恪等人的作家作品考證工作，也為唐代文學的進一步拓展打下堅實的資料基礎。而抗戰時期的杜甫研究，自然也處於此一發展脈絡和發展局面之中。

其專著《20世紀中國文學研究：隋唐五代文學研究》（北京出版社，2001年12月），則闢有「杜甫研究」專章。其中，「20世紀杜甫研究概述」，分20世紀上半葉、五六十年代、「文革」期間、「文革」以後四個階段。「生平研究」包含下列條目：生卒年；世系、母系與妻室問題；行蹤與交遊；卒地、卒因與墓地。「思想研究」則有：對杜甫思想和世界觀實質的探討；杜甫性格和生活情趣；君臣觀；與宗教之關係；杜詩中的人文精神及其在中國文化史上的意義。「詩歌藝術研究」主要包括：藝術綜論；題材和分類研究；聲律和分體研究；藝術淵源和影響；詩歌創作觀和審美理想；單篇詩作探討和杜甫文研究。「杜集版本研究和杜詩學史」則主要從「杜集流傳和版本研究」及「杜詩學史」兩個層面展開。著者還在「李白研究」一章中分列專節「李杜比較」，具體內容有：李杜交誼和相互影響；對李杜優劣的再討論；思想、詩歌藝術之比較。該書的撰寫，主要是以主題為綱，細分條目，進行歸類整理，因而重點十分突出，但在取捨中，也有可能遺漏其他觀點。

1996年9月中旬，「世紀之交中國古典文學及絲綢之路文明」的國際學術研討會在新疆烏魯木齊市舉行。王學泰的論文《20世紀文化變遷中的杜甫研究》收入《中國古典文學學術研究史》，1997年11月由新疆人民出版社出版。論文較早回顧了在「新舊交叉，東西易位」的一百年中杜甫研究的發展歷程。至抗戰時期，杜甫不再僅僅是客觀的研究對象，而是成為知識階層的代言人。其直觀現實的現實主義精神以及不屈不撓的戰鬥精神，極大鼓舞了反侵略戰鬥中的廣大軍民。

林繼中的《百年杜甫研究回眸》（載《河北大學學報》1999年第2期）認為，20世紀杜甫研究繼承與創新主要表現在三個方面：杜集及有關資料的考訂整理；對杜甫及杜詩的研究；杜詩的鑒賞與普及。作者指出，20世紀上半期的杜甫研究，新舊學並存，新方法主要是社會學的方法，雖逐漸取得主流地位，但並未形成一種模式，仍處於多元發展的狀態。

　　張忠綱、趙睿才的《20 世紀杜甫研究述評》（載《文史哲》2001 年第 2
期）認為，20 世紀中國大陸的杜甫研究深受新舊文化、東西文化交互撞擊及
多次政治思潮的影響，以 1949 年、1976 年為界，呈現出三個時期。而三四十
年代的民族災難，更使杜甫成為時代的代言人和志士仁人的師友。首先，戰
爭促使人們去體驗杜甫的為人與杜詩的精神，代表性的篇目有：馮至的《杜
甫和我們的時代》、錢來蘇的《關於杜甫》、煥南的《案頭雜記》、翦伯贊的《杜
甫研究》等。對杜甫的思想研究，因為時代的刺激，也多側重其儒家思想的
探討，如黃芝岡的《論杜甫詩的儒家精神》、墨僧的《杜工部的社會思想》。其
次，由於時代使然，抑李揚杜的現象較為普遍，如胡小石的《李杜詩之比較》、
由毓淼的《杜甫及其詩歌的研究》、傅庚生的《評李杜詩》等。再次，此一時
期的杜甫詩論批評，已上升到理論階段。如郭紹虞的《杜甫〈戲為六絕句〉集
解》、羅庸的《少陵詩論》、金啟華的《杜甫詩論》等。最後，杜詩資料考據亦
有新收穫，如洪業的《杜詩引得序》和程會昌的《杜詩偽書考》。

　　劉明華的《現代學術視野下的杜甫研究——杜甫研究百年回顧與前瞻》
（載《文學評論》2004 年第 5 期）指出，杜甫研究百年進程，大略與百年中
國的歷史進程和社會思潮起落相應。其中第一階段即 20 世紀上半葉，可視為
現代學術思想在杜甫研究領域的建立。

　　彭燕的《杜甫研究一百年》（載《杜甫研究學刊》2015 年第 3 期）指出民
國時期的杜甫研究，又分為民國前期和民國後期。前期（1912～1937）發表論
文 30 餘篇，出版專著 20 餘種。研究的內容主要集中在杜詩藝術和杜甫生平
研究兩方面，研究方法則以傳統的校勘、箋注、考辨、繫年為主。杜甫地域文
化研究開始出現，跨文化、跨時代的比較研究也取得了一定的成績。後期（1937
～1949）發表論文約 130 餘篇，專著 5 種。其中以杜甫生平思想為研究內容
的文章逐漸增多，而杜詩藝術的專文研究則明顯下降。

　　潘殊閒、張志烈的《杜甫研究百年回顧與展望》（載《西華大學學報》2019
年第 1 期）在肯定百年杜甫研究史的成績時，也指出杜甫研究存在的問題以
及需要拓展的方面。對於民國時期的杜甫研究，文章認為，其時代特點在於，
「一批既有深厚傳統國學基礎，又受海外知識薰陶的學人，著力在打通中西、
融貫古今中開拓杜甫研究的新視野、新方法、新境界」。

　　2014 年 7 月，趙睿才的《百年杜甫研究之平議與反思》由人民出版社出
版。該書是著者主持的 2012 年度國家社科基金後期資助項目「百年杜甫研究

之綜合評估」（12FZW005）的最終成果。作者認為，百年杜詩學史基本上是「平民詩人」—「人民詩人」—「詩聖」的沉浮史與「詩史說」的爭議史。其中第一編「1949 年以前中國大陸杜甫研究之芻議」又分兩章。第一章為「杜甫研究新舊、東西文化碰撞與新拓展之愚得」；第二章「時代召喚杜甫——抗戰時期杜甫研究測旨」認為，抗戰時期，杜甫成為時代的喉舌。此一時期，杜甫研究的功臣主要是馮至，具有「篳路藍縷，以啟山林」的開創之功。此外，尚有多部富有時代特色、民族特色的專著，如程會昌的《杜詩偽書考》和《少陵先生文心論》、易君左的《杜甫今論》、朱偰的《杜少陵評傳》、王亞平的《杜甫論》、哈佛燕京學社引得編纂處洪業等編《杜詩引得》、章衣萍的《杜甫》等。同時，由於郭紹虞、李辰冬、羅庸、程會昌和金啟華等學者的努力探討，杜詩理論批評也得到了昇華。另一方面，抗日戰爭所激發的民族主義思潮，也強化了杜詩的「詩史」說。

（四）民國時期杜甫研究的有關綜述

百年來，杜甫研究的論文層出不窮。有關綜述，主要見諸下述三文：焦裕銀《杜甫研究論文綜述（1911～1949 年）》（載《文史哲》1986 年第 6 期），鄭慶篤《杜甫研究論文綜述（1950～1976 年）》（載《文史哲》1987 年第 1 期），張忠綱、馮建國《杜甫研究論文綜述（1977～1985 年）》（載《文史哲》1987 年第 2 期）。其中焦裕銀指出，晚清以前，學者治杜，主要是對杜詩的搜集、整理、編訂、注釋與評點，尚無所謂研究論文；而以論文形式研究杜甫蔚成風氣者，是在辛亥革命以後。自 1911 到 1949 年中華人民共和國成立前夕，據不完全統計，此間發表於報刊的各種論文有 122 篇。其中所涉及的內容，主要包括：杜詩版本；生平與思想；杜詩的思想內容與藝術成就；杜甫的詩論；李杜比較論。關於思想內容，多數文章強調杜詩作為「詩史」的意義與價值，或強調杜甫現實主義的創作態度，部分文章則聯繫抗日戰爭的現實，論述杜甫描寫戰亂、渴望收復失地一類作品的現實意義。文章還指出此一時期解放區對杜甫研究的重視。鑒於文章撰寫年代，資料獲取遠不如今之便易，文中具體數據的統計，或有出入，但該文的歸納與總結，卻頗為確當。

孔令環的《現代杜詩學文獻述要》（載《中州學刊》2016 年第 10 期）主要是針對 1917 年至 1949 年間國內杜詩學文獻的總結和整理，將其分為三類進行探討。一是重刊、新刊的杜詩注本、選本及重刊的研究著作。其中重刊的杜詩注本、選本 11 種，新刊的杜詩注本、選本 12 種，重刊的杜甫研究著

作 4 種。二是關於杜甫及其詩歌的論文、論著。據作者統計，此一時期發表的論文有 210 餘篇，論著 20 多種，公開出版的 10 多種。內容涉及杜甫的生平、交遊、年譜、年表、詩歌的思想、形式、風格、李杜比較、杜詩批評等各個方面。三是各類文學史和詩話、詩學著作中的杜詩學文獻。其他詩人學者文集中亦有談及杜甫的片段，尚待爬梳。該文搜羅較為詳備，而且提供線索，指示路徑，與本著關聯密切，幫助甚大。

民國時期作為杜詩學發展史上的一大轉折點，古典杜詩學日漸衰落，現代杜詩學逐步開啟。李詩白的碩士論文《民國杜詩學研究》（雲南師範大學，2017 年 5 月）分五章對此展開論述：首先簡介民國時期的杜詩學發展概況，繼則討論民國學人對杜甫的接受與闡釋，次則探討民國時期杜詩學研究的視野與方法，四則考察民國時期杜詩學研究的現代轉型，五則論述民國時期杜詩學研究範式的現代建構，最後揭示民國時期杜詩學研究的啟示意義和深遠影響。論文史料詳備，論證充分，具有集成和總結性質，是相關領域的一篇研究力作。

劉曉萱的碩士論文《民國時期舊體詩話之論杜研究》（西北師範大學，2017 年 6 月），則以 1912 年至 1949 年間大體以文言寫作並以論說舊體詩為主的詩話作品為基本材料，輔以相關的文史資料，對其中的杜詩材料進行統計和分析，考察詩話作者的身份地位、分布地域、學術流派等，總結民國時期舊體詩話論杜的特點，勾勒其宏觀輪廓。孔令環的《民國詩話中的杜甫評論》（載《杜甫研究學刊》2017 年第 2 期）則對民國詩話中關於杜甫及其詩歌的評論分類加以考察，指出這些評論或陳陳相因，或新見迭出，呈現從新舊交織、褒貶不一、眾聲喧嘩的批評景象。

針對民國時期個別學人的杜甫研究，有關評述亦多可見，其中關於聞一多杜甫研究的探討，較為集中，其代表性的文獻有：

張浩遜的《聞一多和杜甫》（載《杜甫研究學刊》2001 年第 3 期）對聞一多的杜甫研究有過勾勒，指出聞一多對杜甫及其詩歌的研究，是其「最為留意、用力最勤」的一項工作。其成果主要有以下數項：《杜甫》（傳記散文，未完稿）、《少陵先生年譜會箋》《少陵先生交遊考略》《說杜叢鈔》以及《唐詩大系》中的「杜詩選」。

李鳳玲、趙睿才則借助陳寅恪「瞭解之同情」的論斷，分兩部分來探討聞一多的杜甫研究態度與研究成果。《治杜的態度：瞭解之同情──聞一多先

生的杜甫研究（一）》發表於《杜甫研究學刊》2004 年第 3 期，《治杜的結果：真瞭解——聞一多先生的杜甫研究（二）》發表於《杜甫研究學刊》2004 年第 4 期。其中「同情之態度」是「真瞭解」的前提，而「真瞭解」是目的和結果。論者指出，「交遊考略」與「叢鈔」，是作者全面研究杜詩、為杜甫作傳的重要基礎工作，與「年譜會箋」一起，構成其杜甫研究的鼎足而三。

聞一多對於杜甫的推崇，可謂「一以貫之、始終不變」。但其所依據的評價座標，則有前、後之別。在《論聞一多後期對杜甫認知角度的轉變及其原因》（載《學術月刊》2011 年第 8 期）一文中，李樂平認為，前期聞一多所肯定者，主要是杜甫詩作的藝術性和人格等，也包括杜甫對時局的關注；後期聞一多所肯定杜甫者，則主要是其詩所表現的「人民性」內容。

（五）抗戰時期杜甫研究的有關綜述

對抗戰時期杜甫研究的考察，主要內含於更長時段或相關論題的評述中，上文已有部分摘取；至於專題的論評，則較少見。

梅新林的《戰時學術地圖中的古典文學研究高峰》（載《文學遺產》2015 年第 5 期）分三篇：上篇「學術地圖」，中篇「學術建樹」，下篇「啟示意義」。文章認為，抗戰時期，東—西部學術「縱軸線」出現重心大轉移，不僅重塑出國統區與淪陷區兩大學術板塊，而且直接影響了學者群體的空間流佈與人生抉擇。就學術地圖而言，因東部大批教育科研機構陸續內遷，形成以重慶、昆明、漢中為三大中心的西部學術「縱軸線」，大致可劃分為整體內遷（1937～1938）、逐步恢復（1938～1941）、走向復興（1941～1945）、勝利回歸（1945～1946）四個階段。就學術建樹而言，其中唐代詩人的個案研究，以盛唐詩人李杜為盛，而杜甫較之李白，更受到學界的重視，這與戰時局勢容易引發學者身世感慨有關。就啟示意義而言，自抗戰爆發，許多學者有感於現實需要而改變原先的學術計劃，致力於與抗戰有關的研究工作，從對戰爭文學、民族文學主題的關注，到對歷代民族英雄和傑出人物傳記故事或年譜的研究，再到屈原、杜甫的研究熱，體現出一種學術取向的變遷，即從關注和投入「學術抗戰」活動，走向學術研究「致用」與「求是」的並重和統一。

廖仲安曾在《近百年中國文化藝術中杜甫的潛在影響》（載《杜甫研究學刊》1992 年第 4 期）中指出，抗戰以來，杜詩隨著深重的民族災難，逐漸普及和深入於現代不同文化水平的知識分子之中，一批批東北、華北、華東、中原的作家和學者流落西南的經歷，與杜甫當年「漂泊西南天地間」的生活，

又頗多相似之處。其後，廖仲安又在《記抗戰時期三位熱愛杜詩的現代作家和學者》（載《杜甫研究學刊》1997 年第 1 期），著力標舉老舍、馮至、蕭滌非三人，說明杜甫對中國現代文化學術界的影響，不可低估。其《憶肖滌非〔註2〕師——兼述先生熱愛杜詩的精神》（載《北京師範學院學報：社會科學版》1992 年第 2 期），更以親身經歷，談及蕭滌非在西南聯大的杜詩情懷。

專題探討抗戰時期杜甫及杜詩影響的論文，一是李誼《「挺身艱難際　張目視寇讎」——試談杜甫及其詩歌在抗日戰爭中的影響》（載《抗戰文藝研究》1982 年第 4 期）〔註3〕。作者以一些代表學者和作家為例，「藉以說明杜詩的愛國主義傳統」。一方面，如翦伯贊、馮至、朱偰、賀昌群、王亞平、黃芝岡等，「通過對杜詩的研究和宣傳」，另一方面，則是「不少愛國詩人」，突出的如柳亞子、郁達夫、陳寅恪等，通過創作和書寫，「發揚杜甫憂國憂民的崇高精神」，「斥責侵略者的罪行」。與此同時，杜甫及其詩歌對「解放區的老一輩無產階級革命家、愛國詩人、革命知識分子，甚至黨政幹部，同樣有著深刻的影響」。

二是吳中勝的《抗戰時期的「杜甫熱」》（載《光明日報》2015 年 11 月 30 日第 016 版）。該文以老舍、馮至、蕭滌非、劉大杰、錢鍾書、翦伯贊為例，說明抗戰時期「動盪的時局和流離的生活」，使文化人「與杜甫心境時有契合會心之處」，正因為人們與杜甫「異代而心通」，所以杜甫也就成為「抗戰時期廣大民眾的代言人」。

上述成果，奠定了資料始基，開闢了杜甫研究的新路徑和新面向，但也顯露出部分的缺失。首先，由於研究者更多地著眼於整個二十世紀，對抗戰時期的杜甫研究，並無系統詳明的論述。對這一時期具體的作品，也鮮少全面的介紹和研究。其中有許多關於杜甫研究的論著和論文，至今未能充分發掘與闡揚，因此，有必要通過對文獻的爬梳，進一步地豐富和充實杜詩學。其次，由於意識形態的遮蔽，這一時期的杜甫研究者，如邵祖平、易君左、杜呈祥、朱偰等，長期湮沒不彰，因此，有必要對他們的學術貢獻重新予以評價，修正過去的一些錯誤認識，為學界呈現抗戰大後方杜甫研究的完整面貌。再次，由於早年獲取資料的不便與不易，諸多論述所提供的信息，時有不確。

〔註2〕「肖滌非」，應作「蕭滌非」。
〔註3〕文章末署「1982，8，31 日於百花潭畔」。「挺身艱難際，張目視寇讎」，語出杜甫《送韋十六評事充同谷郡防禦判官》。

隨著信息技術的發展，大量數據庫得以推出；與此同時，圖書館等機構的公共服務能力與水平，正在逐步得到改善和提升，這也為本著的充分開展，創造了新的條件。

二、論題的界定與說明

所謂「抗戰大後方的杜甫研究」，包括三個層面：

首先，從時間維度來說，是指抗戰時期。關於中國的抗日戰爭，主要有下述時間節點：1931年9月18日，「九・一八事變」爆發，日本侵華開始。1937年7月7日，「盧溝橋事變」爆發，標誌著中日戰爭的全面開始。1941年12月7日（當地時間），日軍襲擊珍珠港，對美、英開戰，12月9日重慶國民政府正式對日宣戰，中日戰爭始演變為太平洋戰爭。1945年8月15日正午，日本天皇裕仁通過廣播宣布投降。1945年9月2日，日本外相重光葵在美國軍艦密蘇里號上正式簽署投降書。9月9日，侵華日軍總司令岡村寧次在南京向中國政府代表呈交投降書。抗日戰爭及第二次世界大戰至此正式結束。正因為如此，中國的抗戰歷來有八年之說與十四年之說。前者是指從1937年7月7日至1945年8月15日；後者是指從1931年9月18日至1945年8月15日。在本著中，因為「抗戰」的時間概念與「大後方」的地理概念並列使用，後者反過來對前者具有一定的限定和修正作用，故將其主要時間範圍確定在1937年7月7日以「盧溝橋事變」為標誌的中國人民抗日戰爭全面爆發至1946年5月5日民國政府還都南京的這一歷史時段。由於研究工作（指此一階段的杜甫研究）本身具有連續性，故在時間上間或有前溯和後延；其中或有部分研究成果，其完成是在上述時段，但發表卻在此一時段之後，如李廣田的《杜甫的創作態度》等，本著也將一併納入考察。

其次，從地域範圍來說，是指大後方，即「國統區」，一般指以戰時首都重慶為中心的西南西北10省市：重慶、四川（含西康）、雲南、貴州、廣西、陝西、甘肅、寧夏、青海、新疆。此外，尚有部分省市並未完全淪陷，而是處於敵我交錯的狀態，如福建永安、江西泰和、湖北恩施等，都曾一度成為戰時省會，並由此而形成繁盛一時的文化中心。本著研究材料的選取，也將兼及此類地區。特別需要說明的是，抗戰時期，雖有國統區、解放區、淪陷區的劃分和區別，其中國統區和解放區的關係，更多體現為一種「中央政府」和「邊區政府」的關係；而國統區和淪陷區也並未完全阻隔，兩者之間的交通、

人員、郵政、物資等，仍保持著或明或暗、時斷時續的流通往來，因此，部分淪陷區的杜甫研究成果，依然會通過不同的渠道和方式進入國統區，成為相關研究的參考資料，本著也將根據實情和史料，酌加採擇。

再次，從研究對象來說，中心內容是對杜甫研究的研究，同時對杜甫及杜詩所產生的影響展開論析。對於此一題域，即不同時段的「杜甫研究」，論者多分設專題加以整理、研究，如杜曉勤的《隋唐五代文學研究》，這種方法的好處，一是主題鮮明，醒人眼目；二是不同的觀點紛然並陳，可以內在地形成一種對話和爭鳴；但其不足之處亦顯而易見，即對於同一作者或同一論著而言，很容易造成割裂或肢解，同時對專題之外的內容，則棄而不顧，由此導致全貌的模糊乃至泯滅，無從進行整體、系統的瞭解和考察。因此，本著的研究，主要是以人物為綱，統攝其前後左右的文字與觀點，盡可能予以全面的呈現和綜合的評價。不過，這種架構，亦有缺失，即對於僅有單篇文章，甚或只有片言隻語的論者，則難以單獨立論並納入本著的整體框架之中，從而造成新的遺漏。

最後，關於書稿的寫作，筆者亦有所告白。本著的研究，既是以人物為綱，因此對於人物的生平，均在有關章節開首予以介紹，且較多關注其抗戰時期的行實。論述的內容，絕大部分取自原始資料，其中不乏首次進入研究視野的人物和材料。論述的方式，則以考述為主。所謂「考」，是指充分掌握第一手材料，通過年譜、傳記、日記等，上下求索，多方考證，在辨誤的基礎上，進而修正後來與事實乖違的諸多說法。所謂「述」，是指鑒於一般讀者對這些材料不易獲致，因此在行文時，對其相關信息，頗多詳盡的引述，以期能準確、全面、完整地呈現文獻的事實與內容。

第一章 抗戰大後方古典文學學者的杜甫研究

　　抗戰大後方的杜甫研究，其主體為中國古典文學的研究者和愛好者，且以學院中人居多。本章主要選擇邵祖平、江絜生、羅庸、聞一多、易君左、朱偰和程千帆加以考述。其中邵祖平、江絜生論杜，較多採用詩話形式，傳統色彩相對濃厚；程千帆的研究，側重於文獻方面的整理與考證；而羅庸、聞一多、朱偰的研究，則不同程度地採用西方文藝理論的形式與方法，對杜詩的意蘊進行闡發，間或穿插中外文學的比較；至於易君左的評論，基本上是一種政治化的解讀，通篇散發著強烈的意識形態氣息。

第一節 邵祖平論杜

　　邵祖平（1898～1969），江西南昌人。字潭秋，別號中陵老隱、培風老人（皆用於題贈），室名無盡藏齋、培風樓。早年肄業於江西高等學堂，受業於王闓運，後從陳三立、章炳麟遊。1922 年，受聘為《學衡》雜誌編輯，曾任浙江大學文理學院副教授，兼之江文理學院講師。1933 年，章太炎在蘇州舉辦國學講習會，聘其為講席。次年任鐵道部次長曾養甫秘書。京滬淪陷，攜家逃難粵、桂、黔、川等地，後在成都任朝陽法學院、四川大學、金陵女子大學、華西大學、西北大學、西南美術專科學校教授。1947 年，任教重慶大學、四川教育學院。1953 年院系調整，返四川大學任教。1956 年，奉調北京中國人民大學。1958 年，調青海民族學院。退休後寓居杭州，卒葬杭州

老東嶽法華寺側。所著《中國觀人論》（開明書店，1933 年），章太炎序中譽為「神駿之姿」。作詩涵茹古今，詩風洗煉秀逸，沉摯奇崛，自成一家，為先輩陳三立、黃季剛、胡先驌等交口稱讚。著有《培風樓詩存》《續存》（商務印書館 1932 年版、1946 年再版，成都 1938 年木刻版）〔註 1〕、《文字學概說》（商務印書館，1929 年 10 月初版，1933 年 3 月又版）、《七絕詩論詩話合編》（中國文化服務社四川分社，1943 年 10 月）、《國學導讀》（商務印書館，1947 年 6 月）、《詞心箋評》（重慶郁明社，1948 年）、《樂府詩選》（商務印書館，1948 年）。〔註 2〕

對於杜甫及杜詩，邵祖平有精到的見解。其相關論述，可見諸下述篇目。

第一類，關於唐詩的通論。

（一）《唐詩通論》

發表於《學衡》第 12 期〔註 3〕「述學」一欄，1922 年 12 月出版。單篇頁碼獨立標注，計 32 頁。全文包括：序論；唐詩拓展之由來及其境遇；唐詩分類法之得失；唐詩分自然功力兩大派；唐詩作者師法淵源之概測；唐詩情景事理之各面觀；唐詩優絀之觀察；唐詩之開末派；初唐詩論；盛唐詩論；中唐詩論；晚唐詩論；結論。共十三節。

（二）《全唐詩說》

發表於《東方雜誌》第 43 卷第 17 號〔註 4〕（第 46～54 頁），1947 年 11 月出版。此文係《唐詩通論》前半部分，主要包括：敘言；唐詩拓展之由來；唐詩分類法之得失；唐詩風格之區分；唐人詩法淵源之推測；唐詩情景理趣

〔註 1〕1941 年 4 月 17 日，《培風樓詩續存》（1940 年刻本）曾獲國民政府教育部學術審議委員會三等獎。同時獲三等獎的文學作品有盧前《中興鼓吹》、陳銓《野玫瑰》和曹禺《北京人》，獎金為二千五百元。參見《學術審議會昨通過廿一案，二十八個著作家得獎》，《新蜀報》1942 年 4 月 18 日第 3 頁。邵祖平另有《培風樓詩》，當係二書合併而成。1943 年 12 月重慶初版，1946 年 8 月重慶增訂三版，1946 年 11 月上海增訂一版。

〔註 2〕參見陳玉堂編著《中國近現代人物名號大辭典》（全編增訂本），杭州：浙江古籍出版社，2005 年 1 月版，第 733 頁；《江西省人物志》編纂委員會編《江西省人物志》，北京：方志出版社，2007 年 12 月版，第 439 頁。

〔註 3〕編輯兼發行者：學衡雜誌社（南京鼓樓北二條巷廿四號）。

〔註 4〕主編者：蘇繼顗；發行者：東方雜誌社（上海河南中路）；印刷所：商務印書館印刷廠；發行所：各地商務印書館。

之面面觀；唐詩優絀兩方之觀察，共七節。

（三）《全唐詩評》

發表於《東方雜誌》第 44 卷第 2 號（第 40～46 頁），1948 年 2 月出版。此文亦是取自《唐詩通論》，主要包括四節：初唐詩評；盛唐詩評；中唐詩評；晚唐詩評。

第二類，關於杜甫的詩話、箚記。

（一）《無盡藏齋詩話》

發表於《學衡》的「雜綴」一欄，目前可查考者計六篇：

1.《無盡藏齋詩話》，《學衡》第 2 期，1922 年 2 月出版，正文計 21 頁。收 21 則，涉杜者四則：一是老杜七言歌行，二是「詩史」與「詩聖」，三是杜詩之絕似《史記》，四是杜詩之「微險」者。

2.《無盡藏齋詩話》（續第二期），《學衡》第 6 期，1922 年 6 月出版，正文計 10 頁。收 9 則。其中四則涉杜：一是李杜優劣論，二是杜詩五七言古詩，三是東坡論杜詩，四是杜甫對前人詩句的化用。

3.《無盡藏齋詩話》（續），《學衡》第 9 期，1922 年 9 月出版，正文計 8 頁。此處的「續」是指「續第六期」。收六則。

4.《無盡藏齋詩話》（續第九期），《學衡》第 13 期，1923 年 1 月出版，正文計 11 頁。收十則。

5.《無盡藏齋詩話》（續第十三期），《學衡》第 21 期，1923 年 9 月出版，正文計 12 頁。收九則，其中有兩則涉杜，一是談杜詩之「奇」，二是敘杜詩流衍，即古今詩人之學杜者。

6.《無盡藏齋詩話》（續第二十一期），《學衡》第 23 期，1923 年 11 月出版，正文計 6 頁。收五則，其中有兩則涉杜，一是關於「杜詩『晚節漸於詩律細』」之「律」，二是有關杜詩中的「論詩之詩」。

（二）《杜詩研究談》

關於此文的撰作，作者開門見山，曾有說明：「諸家論杜詩者，仇滄柱緝附杜詩詳注後凡數十百條，富矣備矣；予不揣陋昧，曩年為學衡雜誌撰無盡藏齋詩話亦成讀杜數十則，未盡印布於世，今以課餘約成十九條，顏曰『杜詩研究談』，庶與天下學杜者商榷，交獲其益，若杜公之本傳世系年譜史蹟，

則有仇書在，非本文所欲及也！」〔註5〕由此可知，《杜詩研究談》是自《無盡藏齋詩話》中抽繹而出、凝練而成，共十九條，其刊發，則分作五次。

1.《杜甫研究談（未完）》，署名「邵祖平」，發表於《國立浙江大學校刊》〔註6〕第113期（總第1123～1125頁），1932年11月26日出版。此一部分，主要包括前四條：（1）「杜甫生平及其性情」；（2）「杜詩品目及其自狀」；（3）「杜詩出入風雅」；（4）「杜詩學選體與摹擬古人」。

2.《杜甫研究談（一續）》，署名「邵潭秋」，發表於《國立浙江大學校刊》第114期（總第1143～1144頁），1932年12月3日出版。此一部分，亦有四條：（5）「讀杜詩話之發明」；（6）「杜甫五言詩聲律一斑」；（7）「杜甫七言詩聲律一斑」；（8）「杜詩七言歌行之拙厚處」。

3.《杜甫研究談（二續）》，署名「邵潭秋」，發表於《國立浙江大學校刊》第115期（總第1159～1160頁），1932年12月10日出版。此一部分，亦有四條：（9）「杜詩掩蓋唐代各家」；（10）「杜詩開宋派」；（11）「杜詩之好奇」；（12）「杜詩七律特長處」。

4.《杜甫研究談（續）》，署名「邵潭秋」，發表於《國立浙江大學校刊》第116期（總第1185～1186頁），1932年12月17日出版。此一部分，亦有四條：（13）「杜詩絕句評」；（14）「杜詩五七古起結法」；（15）「杜詩陰陽之美」；（16）「杜句標例」。

5.《杜甫研究談（完）》，署名「邵潭秋」，發表於《國立浙江大學校刊》第117期（總第1202～1203頁），1932年12月24日出版。此一部分，包括三條：（17）「學杜者之成就」；（18）「學杜者之蔽」；（19）「讀杜隨感」。前兩條從正反兩面談杜詩的影響，後一條則是對杜甫的身世之感。

（三）《讀杜箚記》

發表於《學藝》第12卷第2號〔註7〕（第103～112頁，總第247～256頁），1933年3月15日出版。

據作者開篇所作說明，本文同樣源自《無盡藏齋詩話》，與《杜甫研究談》並無大異，不過是「約成二十條」而已。末署「壬申立冬日，南昌邵祖平識」，

〔註5〕邵祖平：《杜詩研究談（未完）》，《國立浙江大學校刊》第113期，1932年11月26日，總第1123頁。

〔註6〕編輯兼發行者：國立浙江大學祕書處出版課。每星期六出版。

〔註7〕中華學藝社出版（上海愛麥虞限路四十五號）。

則其完成時間，為 1932 年 11 月 7 日。

　　《讀杜箚記》的二十條，均無小標題。其中所增者，係在《杜甫研究談》的（14）「杜詩五七古起結法」與（15）「杜詩陰陽之美」之間，插入一條，是為《讀杜箚記》之「十五」，主要舉例說明杜詩對前人詩句的化用。

　　第三類，關於杜甫詩法的論述。

（一）《杜甫詩法十講》

　　發表於《文史雜誌》第 5 卷第 1、2 期合刊（第 7～28 頁），1945 年 1 月出版。

　　文章開首有段說明，茲引錄：「三十年秋，都講中央大學師範學院國文系，課程有專家詩一門，先開杜詩班，與同學諸子共為鈔杜，讀杜，以杜解杜諸討究，用力可謂勤矣！更刺取杜詩箋，注，評，話各家之長，斷以己意，補苴發皇；勒為審體裁，明興寄，探義蘊，究聲律，參事實，討警策，辨沿依，尋派衍，較同異，論善學十端，顏曰『杜甫詩法十講』，以為學者考覽含泳之助；所以稱詩法者，一仍秉之杜詩；杜詩：『法自儒家有！』『佳句法如何？』皆標揭詩法，而自儒家〔得〕有之法，遠係溫柔敦厚之詩教，佳句如何之法，實關興象功力之詩詣，杜甫已悉發其微矣！是講取材未宏，憑臆多謬，解蔽通戾，是所望於讀者！」〔註8〕

（二）《杜詩精義》

　　發表於《東方雜誌》第 41 卷第 1 號〔註9〕（第 62～70 頁），1945 年 1 月 15 日。本文僅有述抱負、明興寄、探義蘊、究聲律、參事實、討警策六目。

　　通過對以上文章內容的比較，不難看出，邵祖平論杜，主要集中於《唐詩通論》《讀杜箚記》和《杜甫詩法三講》。現就其核心內容，重新疏列排比於後：

（一）杜甫其人

　　「頌其詩，必先知其人。欲讀杜詩，必先明杜甫」，這是「開宗明義第一事」。《讀杜箚記》將此列為頭條。《舊唐書‧文苑傳》謂：「甫性褊躁，無器度」，《新唐書》謂：「甫放曠不自檢，好論天下大事，高而不切，數嘗寇亂，

〔註8〕邵祖平：《杜甫詩法十講》，《文史雜誌》第 5 卷第 1、2 期合刊，1945 年 1 月，第 7 頁。

〔註9〕社長：王雲五；編輯者：蘇繼頎；發行者：東方雜誌社（重慶白象街）。

挺節無所污，為歌詩傷時澆弱，情不忘君，人憐其忠云！」事君、交友二端，實杜甫一生的大節。

在邵祖平看來，杜甫為人尚有二端足可稱述，一是「情真」。「情真」者，「誠愛充盈，遇物固著」，故於其君，於其國，於其友，於其弟，於其妻，於其子，無不「一往情深」。二是「氣豪」。「氣豪」者，「天姿英邁，不屑軟貼，睨傲狎蕩，遇事便發」。〔註10〕《杜詩精義》之「述抱負」，針對《唐書》的譏病，認為杜甫實有大抱負，不過「所如不偶」而已。〔註11〕「箚記」二十進而指出，杜甫「初有用世之志，許身稷契，心憂黎元，是其本色。然自《三大禮賦》一動人主之後，即遇亂離，遭播徙，辛苦拜左拾遺，而終以救房琯之故，不蒙肅宗省錄，自是即無階進之望，前後依嚴武，得表為節度參謀檢校工部員外郎，武卒，欲往依高適，適又亡」。於是「始為飄泊之人而竟客死於耒陽」。杜甫的遭遇，只能指證肅、代二王的刻薄少恩。〔註12〕

（二）「詩史」與「詩聖」

老杜之詩，推服至極者，如秦少游以為「孔子集大成」，鄭尚明以為「周公制作」，黃魯直以為「詩中之史」，羅景綸以為「詩中之經」，楊誠齋以為「詩中之聖」，王元美以為「詩中之神」，各衷一是。

對「詩史」一說，邵祖平頗不以為然。《全唐詩評》的「盛唐詩評」指出，人以杜甫善敘時事，律切精深，至千言不少衰，號為「詩史」，實則晚唐文宗時，始有「詩史」之目。因「江頭宮殿鎖千門」記宮室，當時「為人主者，欲借詩人成句以興復土木；為人臣者，則欲拈詩人成句以捷給塞問」，並非真正要尊為「詩史」。而宋仁宗問近臣唐時酒價，近臣則告以「急宜相就飲一斗，恰有三百製銅錢」。《新唐書》於是掎摭細說，尊杜為「詩史」，卻不知「詩史」距「詩聖」尊號甚遠。詩惟稱聖，「溫柔敦厚，興觀群怨，始有意義與其價值」。若只「紀事紀言」，又何足言貴。至於楊萬里《江西宗派圖序》尊杜甫為有詩以來第一「大詩閣」，則更為可笑。〔註13〕

〔註10〕邵祖平：《讀杜箚記》，《學藝》第12卷第2期，1933年3月15日，總第247頁。

〔註11〕邵祖平：《杜詩精義》，《東方雜誌》第41卷第1期，1945年1月15日，第63頁。

〔註12〕邵祖平：《讀杜箚記》，《學藝》第12卷第2期，1933年3月15日，總第256頁。

〔註13〕邵祖平：《全唐詩評》，《東方雜誌》第44卷第2期，1948年2月，第41頁。

在《杜詩精義》和《杜甫詩法十講》的「參事實」一項中，邵祖平明確指出，杜甫部分詩篇，確有史詩意味，但有主觀判斷與文學組織，所以今日尊杜甫，當尊其為「詩聖」，不當尊其為「詩史」。不過，其詩中所敘述的時事，即所謂詩之本事，也可以事實目之。〔註14〕正是在此意義上，「十講」之「較同異」強調說：《杜工部詩集》，不但為唐玄、肅、代三朝的詩史，也是杜甫一生的「起居生活史」。〔註15〕

雖不贊同「詩史」這一名號，但邵祖平仍認為「杜詩絕似《史記》」，「讀者當具一副眼目對觀」。《唐詩通論》引葉夢得之語，謂魏晉以前，詩無過十韻，初不以敘事傾盡為工，至老杜《北征》《述懷》諸篇，窮極筆力，乃如太史公紀傳者。〔註16〕「箚記」十一對此多有分剖。《北征》《奉先》諸詩似高祖、項羽本紀；《八哀》《諸將》詩似蕭曹世家、淮陰黥布列傳；《麗人行》《哀江頭》諸詩，似外戚世家；《馬》《鷹》《義鶻》諸詩似刺客列傳及遊俠列傳；《墮馬》《贈友》諸俳諧體，似滑稽列傳。其他尚多相類，不能一一比合。而老杜的好「奇」，尤與史公相似。其詩喜用「蒼兕角鷹」「騕褭鳳麟」「赤霄玄圃」「死樹鬼妾」等，亦如史公好述「白晝殺人」「刎首謝客」「悲歌慷慨」「箕踞罵坐」諸事，此雖僅就其「纖小處」推言，然就其一生而言，固「無所而不遇」。〔註17〕

（三）李杜優劣論

嚴羽論詩，認為詩有「九品」，即高、古、深、遠、長、雄渾、飄逸、悲壯、淒惋。其「大致」有二，即「優游不迫」與「沉著痛快」；「極致」有一，即「入神」，惟李杜得之。對此，邵祖平提出異議，認為嚴羽雖知之，卻言之不詳，且以李白對舉，易惹起文學中的李杜優劣論，故不足取。

但邵祖平論杜，自身並未逃出這一窠臼。《唐詩通論》秉承舊說，認為唐詩分自然、功力兩大派。至李杜，天才學力，兩臻絕境。李白為「自然派之神

〔註14〕邵祖平：《杜詩精義》，《東方雜誌》第 41 卷第 1 期，1945 年 1 月 15 日，第 67 頁。亦見于邵祖平《杜甫詩法十講》，《文史雜誌》第 5 卷第 1、2 期合刊，1945 年 1 月，第 16 頁。

〔註15〕邵祖平：《杜甫詩法十講》，《文史雜誌》第 5 卷第 1、2 期合刊，1945 年 1 月，第 25 頁。

〔註16〕邵祖平：《唐詩通論》，《學衡》第 12 期，1922 年 12 月，第 11 頁。

〔註17〕邵祖平：《讀杜箚記》，《學藝》第 12 卷第 2 期，1933 年 3 月 15 日，總第 252 頁。

而聖者」，杜甫則是「功力派神而聖者」〔註18〕。「盛唐詩評」即展開二者之間的比較，其間自有高下顯見。（1）五古。杜甫不似射洪（陳子昂）、曲江（張九齡），僅有「衝勁清夷」之致，而是更加恢宏廣麗，其「抉情指事、頓挫拗宕」處，讀者「莫不得盡其情」，雖李白不能望其藩籬。此體自杜甫「始開唐調」，而李白仍停留在摹古的層面，未能自開生面。（2）歌行。杜甫多以古文筆法為之，故其「氣骨蒼勁，造語橫絕」，同時除太白外，無敢近之者。（3）五七言律詩。此為杜甫絕技，「悲壯雄渾，千古一人」。即論其絕句，戛戛獨造，「他人則悉多平調」。惜「其源不從樂府出」，故略遜太白一籌。〔註19〕

　　「十講」之九，則有更詳盡的分析。不過此番比較，更著眼於異同而非優劣。太白與杜公有相同處者：（1）太白「抗心希古，志在述作，以垂輝千春自任」；杜公「氣劘屈賈，目短曹劉，以垂名萬年自居」。（2）兩公「俱懷壯志，欲扶社稷」。杜以稷契自任，李以太公望、管仲、諸葛亮自比；好談兵，《唐書》並稱其「高而不切」。（3）兩公「胸次宏闊，灑落不群」，俱欲「突破天網，思出宇宙」。（4）李杜「挺起開元間」，七言歌行一以古文筆法出之，「格勢高老，雄跨百代」。〔註20〕

　　相異處者：（1）太白詩從國風、離騷、漢魏樂府、鮑謝諸人出，「多得於風人之旨」。子美詩從二雅、蘇武、李陵、十九首、曹氏父子、陶淵明諸人出，「多合於詩家之軌」。李云：「借問以何日？春風語流鶯」；杜云：「為人性僻耽佳句，語不驚人死不休」，足見其「趣致」不同。（2）太白「曠代仙才，人中奇逸，作詩不耐拘束，豪而見率」，故其七言、五言律詩均極少。惟五絕、七絕，「極合其縱恣之性」。子美則「受才雄博，侈情鋪陳，精言律理」，除五、七言絕句「自開一派、不為當行」外，他體「殆無不雄渾，無不精絕」，而五言排體、七言律詩，「超軼絕倫，非太白所可望」。（3）太白「長於學」，為人頗近縱橫家，又「稍有道家神仙黃白之意」，故其詩隨處可見「乘雲翔鳳、飄風驟雨」之致。「談笑卻秦，指麾楚漢」，是其心志所在，故於安史「犯闕之際」，反欲「事〔註21〕逆王以取功名」。其弊在於「學未沉著，識未穩定」，不及子美「麻鞋萬里，遠趨行在，嫉惡如仇，事主盡年」那般可敬。這並非因為

〔註18〕邵祖平：《唐詩通論》，《學衡》第 12 期，1922 年 12 月，第 6 頁。
〔註19〕邵祖平：《全唐詩評》，《東方雜誌》第 44 卷第 2 期，1948 年 2 月，第 41 頁。
〔註20〕邵祖平：《杜甫詩法十講》，《文史雜誌》第 5 卷第 1、2 期合刊，1945 年 1 月，第 24 頁。
〔註21〕「事」，《杜甫詩法十講》作「是」，徑改。

杜甫之才優勝李白，而是子美「好義心切，法自儒家得來」，詩的修養遠過太白。（4）子美詩格所得者，「古重高老，拙大雄渾」；太白詩格所得者，「飄逸高曠，清新秀偉」。太白不生於唐，則與鮑明遠、謝玄暉諸人，「並驅於六朝間」；子美不生於唐，則「有唐詩格，無以產生」。〔註22〕

（四）杜詩源流

所謂「源」，或言「淵源」與「沿依」。《唐詩通論》之五，即「唐詩作者師法淵源之概測」，曾引秦觀的說法：杜子美於詩，「實積眾流之長，適當其時而已」。昔蘇武、李陵長於「高妙」，曹植、劉公幹長於「豪逸」，陶潛、阮籍長於「沖淡」，謝靈運、鮑照長於「峻潔」，徐陵、庾信長於「藻麗」，於是子美「窮高妙之格，極豪逸之氣，包沖淡之趣，兼峻潔之姿，備藻麗之態」。因其博採眾長，故能「獨至於斯」。〔註23〕

《杜甫詩法十講》之七「辨沿依」，稱讚秦觀「灼見杜詩之集大成」，「最為通識」。〔註24〕又胡應麟有言：「王楊之繁富，陳杜之孤高，沈宋之精工，儲孟之閒曠，高岑之渾厚，王李之風華，昌齡之神秀，常建之幽玄，雲卿之古蒼，任華之拙樸，皆所專也。兼之者，杜甫也」。邵祖平認為此語甚是，但惜無詩例證明，故在《讀杜箚記》之九，剔取杜詩中足可「掩蓋諸家」者，疏列其後。〔註25〕至於方回《瀛奎律髓》沈佺期詩評云：「學古詩必本蘇武、李陵，學律詩必本陳子昂、杜審言、宋之問、沈佺期。此數人者，老杜詩所自出也。」對於此說，邵祖平則覺「其見稍僻」。〔註26〕

吳沆《環溪詩話》云：「杜甫詩中有風有雅」。此論與山谷稱杜詩表裏風雅頌者相同。溯源探本，以杜詩分列風雅頌，深得古人意。陳柱撰《十萬卷樓說詩文叢》，認為自《三百篇》至唐，詩體不外乎風雅頌三類，而以杜甫入於雅。對此，邵祖平則有所質疑。《讀杜箚記》之三認為，杜詩初看似雅，及「虛

〔註22〕邵祖平：《杜甫詩法十講》，《文史雜誌》第 5 卷第 1、2 期合刊，1945 年 1 月，第 24～25 頁。

〔註23〕邵祖平：《唐詩通論》，《學衡》第 12 期，1922 年 12 月，第 7 頁。

〔註24〕邵祖平：《杜甫詩法十講》，《文史雜誌》第 5 卷第 1、2 期合刊，1945 年 1 月，第 20 頁。

〔註25〕邵祖平：《讀杜箚記》，《學藝》第 12 卷第 2 期，1933 年 3 月 15 日，總第 251 頁。

〔註26〕邵祖平：《杜甫詩法十講》，《文史雜誌》第 5 卷第 1、2 期合刊，1945 年 1 月，第 20 頁。

心諷詠」，則覺「雅者其外，風者其內」。如《北征》前幅敘「朝野多故」，後
幅敘「至尊蒙塵」，均可稱「雅」。惟在中幅，則風雅「相須」，如「靸靸驅虛」，
「不可或離」。〔註27〕杜詩除風雅頌外，猶有騷之一體。詩騷以外，次則當求
漢魏樂府六朝諸家詩。再則是《文選》。唐人重《文選》，杜詩中即有「續兒誦
文選，熟精文選理」一語。「箚記」之四對此有所尋繹，並舉數例以證，即如
「《同谷七歌》脫胎於張衡《四愁》，《八哀》祖述於沈約《懷舊》，亦不稍爽」。
〔註28〕合觀上述各例，足知杜詩「淵源有自，波瀾不二」。

　　但杜詩頗多創造性的轉化。「箚記」十五云：古詩「榮名以為寶」，老杜
反之曰「榮名忽中人，世亂如蟣虱」；曹子建詩「俯身散馬蹄」，老杜因之曰
「歸馬散霜蹄」；陰鏗詩「鶯隨入戶樹，花逐下山風」，老杜繼之曰「月明垂葉
露，雲逐下山風」；何遜詩「薄雲岩際出，初月波中上」，老杜繼之曰「薄雲岩
際宿，孤月浪中翻」；謝靈運詩「懷新道轉迥，尋異景不延」，老杜改之曰「懷
新目似擊，接要心已領」；宋之問詩「水一曲兮腸一曲，山一重兮愁一重」，老
杜約之曰「一重一掩吾肺腑」；駱賓王詩「諸葛才雄已號龍，公孫躍馬輕稱帝」，
老杜綜之曰「臥龍躍馬終黃土」。其間雖有「工拙不同」，而一經「點化」，便
是杜甫自己的作品。〔註29〕

　　所謂「流」，或言「派衍」。杜詩開派論，初見於孫僅《贈杜工部詩集序》，
以為杜甫之詩，支而為六家，「孟郊得其氣焰，張籍得其簡麗，姚合得其清
雅，賈島得其奇僻，杜牧、薛能得其豪健，陸龜蒙得其贍博」。《唐詩通論》
之五已略有論列。〔註30〕但邵祖平卻認為，晚唐詩家學杜者，尚有李商隱其
人，孫僅略而未言，故在《杜甫詩法十講》之八「尋派衍」中加以補敘。義
山摹杜，「氣貌逼真」，其集中有《杜工部蜀中離席》七律一首，置於杜集中，
「可亂楮葉」。

　　唐詩開啟宋派者，多為白體、崑體、晚唐體，而最著者則是杜甫。其生

〔註27〕邵祖平：《讀杜箚記》，《學藝》第 12 卷第 2 期，1933 年 3 月 15 日，總第 248
　　　　頁。

〔註28〕邵祖平：《讀杜箚記》，《學藝》第 12 卷第 2 期，1933 年 3 月 15 日，總第 249
　　　　頁。

〔註29〕邵祖平：《讀杜箚記》，《學藝》第 12 卷第 2 期，1933 年 3 月 15 日，總第 253
　　　　～254 頁。

〔註30〕邵祖平：《唐詩通論》，《學衡》第 12 期，1922 年 12 月，第 8 頁。「孟郊」，
　　　　原引文作「孟效」。

澀瘦硬，即為宋賢所師。西崑體是杜詩的支裔流派。江西詩派也是。方回有「一祖三宗」之說。一祖者，杜甫；三宗者，黃庭堅、陳師道、陳與義。其間「山谷得杜之高妙，後山得杜之精練，簡齋得杜之宏放」。蓋杜詩「如長江大河，澄之不清，撓之不濁」。一變而為郊、島，則「如寒潭止水，清澈而無洪浪」。再變而為義山、西崑，則「如清漣縠紋，綺美而少實用」。三變而為江西，則「如盤渦急湍，能者操舟，僅無傾覆而已」。〔註31〕「箚記」之十，更有細繹。如《戲簡鄭廣文》云「廣文到官舍，繫馬堂階下，醉即騎馬歸，頗遭官長罵」，山谷詩即「挹此風趣」。《萬丈潭》云「孤雲到來深，飛鳥不在外」，後山亦「喜此句法」。《水閣朝霽》云「雨檻臥花叢，風床展書卷」，范石湖「平麗處」似之。《岳陽樓》云「戎馬關山北，憑軒涕泗流」，劍南「感憤國事」諸作，大抵類此。《送辛員外》云「細草流連侵坐軟，殘花悵望近人開」，半山「細數落花因坐久，緩尋芳草得歸遲」，取此而更為「工致」，但「因」字、「得」字，終是宋人語，不及杜甫「氣象之渾融無跡」。〔註32〕唐宋之判，也可由此見出。

　　杜詩「殘膏剩馥，沾漑百代」，學者「敝精殫神，心摹手追」，不乏其人。然如東坡句云：「天下幾人學杜甫，誰得其皮與其骨？」學之不善者，多「襲其皮毛，遺其神髓」。統觀工部全集，學之無病者，十得七八；學之不善，徒增疵纇者，亦十得一二。子美詩樸而近俚，故歐陽修不喜其「老夫清晨梳白頭」，「垢膩腳不襪」。王士禎則直譏為村夫子。若無「驚才勁氣、麗思翰藻」以副，不過徒見其粗拙可笑。因此，《杜甫詩法十講》又別列「論善學」一節〔註33〕。其得失，則見諸《讀杜箚記》十九。邵祖平認為，「學杜者，得其雄渾固難，得其簡麗亦不易；得其拙厚固難，得其新秀亦不易」。而世俗之學杜者，往往求其「悲天憫人，憂歎內熱」者，而不知老杜「逸情野趣，深自媚悅」者，固亦有在。讀《奉先》《詠懷》諸詩，「蒼莽鬱結，想見其為人」，及其《遊何將軍山林十五首》，又復「赤舄几几，雍容閒豫，退食自公，紆徐委

〔註31〕邵祖平：《杜甫詩法十講》，《文史雜誌》第 5 卷第 1、2 期合刊，1945 年 1 月，第 23 頁。

〔註32〕邵祖平：《讀杜箚記》，《學藝》第 12 卷第 2 期，1933 年 3 月 15 日，總第 251 ～252 頁。

〔註33〕邵祖平：《杜甫詩法十講》，《文史雜誌》第 5 卷第 1、2 期合刊，1945 年 1 月，第 27～28 頁。

蛇」。而近世學杜如吳陋軒〔註34〕者，則「寒窘逼仄，滿紙酸鼻」，不僅有「草野氣」，更兼「酸餡氣」。推究起來，境遇的不同是其一，更主要的還是胸襟學問的差別。〔註35〕

正因為如此，古今詩人學杜甫者雖多，而「卓然可自成一家」者，邵祖平以為僅李義山、黃山谷、元遺山三人而已。李學杜得其「深」，黃學杜得其「奇」，元學杜得其「大」，皆「若似杜而非杜，非杜而似杜」，此真善學杜甫者。其他如張籍之「古淡」，姚合之「海切」，賈島之「僻澀」，均不過「嗛嗛之德」。〔註36〕

（五）杜詩體裁

「詩經立詩教之本，楚騷為詞賦之祖，垂為體裁」。至後世所謂古今詩，依時期演變，可示為三體，即漢魏體、唐體、宋體。其中唐體為詩中「脊幹」。杜甫承其家學淵源，在「不創」之中，仍「爐錘自具，方寸獨運」，通過「矯變」與「恢廓」，多創「新體」和「變體」，如五言古詩，「窮極筆力，擴張境界」，自十韻展為五十韻之《自京赴奉先詠懷》，又展為七十韻之《北征》。五言排律，更務「鋪陳終始，排比聲韻」，故《秋日夔府書懷》已展至一百韻。〔註37〕

七言歌行方面，「箚記」之八認為，其「雄悍處」不可及，其「拙厚處」亦不可及，如其換韻，常在「緊前一聯，慣用對語，以厚其勢」。邵祖平進而指出，宋人學老杜七古者，「固不乏人」，但只學得「聲勢流轉，峭拔廉悍」，於此則未窺見。〔註38〕

〔註34〕吳陋軒，即吳嘉紀（1618～1684），明末清初詩人。字賓賢，號野人。江蘇東臺人。年輕時燒過鹽，家境清貧，雖豐年亦常斷炊，但不以為苦，甘守清貧。喜讀書做詩，好學不倦，天資聰穎，曾應府試，中第一名秀才，但因見明朝覆滅，百姓慘遭清兵屠殺，遂絕意仕途，隱居家鄉，以布衣終身。其作詩，工為嚴冷危苦之調。著有《陋軒詩》，收詩1265首。沈德潛謂其詩以性情勝，不須典實而胸無渣滓，語語真樸而益見空靈。其妻王睿為王艮後人，善詞，著有《陋軒詞》。一詩一詞，珠聯璧合，為時人所重。

〔註35〕邵祖平：《讀杜箚記》，《學藝》第12卷第2期，1933年3月15日，總第255～256頁。

〔註36〕邵祖平：《讀杜箚記》，《學藝》第12卷第2期，1933年3月15日，總第255頁。

〔註37〕邵祖平：《杜甫詩法十講》，《文史雜誌》第5卷第1、2期合刊，1945年1月，第7頁。

〔註38〕邵祖平：《讀杜箚記》，《學藝》第12卷第2期，1933年3月15日，總第250～251頁。

五言律詩方面，杜甫有扇對格、四句一氣格、八句一氣格。七言律詩，則變體尤多，有「自第三句起失黏落平仄格」，有「自第五句起失黏落平仄之折腰體」，有「頸聯腹聯均失黏落平仄格」，有「第五句起不黏第七句後復不黏之落平仄格」，有拗體，有吳體。〔註39〕「箚記」十二認為，「杜詩七律潑辣悲壯，字字威棱逼人」，然「考其謀篇之法，惟在得勢」。蓋因一篇重心，尤在頷聯。若「頷聯得勢」，則後半幅乃有「騰坡走阪之致」。《有客》云「豈有文章驚海內，漫勞車馬駐江干」，《野望》云「海內風塵諸弟隔，天涯涕淚一身遙」，《登樓》云「錦江春色來天地，玉壘浮雲變古今」，《秋興》云「江間波浪兼天湧，塞上風雲接地陰」等，皆各律頷聯，而為一篇警策。〔註40〕

七言絕句，有「律體之絕句格」，有「拗體之絕句格」，有「第三句呼應第一句、第四句呼應第二句之口號體」。〔註41〕楊仲弘《詩法家數》云：「絕句之法，要婉曲迴環，刪蕪就簡，句絕而意不絕，多以第三句為主，而第四句發之」。若以此說「繩少陵絕句」，則其所作，「幾全無主句」，不過是對列二聯而已。「兩個黃鸝鳴翠柳，一行白鷺上青天」，與「窗含西嶺千秋雪，門泊東吳萬里船」究竟有何關涉？邵祖平認為，此杜甫「於絕句本無所解」之證（胡應麟語），故人以「半律」譏之。那麼，工部集中難道就沒有絕句可誦？曰：五絕得《歸雁》，七絕得《贈花卿》。「腸斷江城雁，高高正北飛」；「此曲只應天上，人間難得幾回聞」，其神味既不在王龍標、李青蓮之下，也與楊仲弘的矩鑊相符。

樂府方面，杜甫「不襲舊制，大創有唐新樂府」，如「三吏」「三別」、《哀江頭》《哀王孫》《兵車行》《洗兵馬》；更有《曲江三章章五句》學詩經格，《桃竹杖引》學騷體格，《杜鵑》學樂府詩江南曲格；另有「寫瑣事、紀風土」的俳諧體。〔註42〕

（六）杜詩聲律

杜甫自謂「晚節漸於詩律細」，其「精穩愜律」處，常得力於改詩，故

〔註39〕邵祖平：《杜甫詩法十講》，《文史雜誌》第 5 卷第 1、2 期合刊，1945 年 1 月，第 8 頁。

〔註40〕邵祖平：《讀杜箚記》，《學藝》第 12 卷第 2 期，1933 年 3 月 15 日，總第 252 ～253 頁。

〔註41〕邵祖平：《杜甫詩法十講》，《文史雜誌》第 5 卷第 1、2 期合刊，1945 年 1 月，第 8～9 頁。

〔註42〕邵祖平：《杜甫詩法十講》，《文史雜誌》第 5 卷第 1、2 期合刊，1945 年 1 月，第 9 頁。

曰:「賦詩新句穩,不覺自長吟」;又曰:「新詩改罷自長吟」。杜詩聲調,可以「悲壯沉渾」四字概括,卻又不能「盡賅其能事」,也有「奇創險急」之作,如七絕,就曾自創一種拗體,「崒嵂不平,錯落排奡,最為特殊,不容他人仿傚」。〔註 43〕

杜詩聲律,不唯近體具之。對其五古,邵祖平最喜《大雲寺贊公房四首》第三首,每誦之,覺其「清幽激越」。考其聲律,則此詩「凡雙句第三字悉用平聲」。〔註 44〕又杜詩七古中「最工麗而善焉喜情」者,當推《洗兵馬》第一,其音節亦極「諧美」,「有絲竹之音,嘹嚝悅耳」。此外七古如《同谷七歌》,「颯沓飄忽,悲淒哀訴,音節幾疑神化」。《哀王孫》《哀江頭》音「悲而肅」,《晚晴》音「頹而放」,《角鷹》音「峭而急」,讀者熟諷,可得其妙。又七律詩之拗體者,則首推《白帝城最高樓》,「音節奇姿」,「不可捉摸」。〔註 45〕

(七)「神來說」

杜甫有「文章通神」之論,嘗自狀其詩,除「吾人詩家秀」「詩接謝宣城」「詩名惟我共」「詩是我家事」「語不驚人死不休」諸自負語外,其他如「毫髮無遺憾,波瀾獨老成」,即「自喻其成就之到」;「精微穿溟涬,飛動摧霹靂」,即「自譽其思力之至」;「倒懸瑤池影,屈注滄江流」,即「自繩其氣勢之浮」;「律比崑崙竹,音知燥濕弦」,即「自譬其格律之細」。

「成就」「思力」「氣勢」「格律」之外,尤有一「必具之物」,維何?邵祖平認為是「神來」,故《讀杜劄記》之二復補以數語:「詩興不無神」「下筆如有神」「詩應有神助」「詩成覺有神」「文章有神交有道」。〔註 46〕

《杜詩精義》和《杜甫詩法十講》有「探義蘊」一條,指出:「神」正是詩道的「極詣」,而神即理,理即義蘊。杜詩的「義蘊」,從其《寫懷》詩,可略見一斑。「用心霜雪間,不必條蔓綠。非關故安排,曾是順幽獨」,此儒家之哲理。又云:「達士如弦直,小人似鉤曲。曲直我不知,負暄候樵牧」,「深得

〔註 43〕邵祖平:《杜詩精義》,《東方雜誌》第 41 卷第 1 期,1945 年 1 月 15 日,第 65～66 頁。

〔註 44〕邵祖平:《讀杜劄記》,《學藝》第 12 卷第 2 期,1933 年 3 月 15 日,總第 249 頁。

〔註 45〕邵祖平:《讀杜劄記》,《學藝》第 12 卷第 2 期,1933 年 3 月 15 日,總第 250 頁。

〔註 46〕邵祖平:《讀杜劄記》,《學藝》第 12 卷第 2 期,1933 年 3 月 15 日,總第 248 頁。

印度哲學之髓」。再云：「無貴賤不悲，無富貧亦足。萬古一骸骨，鄰家遞歌哭」，則是「老莊絕學無憂、為道日損與不益生而達生」的情懷。杜甫「取精用宏」，以儒家哲理，建立民胞物與的兼善思想；同時「出入二氏之學」，破除妄執，齊同得喪，從而「鑄成其思想與義理」。正是在「積學富理」的基礎上，詩方有神，「神完而義蘊自足」。此三家思想之外，杜甫又有一種「不夷不惠、非周非禮、亦儒亦俠」的詩人思想，「超然獨存於天地之間」。這種思想或精神，「慈祥愷悌，通於人物，灑落飛騰，絕無凝滯」。〔註47〕

（八）杜詩抉微

自宋人「鞏溪」「歲寒堂」以來，杜詩詩話甚多，惟皆「包論大體，鮮及纖細」。邵祖平則從小處著眼，發現杜詩精絕處有二。

其一，《李嶠峒集》曾云「疊景者意必二，闊大者半必細」，此最得「律詩三昧」，如「浮雲連海岱，平野入青徐；孤嶂泰碑在，荒城魯殿餘」，前景「寓目」，後景「感懷」。「野館濃花發，春帆細雨來；詔從三殿去，碑刻百蠻開」，前半「闊大」，後半「工細」。〔註48〕古往今來，詩人雖眾，然未有及杜子美者，以「工致者少悲壯，排奡者寡妥帖」。其中奧秘，在於杜詩「陰陽之美」「畢具而極勝」。子美有「馬」「鷹」「畫松」諸詩，後有「風雨落花」之什；有《觀公孫大娘弟子舞劍器渾脫行》，後有《黃四娘家花滿蹊》之作；有「子章髑髏」「王郎莫哀」之詞，復有「牙檣錦纜」「香霧雲鬟」之句，莫不「陰陽並美，配置愜當」。又如《北征》，就整篇來看，「渾雄壯闊」；而「學母無不為，曉妝隨手抹，移時施朱鉛，狼藉畫眉闊」諸句，則又「細熨妥帖，香澤動人」。一篇如是，「況與他篇相互」？此杜詩之所以「獨絕」。〔註49〕

其二，少陵「各篇起結必爭，皆有奇采起句」，如《天育驃騎歌》《慈恩寺塔》《奉先劉少府新畫山水障歌》《簡薛華醉歌》《病後過王倚飲贈歌》《短歌行》《王兵馬使二角鷹》等篇，「捉筆直寫，奇橫無匹」。結句如《章贈韋左丞丈》《北征》《洗兵馬》《憶昔》諸篇，「足握全篇之奇」。他篇則悉用「開拓法」，

〔註47〕邵祖平：《杜詩精義》，《東方雜誌》第 41 卷第 1 期，1945 年 1 月 15 日，第 65 頁。亦見于邵祖平《杜甫詩法十講》，《文史雜誌》第 5 卷第 1、2 期合刊，1945 年 1 月，第 11～12 頁。

〔註48〕邵祖平：《讀杜箚記》，《學藝》第 12 卷第 2 期，1933 年 3 月 15 日，總第 249 頁。

〔註49〕邵祖平：《讀杜箚記》，《學藝》第 12 卷第 2 期，1933 年 3 月 15 日，總第 254 頁。

尤喜用「何」字，如「四鄰耒耜出，何必吾家操？」(《大雨》)；「自古有羈旅，我何苦衰傷？」(《成都府》)；「人生無家別，何以為蒸藜？」(《無家別》)；「若道巫山女麤醜，何為有此昭君村？」(《負薪行》)；「若道士無英俊才，何得山有屈原宅？」(《最能行》)等等，餘不盡書。反觀宋之問「不愁明月盡，自有夜珠來」，王維「回看射雕處，千里暮雲平」，司空圖「味外味」，姜夔「有餘不盡」，則難及此老「後路寬宏」。〔註50〕

對邵祖平的《唐詩通論》，杜曉勤曾認為，此著是 20 世紀對唐詩較早進行的系統研究，雖未能夠完全跳出明清以來唐詩研究界「天分」「學力」之爭的框架，但對唐詩藝術特質的把握和唐詩優缺點的評述，深刻而中肯。其精彩新警的剖析，對當時文壇重宋輕唐的風氣，引導學界重視研究唐詩，有不可忽視的積極作用。〔註51〕這是對《唐詩通論》的總體評價。其實，若單就其中論杜部分，又何嘗不是如此！

綜上以觀，邵祖平論杜，顯然仍未蛻去傳統的點評形式，其遣詞造句，也多採用古代文論話語，但所論對象與內容，如其所言，已無關乎杜甫本傳、世系、年譜和史蹟〔註52〕。就其系統性而言，則初具現代學術品格。不過深以為憾的是，這些論述和批評，迄今為止，並未得到足夠的重視和充分的研究。

第二節　江絜生論杜

江絜生(1903～1983)，本名倫琳，字仲篋，號絜生，又號意雲、絜道人。或稱「瀛邊詞人」。安徽合肥人。祖父為光緒進士，歷官翰林院編修、知府，有詩文集刊行於世。父兄均擅詩。家學之外，且得新江西詩派領袖陳三立詩教，並推介與朱祖謀(孝臧、彊村)。故其精於詩詞，一生創作頗豐。曾任職於于右任所主南京政府監察院，頗得其指授，與汪東、喬大壯、沈尹默、盧前、王陸一等交好。〔註53〕時張大千為中央大學美術教授，二人於 1933 年初

〔註50〕邵祖平：《讀杜箚記》，《學藝》第 12 卷第 2 期，1933 年 3 月 15 日，總第 253 頁。

〔註51〕杜曉勤：《20 世紀唐代文學研究歷程回顧》，《北京大學學報》(哲學社會科學版) 2002 年第 1 期，第 71 頁。

〔註52〕邵祖平：《讀杜箚記》，《學藝》第 12 卷第 2 期，1933 年 3 月 15 日，總第 103 頁。

〔註53〕馬大勇：《「寂寥故國山中月，蕩漾天風海上波」——論近百年臺灣詞壇》，馬興榮、朱惠國主編《詞學》第 38 輯，上海：華東師範大學出版社，2017 年

識，常談詞畫，終成莫逆。後入《民族詩壇》作者陣營，張抗戰詩歌大纛，砥
礪人心。遷臺後，長期主編《大華晚報》副刊「瀛海同聲」；又在臺北峨嵋街
夜巴黎酒家之茶肆，開設沙龍，講論詞法。晚年出版詩詞選集《瀛邊片羽》，
載詞 119 闋、詩 55 首。所選詞作，有 60 餘種詞牌。李猷敬贊其詞作「皆精
金美玉，上接唐宋，以啟來茲」，並譽其為「巋然領袖，三十年來，造就詞家
無數，厥功至偉」，「詩筆詞品，兩皆道上，求諸並世，殆乏其儔」。〔註 54〕馬
大勇亦稱其「誠是臺島近百年不可忽視之重鎮」〔註 55〕。

　　江絜生論杜，多見諸《吟邊箚記》，且不難見出于右任的影響。因學界對
江絜生關注甚少，特摘錄其論杜三則。

（一）《吟邊箚記》

　　發表於《民族詩壇》第四輯〔註 56〕（第 3～4 頁），「中華民國二十七年八
月出版」。「吟邊」，指詩人吟誦之地的旁邊，語出南宋劉仙倫《題岳陽樓》：
「大舶駕風來島外，孤雲銜日落吟邊。」或謂「詩中、詞中」，如南宋王沂孫
《高陽臺》（殘萼梅酸）：「朝朝準擬清明近，料燕翎、須寄銀箋。又爭知、一
字相思，不到吟邊。」〔註 57〕箚記，是指讀書時摘記的要點、心得或隨筆記
事。〔註 58〕

　　　　詩詞之本身為美術，故必以「唯美」為依歸。除爭勝立意外，
　　　格調不必過於新奇，用字亦不必過於生澀。蓋詩以陳義，辭則達意
　　　而已。即以杜詩全集，達千數百首，而其中常為人所諷詠者如古體
　　　之前後出塞，兵車行，北征，羌村，無家別，石壕吏，贈衛八處士，
　　　近體之秋興，諸將，詠懷古蹟等篇，率皆辭意明顯，音節諧和，用

---

　　　12 月版，第 272 頁。
〔註 54〕許日章：《江絜生與張大千的詩畫交往》，《江淮文史》1995 年第 3 期，第 116
　　　頁。
〔註 55〕馬大勇：《「寂寥故國山中月，蕩漾天風海上波」——論近百年臺灣詞壇》，馬
　　　興榮、朱惠國主編《詞學》第 38 輯，上海：華東師範大學出版社，2017 年
　　　12 月版，第 274 頁。
〔註 56〕主編人：盧冀野；發行人：項學儒；發行者：獨立出版社；總經售處：正中
　　　書局（漢口花樓街十六號）；通信處：（一）漢口天津街四號，（二）漢口升平
　　　左巷二十號。
〔註 57〕馬興榮、吳熊和、曹濟平主編：《中國詞學大辭典》，杭州：浙江教育出版社，
　　　1996 年 10 月版，第 644 頁。
〔註 58〕羅竹風主編，漢語大詞典編輯委員會、漢語大詞典編纂處編纂：《漢語大詞典》
　　　第 6 冊，上海：漢語大詞典出版社，1990 年 12 月版，第 306 頁。

字平凡，取材切近。絕少勞苦艱難之態，亦無聲〔註59〕牙詰屈之聲。故能易於上口，便於成誦，見之悅目，詠之怡神。信乎佳文不在求奇，雖詩聖亦莫能改也。

凡詩必有時代性，此即詩史之說也。然創造之初，每遭橫議。且開新合故，尤易召舊人鳴鼓之攻。故非心志堅貞，魄力雄偉者，輒不能成此大業。少陵之詩，允推此類。酸淚苦心，忠魂義骨。寫百年之萬事，鳴四海之同聲。如北征，麗人行，兵車行，羌村，哀江頭，哀王孫，諸將，三別，三吏等作，皆自命新題，一空舊跡。有功政教，君民。故論者與其推少陵為前代之詩宗，無寧尊之為革命之文學。非如李白之自傷無命，一意為神仙縹緲之詞，賭醉消愁，無關實際，適自成其為詩中之謫仙而已。然亦正以此故，頗疑少陵於當時，或被目為新文學之流，其聲譽或不逮李白。證之以昌黎句：「李杜文章在，光芒萬丈長。」則置李杜上，至少亦與杜相埒，此積習之誤人，而同情於創造者之難得其偶也。逮夫唐謝宋興，後之人讀其詩，悉其人，知其世。開元景象，如在目前。觀其感時撫事，愛國忠君沉瀣風塵，遭逢離亂。言人之所不能言，而又為人人心中之言。七情皆到，萬古常新。文章至此，尚何踐跡之足云。然則詩人生乎今世者，幸勿以一味媚古為能事也。

該文又以《漫談舊詩》為題，發表於《決勝》週刊第十三期〔註60〕（第15 頁），「中華民國二十七年十一月十七日」出版。文字略有小異，如：1.《民族詩壇》：「其中常為人所諷詠者如古體之前後出塞」，《決勝》：「其中常為人所諷詠者非古體之前後出塞」；2.《民族詩壇》：「便於成誦」，《決勝》：「便於誦」；3.《民族詩壇》：「少陵之詩」，《決勝》：「小陵之詩」；4.《民族詩壇》：「置李杜上」，《決勝》：「置李於杜上」；5.《民族詩壇》：「此積習之誤人」，《決勝》：「此積極之誤人」；6.《民族詩壇》：「如在目前」，《決勝》：「明在目前」。

標點方面，亦有不同：1.《民族詩壇》：「諸將，三別」，《決勝》：「諸將三別」；2.《民族詩壇》：「皆自命新題，一空舊跡」，《決勝》：「皆自命新題一空舊跡」。相較而言，《民族詩壇》更為準確、規範。

〔註59〕原文作「聲」，有誤，徑改。
〔註60〕主編：范翰芬；社址：麗水白塔頭二十六號。

（二）《吟邊箚記》

發表於《民族詩壇》第六輯〔註61〕（第5～6頁），「中華民國二十七年十月出版」。

　　舊臘抵漢，從事數月，類多文字之役。適冀野初輯民族詩壇，時時從庚由〔註62〕及余乞稿，選聲琢意，重理吟哦。閒得右任先生指示杜詩之精義：嘗語以後人所以稱工部每飯不忘君國者，非每飯思君之謂，正因其有一貫尊君之理論與政策在也。理論為何？即近代所謂之「中央集權」是已。工部於漁陽事變之前，諸藩割據，早抱隱憂，而尤致憾於祿山聲勢之日盛。故其後出塞詩，一則曰，主將位益崇，氣驕凌上都。再則曰，將驕益愁思，身貴不足論！而於朝廷之措置失宜，決不忍道出一字。蓋以為君臣之義，無可置辭。明主一日萬幾，何能無千慮之一失？正賴諸將之念主酬知，安民衛國，以補袞職之闕。故凡擁兵自利者，皆跡近於亂臣賊子，而不容稍赦者也。況朝廷之本意，信倚諸藩，始多恩遇。朝廷有罪，罪在諸藩也！工部孤懷苦志，老而彌貞！入蜀後流離失所，為一生最艱苦之際，猶感賦諸將五章，重揭此旨。觀其第四首，「滄海未全歸禹貢，薊門何處盡堯封；朝廷袞職雖多預，天下軍儲不自供」兩聯，痛斥蜀中將帥及大臣之出將者，當安危重任，不思所以歸職貢，復封疆，良已愧對朝廷，何反害及農時，濫支國庫耶？秉筆直書，辭嚴義正，此老蓋真能篤抱中央集權之信念而始終不渝者！惟其有此不易之理論與政策，一發之於詩，故能形成其「每飯不忘君」之大節，尊為詩聖，非偶然也。一語興邦，千秋有當。值此蠻旗壓境，世難如山，民族復興，尤賴氣節。詩人今日，亟宜繼承工部之偉業，統一身心，宣揚忠義。凡處士浮言，疑雲綺語，無病呻吟者流，固為時〔代〕所擯棄。更如理論不純，諷嘲開作，有害於世道人心，及不利於抗戰之前途者，皆應一本工部之家法，而付之筆墨征誅也。

〔註61〕總經售：正中書局雜誌推廣所（重慶石門坎十八號）。

〔註62〕即張庚由，陝西涇陽人。上海大學中文系肄業。後留學蘇聯，與蔣經國同窗。精詩文，性闊達。曾任國民政府監察院秘書、監察院參事，陝西省黨部委員兼書記長。1948年病故於西安。其妻王秀清（上海大學社會系肄業，亦曾留學莫斯科中山大學），為國民黨中委王陸一之妹。

易君左《杜甫今論》（四）在論述杜甫的「大一統主義」即「反分裂主義」時，曾引用上述觀點，證明杜甫「極力主張中央集權」。

（三）《吟邊箚記》

發表於《青年嚮導》週刊第十五期〔註63〕（第2頁），「中華民國廿七年十月十五日」出版。

> 隨園論詩，每多膚解。尤陋者，至謂工部秋興之「聽猿實下三聲淚，奉使虛隨八月槎」一聯中，所用虛實二字，竟有欠通費解之處。蓋其意以為聽猿自有淚，何必曰「實下」？奉使每無成，亦無庸重揭「虛隨」之旨。不知上句乃工部引用水經注中之漁歌：「巴東三峽巫峽長，猿啼三聲淚沾裳。」蓋謂昔諺如此，向未經心，今來巫峽，親聽猿啼，方知實能下「三聲之淚」也。下句則為甫隨嚴武入蜀，本多奢望，乃事與願達，坐荒歲月，既不能因武成事，武又不為之薦於朝廷。故曰「虛隨」，寫身世之痛也。工部入蜀後切身之痛，盡此一聯，而此一聯之用意，則因此虛實二字而益顯。杜詩渾樸，亦在此處。寧若隨園之一任天機，提倡客慧〔註64〕，於詩之義法，尚未能盡知，奚暇妄詆前賢耶？

第三節　程千帆的杜甫研究

程千帆（1913～2000），原名逢會，改名會昌，字伯昊，四十以後，別號閒堂。湖南寧鄉人。1932年8月，入金陵大學中文系。1936年夏畢業，即在金陵中學任教。1937年9月1日，在安徽屯溪與沈祖棻結婚，後任教於屯溪安徽中學。同年冬，避難至長沙與沈祖棻會合。1938年2月11日，在長沙拜訪聞一多。春，任教益陽龍洲師範學校月餘，至西康建設廳漢口辦事處工作。秋，流寓重慶。後至西康，任西康建設廳科員。1940年2月，任樂山中央技

〔註63〕編輯兼出版者：青年嚮導社（重慶武庫街七十八號）；發行者：重慶七七書局（重慶武庫街七十八號）印刷者：重慶西南日報社。「每逢星期六日出版」。

〔註64〕客慧，語出蘇軾《子由新修汝州龍興寺吳畫壁》：「始知真放本精微，不比狂花生客慧。」狂花：花不以時開，如桃李在冬天開花，叫作「狂花」。客慧：指小聰明。全句意謂：方才領悟真正的放逸原本出於精微之中，根本不是那種隨興而發的狂花或一時一地的小聰明。參見顏中其《蘇軾論文藝》，北京：北京出版社，1985年5月版，第224頁。

藝專科學校國文講師。1941 年 8 月，就聘樂山武漢大學中文系講師。1942 年
秋，應聘成都金陵大學副教授，與沈祖棻在學生中提倡詩詞創作，並組織成
立「正聲詩詞社」。1943 年 8 月，應聘四川大學副教授兼金陵大學副教授。
1944 年秋，被金陵大學解聘，在成都四川大學與成都中學任教。1945 年 8 月，
應聘樂山武漢大學副教授。1946 年 11 月上旬後，繼續在武漢大學任教。1947
年 8 月，升任教授，不久兼任中文系主任。〔註65〕

　　此一時期，程千帆論杜，主要見諸以下四文（書）：

一、《少陵先生文心論》

　　該文作於 1936 年 5 月，是程千帆「第一篇文學論文」〔註66〕，由時任
金陵大學中文系主任劉繼宣〔註67〕指導完成〔註68〕。據《民國時期總書目》，
《少陵先生文心論》：「程會昌著，著者刊，〔1937 年〕版，14 頁，16 開」，
「杜甫作品研究」。〔註69〕後發表於《金陵大學文學院季刊》第二卷第二期，
每文獨立編頁，計 13 頁。該期未署出版時間，據「晚清民國期刊全文數據
庫」的介紹，《金陵大學文學院季刊》的拍攝年份為 1931 年 6 月至 1937 年
4 月，而第二卷第二期為最後一期，故可推斷其出版時間為 1937 年 4 月。
從頁數上看，《民國時期總書目》的著錄，應即此版。正文 13 頁加上封面，
恰好 14 頁。

〔註65〕徐有富：《程千帆先生學術年表》，程千帆《唐代進士行卷與文學古詩考索》，
　　　　北京：商務印書館，2014 年 9 月版，第 558～561 頁。

〔註66〕徐有富：《程千帆先生學術年表》，程千帆《唐代進士行卷與文學古詩考索》，
　　　　北京：商務印書館，2014 年 9 月版，第 558 頁。

〔註67〕劉繼宣（1895～1958），湖南衡陽人。1919 年畢業於金陵大學。後留學日本。
　　　　曾任金陵大學、中央政治大學、中央軍校、安徽政治學院、南京大學等校教
　　　　授。著有《戰國時代之經濟生活》（金陵學報社 1932 年印本）、《中華民族拓
　　　　殖南洋史》（與束世澂合著，國立編譯館 1934 年出版）、《中華民族發展史》
　　　　（中央陸軍軍官學校 1935 年印本）、《國學源流等函授講義九種》（中華書局
　　　　函授學校印本）、《各國考核制度概要》（中央政校 1942 年印本）、《國民守則
　　　　釋證》（上海正中書局 1945 年出版）。參見尋霖、龔篤清編著《湘人著述表》
　　　　一，長沙：嶽麓書社，2010 年 1 月版，第 255～256 頁。其中《中華民族發
　　　　展史》另有一個版本，為郭維屏所編，1936 年 8 月出版，成都開明書店總代
　　　　售。劉繼宣首次任金陵大學中國文學系主任的時間為 1931 年至 1940 年春。

〔註68〕趙睿才：《百年杜甫研究之平議與反思》，北京：人民出版社，2014 年 7 月版，
　　　　第 71 頁。

〔註69〕北京圖書館編：《民國時期總書目（1911～1949）：文學理論・世界文學・中
　　　　國文學》上，北京：書目文獻出版社，1992 年 11 月版，第 163 頁。

該文後又刊於《文史雜誌》第五卷第一、二期合刊〔註70〕（第29～37頁），1945年1月出版。末署「二十五年舊作，三十一年春改訂」。

既曰「改訂」，則兩者或多或少有所不同。全文分五節，《金陵大學文學院季刊》版每節均有小標題，分別是：一、「文章千古事得失寸心知」；二、「文章一小技於道未為尊」；三、「美名人不及佳句法如何」；四、「詩人以來未有如子美者」；五、「殘膏勝馥沾丐後人多矣」；《文史雜誌》版則全部刪略。注釋方面，《金陵大學文學院季刊》版用夾註，《文史雜誌》版則全部改作尾注。至於內文的不同，也多可見。此處的撮述，以《文史雜誌》版為依據，個別模糊處，則參照《金陵大學文學院季刊》版而來。

程千帆首先闡明撰寫此文的目的。其回顧自兩方面展開：一是詩論的興起與演變。在他看來，品詩之作，常後於詩。「品詩之文」，又在「品詩之詩」之後。「論文之業，導源於《詩序》，揚波於《典論》。」至鍾嶸《詩品》、劉勰《文心雕龍》，達於極盛。「至唐而得老杜，《偶題》《戲為六絕句》諸篇，希聲往哲」。自茲以後，此體遂開，其中最著者，有金元好問《論詩》三十首、清王士禛《戲仿元遺山論詩絕句》三十五首。

二是杜甫評論的發展歷程。杜甫天縱之聖，在當世已領袖群流。自宋以下，尤極推崇。黃魯直推為「詩中之史」，羅景綸推為「詩中之經」，楊誠齋推為「詩中之聖」，王鳳洲推為「詩中之神」。頌揚既備，研討亦多。「編纂則樊晃開其端，箋注託王洙居其首。年譜之作，昉自汲公呂大防。詩話之興，始於莆田方深道」。詩話雜叢，但「多逞臆說，無益後生」，莫逾元稹《墓誌》；然元文「格於體例」，失之簡略，未暇縷陳。有感於此，程千帆擬「就杜公之詩，探其文心所在」，其目的，則在於「以杜還杜」。

其次是探討杜甫的思想傾向。杜甫蓄積，「元自儒家」，故其語於生事及文章，均在「儒家界內」。先觀「生事」。儒家者流，「用世是務」。觀《奉贈韋左丞丈二十二韻》《自京赴奉先詠懷五百字》等，足以「悲其志」。杜甫自許稷契一念，自來論者紛紜。其「不之許者」，如葛立方、周必大；其「許之者」，如黃澈、蘇軾。程千帆認為，「平掌四子之言，坡公為達。蓋儒者所存，固應如此。至其能逮與否，又當別論。」洪亮吉曰：「杜工部之救房琯，則生平許

〔註70〕該期編輯者：文史雜誌社（北碚黑龍江路五十二號）；社長：葉楚傖；主編者：顧頡剛；發行者：中華書局（重慶民權路）；代表人：姚戟梅；印刷者：中華書局印刷廠（重慶李子壩）。

身稷契之一念誤之」。其「微至之談，足以解紛息喙」。再觀儒家文論，歷代視之為小道。故杜甫所謂「文章一小技，於道未為尊」或「辭賦工何益」，誠有所本。「儒者學優而仕，志在蒸黎，若當厥道不行，淪諸草野，則江湖魏闕，廊廟山林，必有往復馳思，哀樂無端者。」故其「清詩近道要，識子用心苦」；「清文動哀玉，見道發新硎」；「道消詩興廢，心息酒為徒」，與文章小技之說，「實相反而互誠」。

　　再次是關於杜詩真義。杜甫作詩，或為「動中形言之說」，或抒「賢人失志之感」，或申「緣情體物之義」，不少詩句，已「曲達放言遣辭之兩境」。稟氣懷靈，杜之為杜，自別有真，主要為三點：一是「識足以會通變」。泥古苦拘，倍古傷獷。杜甫於此，最具特識。其大旨，見於《偶題》及《戲為六絕句》諸篇。《偶題》云「後賢兼舊制，歷代各清規」，即言文學變遷。前朝成規，「每為後來之遺產」，作者「能兼舊制，更益新知」，「則各具精神面目，無復雷同」。而《戲為六絕句》除一、四兩首外，亦皆論文章與時會的攸關。《金陵大學文學院季刊》版對此還有小結，認為《偶題》數句，說明文學因時代而變遷的大勢；《戲為六絕句》的二、三首，以盧照鄰、王勃為例，「證成歷代清規之說」，其五、六首，則論及「創作時對時代應有之認識」。二是「才足以嚴律令」。辭條文律，杜之所重，故於詩則曰「詩律群公問」，於文則曰「文律早周旋」。律令出精嚴，則思力自然沉厚；經營由於慘澹，則出語迥不猶人。只要事義以精純，則「音韻從而流美」。三是「學足以達標準」。其標準所在，可以「神秀清新」四者概之。杜甫品詩衡文，「揭櫫神字最夥」。然「神秀清新」何以至之？其途徑有三：「有後先之觀念，則不致徒事模擬」；「以苦吟為律令，則可以自致英奇」；「所謂警策」，「亦致神秀親〔註71〕新之道」。此三者，皆杜甫「詩法之可稽者」。

　　五則是關於杜甫的「堆積之說」。所謂「堆積」，即「集大成」。杜詩含濡古人既深，「不讓土壤，不擇細流，故能含短取長，成其深博」。元稹《墓誌》，秦觀進論，已道出杜詩淵源。若會取二子之言，以參杜詩，則若合符節，但亦有未及之處，如其追蹤西漢，致美建安，繩武太康，汲流六代。而其「惜盧王於國初」，詩中可四見；溯祖家法，亦有兩篇。杜詩含咀眾妙，轉益多師，故能「託響清新，摘篇神秀，高標靈采，獨具匠心」，這已遠非「煮鹽水中」可以比擬。

〔註71〕「親」，原文失校，當作「清」。

最後是論杜詩的影響。司馬溫公（光）、六一居士之後，詩話漸多，但論後賢學杜，多尋行數墨之談。不過亦有朗列之言，如孫僅言唐人之學杜，王士禛雜舉歷代之言，王世貞論明人學杜，雖所舉或謝周全，所論尚資商兌，若取以為例，則杜詩流衍，可以概見。另一方面，杜甫的自負，雖權輿乃祖，但亦必傳人。

二、《杜詩偽書考》

該文作於 1936 年 8 月。〔註72〕據《民國時期總書目》，《杜詩偽書考》：「程會昌著著者刊〔1937 年〕版 14 頁 16 開」，「考證各種偽託之杜甫詩集。封面題有著者將此印刷品送給北平圖書館的時間『丁丑三月』」。〔註73〕後收入《目錄學叢考》。其《敘目》末署「民國二十六年，歲次丁丑，清明節，寧鄉程會昌謹識於玄覽齋」，由此可知，該書編定於 1937 年 4 月 5 日。據《金陵文摘：民國三十年起至三十一年止（1941～1942）》〔註74〕之「人文科學·目錄學」，《目錄學叢考》：「程會昌 28 年 2 月中華書局稿 110 面」，「包含目錄學論文六篇，以討論類例者為主」。〔註75〕「六篇」依次為：《別錄七略漢志源流異同考》《雜家名實辯證》《漢志詩賦略首三種分類遺意考》《漢志雜賦義例說臆》《杜詩偽書考》（第 67～96 頁）、《清孫馮翼四庫全書輯永樂大典本書目鈔本跋》。有《蕭序》，「丁丑六月，墊江蕭印唐序」。

《杜集書目提要》亦有條目：《杜詩偽書考》，程會昌著，「一九四九年上海中華書局出版。鉛印本，一冊。是書經作者程千帆修訂，收入其《古詩考索》一書中，一九八四年由上海古籍出版社出版」。〔註76〕

〔註72〕 徐有富：《程千帆先生學術年表》，程千帆《唐代進士行卷與文學古詩考索》，北京：商務印書館，2014 年 9 月版，第 558 頁。

〔註73〕 北京圖書館編：《民國時期總書目（1911～1949）：文學理論·世界文學·中國文學》上，北京：書目文獻出版社，1992 年 11 月版，第 163 頁。

〔註74〕 該刊是為紀念金陵大學（The University of Nanking）五十五週年而編纂，「金陵大學民國三十二年印於成都」。據封底的英文翻譯，具體出版時間為 1943 年 4 月。編輯者：私立金陵大學金陵文摘（Nanking Abstracts）編輯委員會；出版者：私立金陵大學出版委員會；發行者：私立金陵大學中國文化研究所（成都華西壩弟弟小學內）。其編輯委員會為：王繩祖、魏景超、戴安邦、李小緣；戴安邦主席。有陳裕光《序》，「民國三十二年四月」。

〔註75〕 《金陵文摘：民國三十年起至三十一年止（1941～1942）》，成都：金陵大學，1943 年 4 月，第 1 頁。

〔註76〕 鄭慶篤、焦裕銀、張忠綱、馮建國編著：《杜集書目提要》，濟南：齊魯書社，

現據《目錄學叢考》，述其大要。

對於偽書，程千帆引章學誠、崔述二人所言，說明造作偽書之過以及對待偽書應持的態度。章學誠認為，「以己之所偽託古人者，奸利為甚，而好事次之。好事則罪盡於一身，奸利則效尤而蔽風俗」。崔述則認為，「偽造古書，乃昔人之常事。所賴達人君子，平心考核，辨其真偽」。《杜詩偽書考》所考偽書，計有五種：

1. 王洙：《杜工部集注》

王洙（979～1057），字原叔（一作元叔），應天宋城（今河南省商丘市）人。舉進士，為府學教授，擢史館檢討，歷天章閣侍講，累遷翰林學士。著有《易傳》十卷及雜文千餘篇。

《新唐書・藝文志》載：「杜甫集六十卷、小集六卷」。此六十卷杜集，經唐末五代之亂，至北宋已不可復見。時雖有杜集數種，皆散佚之餘，且多藏於私家。幸得王洙廣為搜集、整理，編纂成冊，合二十卷。王洙所編杜集，曾否付梓，已無從得知。後二十年，姑蘇郡守王琪取王洙本重新編定並鏤板刊行。此即《宋本杜工部集》。王琪，字君玉，華陽人。生卒年不詳。數臨東南諸州為官，政尚簡淨，以禮部侍郎致仕，卒。經王洙、王琪整理，裴煜補遺，杜甫集的收集整理基本竣事，成為後世所有杜集的祖本。〔註77〕

《王內翰注杜工部集三十六卷》，一作《注杜工部集》，簡稱「洙注」。原書無見，其注散見各集注本。

今傳王洙記，言編纂之事甚詳，但獨無一語及注。此記成於寶元二年十月。至嘉祐四年四月，王琪復刻，撰為後記。其中言覆刊之事亦甚詳，但同樣無一語及注。程千帆據此推斷，《杜工部集注》應是偽書。

偽書之出，約在南渡之初。其時王洙自編無注本與後出偽注即已並行於世。自紹興以迄端平，論列王本，不下十餘家。各尊所聞，紛然淆亂。不過偽注既出，而後人又不善讀王洙、王琪二記，遂多以為王洙真注杜詩。

「洙注」之真偽，為歷來紛爭未決的公案。程千帆首列此注為「偽書」。〔註78〕《湖南通志》據吳激之說，徑以宋鄧忠臣為《注杜詩三十六卷》注者，

1986 年 9 月版，第 283 頁。

〔註77〕鄭慶篤、焦裕銀、張忠綱、馮建國編著：《杜集書目提要》，濟南：齊魯書社，1986 年 9 月版，第 1～3 頁。

〔註78〕周采泉：《杜集書錄》上，上海：上海古籍出版社，1986 年 12 月版，第 23 頁。

周采泉認為孤證似不足信。〔註79〕

2. 蘇軾：《老杜事實》

蘇軾（1036～1101），字子瞻，號東坡居士。四川眉山人。翰林學士。其論杜詩，散見《東坡志林》《仇池筆記》及題跋中，實未嘗注杜。《東坡杜詩故事》，或稱《東坡杜詩事實》，簡稱《老杜事實》，亦作《東坡事實》。偽蘇注，或謂出於鄭昂（卬），或謂出於李歟，或謂王銍託李歟之名。〔註80〕

宋人假借東坡之名注杜，其初意本在「兩美必合」，但在識者看來，實類「兩賢相厄」。其書久無單刻，但「散見諸宋注中」，不過「妄謬在在，可以覆按」。程千帆所「疏通舊說」者，主要有四：《苕溪漁隱叢話》前集卷拾壹、《晦庵題跋》卷三、《容齋隨筆》卷壹、《賓退錄》卷壹。至於前輩「辜榷之語，散見尤多」，所舉有四事。宋、元以來，偽注即早已不齒於世。但「嗜痂者流，世所多有」，稽諸舊籍，可徵者二。

此書宋人已斥其偽。《杜集書目提要》將其置於「著錄存目（已佚或存佚不明者）」之屬，並說明其為偽書。周采泉則指出：「今人注杜者，尚輾轉引用，則因『分門類』及『集百家注』本之重印，以致死灰復燃」〔註81〕，此種現象，值得警惕。

3. 黃庭堅：《杜詩箋》

黃庭堅（1045～1105），字魯直，號山谷道人，分寧（今江西省修水縣）人。治平四年（1067）進士。累官秘書省校書郎、國史編修官，後貶涪州別駕。徽宗時，曾起復，繼因蔡京誣以「幸災謗國」罪名，除名羈管宣州，卒於宣州。有《山谷內集》《外集》《別集》。

《杜詩箋》，或作《杜詩集箋》。明以前無所聞。陶宗儀《說郛》始刻。日人近藤元粹刊「螢雪齋叢書」，再次收錄，且作評訂。共六十則，均是截取杜詩一二句，然後說明其出處故實。

不過，據魏慶之《詩人玉屑》卷拾肆所引黃庭堅之言，其論杜詩雖精，但亦可見其未嘗作箋。程千帆於前十則中，拈取六例，即彰顯該書偽跡，最

〔註79〕周采泉：《杜集書錄》下，上海：上海古籍出版社，1986 年 12 月版，第 638 頁。

〔註80〕周采泉：《杜集書錄》下，上海：上海古籍出版社，1986 年 12 月版，第 641～642 頁。

〔註81〕周采泉：《杜集書錄》下，上海：上海古籍出版社，1986 年 12 月版，第 645 頁。

終得出結論：「此蓋不學之徒，雜取諸書，夤緣《大雅堂記》之言，求售其技。」

程千帆之前，元好問《杜詩學引》即謂山谷無意於注杜詩，顯見此書係偽託。《杜集書目提要》則認為，「此論僅可備一說。或《杜詩箋》作於《大雅堂記》之後；或後人據山谷箋語，編纂成書，亦有可能。故以存疑為慎。」〔註82〕《杜集書錄》也認為今存之箋，「每則少者不十字，多者亦不盈百，有極精覈處，語簡意賅，出於黃氏當可信」，〔註83〕故「此箋容有紕繆，究與偽蘇偽王有別，不能斥為偽書」〔註84〕。

4. 虞集：《杜律注》

虞集（1272～1348），字伯生，號道園。其先武州寧遠（今山西省五寨縣北）人，隨父居臨川崇仁（今江西省崇仁縣）。三歲知讀書。從吳澄遊，大德初薦授大都路儒學教授。文宗時，累遷奎章閣侍書學士，纂修經世大典，卒謚文靖，世稱邵庵先生。著有《道園學古錄》《道園遺稿》等。

《杜律注》，或題《杜工部七言律詩注》，或題《虞邵菴分類杜詩注》，或題《杜律邵菴注》，又作《杜律訓解》，異稱不一，簡稱「虞注」。其刊本甚多，且版式、體例各異，以卷數計，有一卷本、二卷本、四卷本，不分卷本；以體例計，有分類本、編年本。此外尚有與趙汸《杜工部五言律注》合刊本。

是書分類諸本，其門類與張性《杜律演義》相較，大同小異；編年體諸本，所收詩篇與分類本大多相同，其注釋亦相近。首有楊士奇序。此序大為偽書張目，明時甚盛行。然「辜榷之語，亦不勝其多。胡震亨、胡應麟、王夫之、姚際恒，片言折獄，服人為難」。楊慎《閒書杜律》「首從本書糾其違失」。又《四庫提要》卷壹佰柒拾肆別集類存目，「援引舊說，辯證綦詳」，允稱「信美」。但程千帆懷疑虞集、張性二注「或相剿襲，未必雷同」，「徐以道、王士禎（禛）雖見張注，或未嘗取校世傳虞本」，因此，《提要》決斷，自有可商之處。

《杜集虞注》自姚際恒《古今偽書考》之後，再經余嘉錫、程千帆等考定，其偽已昭然若揭。周采泉認為，「《偽書考》為程氏早年作品，未見《演

〔註82〕鄭慶篤、焦裕銀、張忠綱、馮建國編著：《杜集書目提要》，濟南：齊魯書社，1986年9月版，第350頁。

〔註83〕周采泉：《杜集書錄》上，上海：上海古籍出版社，1986年12月版，第447頁。

〔註84〕周采泉：《杜集書錄》上，上海：上海古籍出版社，1986年12月版，第448頁。

義》之黎近《序》，故尚據舊說，而未知張性初無託名虞集之意。其所以嫁名於虞集者，實出於朱熊之手，經楊士奇等鉅公品題以後，率奉為圭臬」〔註85〕。

此書雖偽，但亦有可取之處，如《杜集書目提要》之說：「宋以來注杜之作如林，而僅取杜甫七律加以注釋者，則自此書始，其首創之功不可沒，且後之注杜者多有稱許，故能一刊再刊，大行不衰。」〔註86〕

5. 杜舉：《杜陵詩律》

杜舉，工部九世孫。楊載有序。此書假託楊載得之於杜甫後人，收杜甫律詩43首，分為51格，孟惟誠參校增注，又附錄楊載律詩5首。楊載（1271～1323），字仲弘（一作「仲宏」），杭州人。能文工詩，與虞集、范梈、揭傒斯齊名，為元代四大詩人之一。有《楊仲宏集》八卷。〔註87〕

關於此書，見記於仇兆鰲《杜律重寶辨》、王漁洋《帶經堂詩話》卷拾捌。參伍二說，可得其大概。考諸明人著錄，祁承爜《澹生堂書目》卷拾肆、高儒《百川書志》卷拾捌、黃虞稷《千頃堂書目》卷三拾貳，皆可稽。至清人書目，則不復有其書。

分格說杜，始於宋人。《四庫提要》卷壹佰玖拾柒《詩文評類存目》云：「《少陵詩格》一卷，宋林越撰。是編發明杜詩篇法，穿鑿殊甚」，「每首皆標立格名，種種杜撰」，「真強作解事」。程千帆認為，此應即《杜陵詩律》所本。推原究因，「疑元時妄人，獲此書籍，偽造新序，用駭世俗」，遺憾的是，因兩無傳本，不能取證。另一方面，當日楊仲弘亦喜侈談詩法，「造序託名於彼」，亦非偶然。

總而言之，「此本偽書，言又俗薄，而解詩分格，託序於楊，皆有自來」，「雖小道」，但「必有可觀者」。

三、《杜詩書目考證》

據《金陵文摘：民國三十年起至三十一年止（1941～1942）》，《杜詩書目考證》：「程會昌30年10月稿400面」，該書「仿朱謝兩考之例，上起李唐，

〔註85〕周采泉：《杜集書錄》下，上海：上海古籍出版社，1986年12月版，第666頁。

〔註86〕鄭慶篤、焦裕銀、張忠綱、馮建國編著：《杜集書目提要》，濟南：齊魯書社，1986年9月版，第61～62頁。

〔註87〕鄭慶篤、焦裕銀、張忠綱、馮建國編著：《杜集書目提要》，濟南：齊魯書社，1986年9月版，第371～372頁。

下迄勝清，舉凡研杜之書，悉加著錄」。〔註88〕以此觀之，似有兩種推斷：一是《杜詩書目考證》曾經付印，出版時間為 1941 年 10 月；二是《杜詩書目考證》至 1941 年 10 月，已積稿 400 面。「稿」字說明，此書仍停留於手稿樣態，並未付梓。

該書於《少陵先生文心論》一文有所記載。《金陵大學文學院季刊》版云：「余別有《杜詩篇目考》，屬稿未完」〔註89〕，意謂該書至 1936 年 5 月時，還未完稿；《文史雜誌》版則云：「余別有杜詩書目考證之作，屬稿未定」〔註90〕，意謂該書至 1942 年春，已經寫完，但尚未最終定稿。從「《杜詩篇目考》」到「杜詩書目考證之作」，似乎連書名都還待定。

《杜詩偽書考》中亦可見之。「余年來輯杜詩目錄，邁阻既多，殺青無期。然緣以得知偽書數種。」〔註91〕由此可見，《杜詩偽書考》應是其杜詩書目考證的階段性成果。

又據《天風閣學詞日記》，1951 年 6 月 19 日，「王西彥轉來程千帆函，謂嘗輯論詩駢枝十萬言，付開明書店，無法印出。杜詩書目考證，積稿數十萬言，更不易理董」〔註92〕，可見《杜詩書目考證》至此時仍出版無望。

《杜集書目提要》《杜集書錄》《杜集敘錄》均未收錄。《民國時期總書目（1911～1949）》亦不見收。

四、《杜詩王原叔注辨偽》

該文發表於《斯文》半月刊第 2 卷第 4 期〔註93〕（第 5～8 頁），1941 年 12 月 1 日出版。究其內容與文字，實即《杜詩偽書考》之「王洙：杜工部集注」，故不再縷述。

〔註88〕《金陵文摘：民國三十年起至三十一年止（1941～1942）》，金陵大學，1943年 4 月，第 1 頁。

〔註89〕《少陵先生文心論》，《金陵大學文學院季刊》第 2 卷第 2 期，1937 年 4 月，第 11 頁。

〔註90〕《少陵先生文心論》，《文史雜誌》第 5 卷第 1、2 期合刊，1945 年 1 月，第35 頁。

〔註91〕程會昌：《目錄學叢考》，北京：中華書局，1939 年 2 月版，第 67 頁。

〔註92〕夏承燾：《夏承燾集》第七冊，杭州：浙江古籍出版社、浙江教育出版社，1997年 1 月版，第 176 頁。

〔註93〕編輯者：金陵大學文學院；發行者：金陵大學文學院（成都華西壩）；印刷者：蓉新印刷工業合作社（社址：外南國學巷）；經銷處：（成都祠堂街）正中書局、東方書店，（重慶磁器口）中國文化服務社。

第四節　羅庸論杜

　　羅庸（1900～1950），字膺中，號習坎，筆名有耘人、佗陵、修梅等。「兩峰山人」羅聘（清初「揚州八怪」之一）的後裔。原籍江蘇江都，生於北京大興。北大研究所國學門畢業後，曾供職於教育部，與魯迅同事。1937 年秋，南下至長沙，執教於國立長沙臨時大學。次年春，學校遷昆明。羅庸取道香港、越南入滇，於西南聯大任教九年。其間又在雲南大學、五華學院兼課。1939 年秋，恢復北大文科研究所，任導師。1942 年 12 月，任西南聯大中國文學系教授、中法大學文史系主任。1944 年 11 月，出任西南聯大中文系主任。1946 年，留滇任昆明師範學院國文系主任。1949 年 5 月，至重慶北碚勉仁文學院講學並養病。次年 6 月 25 日，病逝於北碚醫院。〔註 94〕曾填寫《滿江紅》一闋，是為西南聯大校歌，與馮友蘭所撰《西南聯大紀念碑文》並稱雙璧。

　　抗戰時期，是羅庸講杜、論杜相對集中的時期，主要體現在課程講義、《鴨池十講》之內，並散見於其他篇章。現縷述如下。

一、學程講稿

　　羅庸講杜詩，公孫季曾云，「極受歡迎，聽講的擠不上座位，窗上和窗外樹杈上，都滿坐了學生，盛況可知」〔註 95〕。1988 年，汪曾祺回憶說：「還有一堂『叫座』的課是羅庸（膺中）先生講杜詩。羅先生上課，不帶片紙。不但杜詩能背寫在黑板上，連仇注都背出來。」〔註 96〕抗戰時期，羅庸曾在西南聯大開設「中國文學史分期研究」〔註 97〕，立專節講述「李白和杜甫」。鄭臨川所記錄的講稿，後經徐希平整理，曾與聞一多的授課記錄稿，合編為《笳吹弦誦傳薪錄——聞一多、羅庸論中國古典文學》，由上海古籍出版社 2002 年 12 月出版。2014 年 9 月，羅庸講稿部分更名為《羅庸西南聯大授課錄》，

〔註 94〕杜志勇：《羅庸先生其人其書》，羅庸《中國文學史導論》，北京：北京出版社，2015 年 11 月版，第 3～4 頁。

〔註 95〕公孫季：《一枝樓隨筆：羅膺中講學盛況》，《一四七畫報》第 17 卷第 2 期，1947 年，第 10 頁。

〔註 96〕汪曾祺：《西南聯大中文系》，《昆明的雨》，昆明：雲南人民出版社，2011 年 2 月版，第 106～107 頁。

〔註 97〕據《國立西南聯合大學各院系必修選修學程表（1939 年至 1940 年度）》，羅庸的「中國文學史分期研究（三）」，是為文學院中國文學系「文 3」開設。參見李宗剛編《炮聲與絃歌——國統區校園文學文獻史料輯》，北京：人民出版社，2014 年 8 月版，第 4 頁。

收入「西南聯大講堂」，由北京出版社出版。

　　講稿論杜詩，劃分為五個時期。一是長安十餘年，努力作五律，其「題材之多，方面之廣，語言變化，全唐詩人無與倫比」。四十歲迄天寶之亂，試作七言詩，「全盤失敗」，然絕不作樂府調。二是安史之亂後，「見民生疾苦甚多」，「乃模仿漢樂府以命題」，詩境「得一開展」。三是到外移居，暫定成都浣花溪。此間生活極苦，「乃極力練習五古，至成都而大功告成」，創造出獨特風格。四是居蜀六年，完成七律及五絕，「迨夔府而臻成熟」。每首各有文法，「又故意避熟就生」，遂「登峰造極」。五是此後，「為強弩之末，無甚可觀」。晚年病肺，流浪湖南一帶，「為打秋風計而多寫排律」。〔註98〕

　　對此一節，徐希平有過點評，認為其「言簡意賅」，將杜甫「詩歌體裁、技藝、風格發展演變」分為五個階段，「對每一個階段文體變化及其原因均有透徹之分析，強調杜詩以三、四期作品為佳，切實可信」。「最後補論杜甫晚年多排律之因」，「將其文體改變與生活緊密聯繫，亦不為無見」。〔註99〕

　　講稿隱含李、杜二人之比較。具體而言，首先，李白籍貫為胡為漢，未有定論，人多目之為西域人，故其生活行止，與當代諸家多不同；而杜甫則是「純粹中原文化之產兒」。其次，杜甫「終其身為衣食奔走，不若太白之優游閒放，豪情奔注」。再次，杜甫早年沿襲初唐，晚年仍教兒熟讀《文選》，「為傳統文化所範圍」，「與太白行跡自由者絕異」；杜甫的思想懷抱以儒家為宗，故「念念不忘君國」，詩之內容，亦與時代緊密結合。李白則「近道而不近儒」，故「詩中多神仙思想，眼中毫無民間疾苦」，其「詩之內容與民眾及時代脫節，成為盛唐之尾聲，能承先而不能啟後」。最後，杜甫不同於李白者，尚有二端：「少陵不作當時流行之古題樂府，而太白專作此類」；「太白善音律，故長絕句，少陵則適相反」。〔註100〕

二、《鴨池十講》

　　《鴨池十講》，1943年9月，由桂林開明書店出版。馬浮（即馬一浮）題

〔註98〕羅庸講述：《羅庸西南聯大授課錄》，鄭臨川記錄，徐希平整理，北京：北京出版社，2014年9月版，第164頁。

〔註99〕徐希平：《羅庸先生唐代文學史研究述略》，《羅庸西南聯大授課錄》，北京：北京出版社，2014年9月版，第7頁。

〔註100〕羅庸講述：《羅庸西南聯大授課錄》，鄭臨川記錄，徐希平整理，北京：北京出版社，2014年9月版，第162～164頁。

簽。本書共收入講演稿十篇，包括：《我與〈論語〉》《儒家的根本精神》《論為己之學》《感與思》《國文教學與人格陶冶》《詩人》《思無邪》《詩的境界》《少陵詩論》《欣遇》，大半是羅庸旅居昆明所講。滇池在元代本名鴨池，「以記地故，因題此名」〔註101〕。有《前記》，「一九四三年五月四日，羅庸記於昆明大綠水河畔之習坎齋」。

（一）《少陵詩論》

該文主要探討杜甫詩歌創作理論。最初發表於《新苗》〔註102〕第二冊（第4～11頁），1936年5月16日刊行。題下署「本院文史學系講稿」。所謂「本院」，即國立北平大學女子文理學院。又載於《經世季刊》〔註103〕第一卷第二、三期合刊（第34～39頁），1940年12月30日出版。其《編輯後記》云：「西南聯大教授羅庸先生的《少陵詩論》和編者的《兩漢的辭賦論》，是兩篇文學理論文字。杜少陵是詩聖，羅先生是研究詩聖的專家，在北大及西南聯大講授杜詩多年。此文係編者要來自己拜讀的，竟未得同意，在本刊發表。」〔註104〕後收入《鴨池十講》，《前記》中云：「《少陵詩論》是抗戰前為北平大學女子文理學院《新苗月刊》寫的，後來發表於《經世季刊》」。文章從杜甫論詩的材料中，鉤稽出「神」「興」「飛騰」「清新」等概念，結合杜甫的創作實踐，探討了杜甫對於詩歌創作過程、藝術追求、創作態度、批評方法等方面的獨特看法，具有一定的深度。

羅庸認為，如要「親切地認識一位作家和他的創作歷程」，除「誦讀作品」之外，研究其文藝理論，也是一條「最直捷的路」。在現存一千四百四十幾首的「杜詩」中，論詩和涉及詩的地方，總共有一百八十幾條，其中包括自述、

〔註101〕 羅庸：《習坎庸言 鴨池十講》，北京：新星出版社，2015年5月版，第137頁。

〔註102〕 該刊由國立北平大學女子文理學院出版委員會編輯。委員包括：李宗武、陳慧、董人驥、胡濬濟、林兆棕、楊仲子、謝似顏、戴君仁、徐世度；常務委員：徐世度；幹事：高舍梓、楊天棻、張肖霞、趙蕚、李瑩、陳君琬、樊慧英。

〔註103〕 社長：蕭一山；主編：羅根澤、高亨；編輯委員會委員：王捷三、王文山、李聖三、金毓黻、章芋滄、張維華、黎錦熙、蕭一山、顧頡剛；發行者：經世社（重慶北碚盧山路二號）；總經售：中國文化服務社（重慶磁器街）；印刷者：國立四川造紙印刷職業學校工廠（重慶沙坪壩對岸廟溪嘴）。

〔註104〕 《編輯後記》末署「（澤）」，應是該刊主編羅根澤。文中所謂「編者的《兩漢的辭賦論》」之「編者」，亦即羅根澤。

泛說以及對古人和並世作家的評說。現將該文主要的觀點，撮述如下：

「有神」，是杜甫最喜歡的一個「玄談」，論文，論詩，論字，均常常提到。羅宗強認為，文藝領域中，音樂最早引入「神」的概念，東晉顧愷之又將其引入繪畫理論，劉勰在文論中也曾引入此一概念，但將「神」首次引入詩歌的，則是杜甫。〔註105〕神是一種心理狀態，要待有「感」才無「遯心」，此即「感興」。「神」靠「興」才動，「興」待「感」而發，杜甫稱之為「發興」或「動興」。「感物造端而藉詩遣興，是使『與物遊』的『神』有個著落，有個寄託；還有『關鍵將塞』而『有遯心』的『神』，更須藉詩為『樞機』而使之『通』，使之暢發。」如有詩「發興」，有酒「為徒」，就可使人天機暢發。「詩酒」雙管齊下，「神」也就「如有」「若有」地奔赴於筆端。

「神」的質素是「性情」，陶冶的工夫在「虛靜」。一方面，「情在強詩篇」（《哭韋大夫之晉》）；另一方面，「靜者心多妙」（《寄張十二彪三十韻》）。性情涼薄，身心浮亂，做不了詩人；要做詩人，須要有「水流心不競，雲在意俱遲」的澹定，以及「三夜頻夢君，情親見君意」的纏綿。

發興所得是「動趣」，陶冶所得是「靜趣」，動趣見於詩者是「飛騰」，靜趣見於詩者是「清新」。先看「動趣」。羅庸認為，杜甫在中年以前「專在求動趣」，且「到老不衰」。動趣見於文字者，便是「有風骨，有波瀾」，因此，杜甫愛曹子建，愛黃初詩。飛動的意趣宜於「放歌」，於是成就了杜詩「飛騰」的一路。再看「靜趣」。「飛騰」是「前輩」之事，而「清新」是「後賢」之事。求動趣必於建安，求靜趣當於晉宋以後，此即「清新」。而「清」則必「新」，「清」則必「省」。清新就是極近自然，是文學上最高之境，杜甫稱之為「近道要」，或是「見道」。飛騰是意氣，清新是理趣，越見道也就越清新，因此杜甫常用「新詩」二字。詩之清由於立意新，意新便有佳句。

佳句或稱秀句，同樣需要法度，所以杜甫對於詩文的「法」和「律」，討論不厭其詳。苦心成就的文章，雖「未嘗無嚶鳴求友之意」，但倘無「知者」，就寧可不傳，決不希冀俗譽，因而真正成為「為己之學」。

杜甫對於詩，結果如何？第一，眼界之高，使得滿意之作少；第二，眼界之大，使其把文章視作「小技」。杜甫流傳至今的詩作，因其「有情」，都是「纏綿辛苦的遺痕」。

〔註105〕羅宗強：《隋唐五代文學思想史》，北京：中華書局，2003年10月版，第82頁。

（二）《詩人》

該文發表於《國文月刊》第 18 期〔註 106〕（第 2～6 頁），1942 年 12 月 16 日出版。末署「三十一年四月十五日昆明」;「又記」云:「右稿係應本校某學術團體之約為一次公開講演而作。嗣講演未舉行，而稿已草就，因以付國文月刊。」全文分前言、本文、餘論三部分，收入《鴨池十講》時，則無此劃分。

羅庸認為，詩之用即史之用，詩人也即是「秉筆的史官」。多識前言往行，以蓄其德，便是「博文約禮的工夫」。「詩人必須好學下問，虛己受人」，集義擇善，鑒往知來，「迨其深造自得，由博反約，自然卓爾有立，篤實光輝」，此乃詩人的「大本大源」。

詩人必須「純是一片民胞物與之懷」。《離騷》「長太息以掩涕兮，哀民生之多艱」，杜子美「窮年憂黎元，歎息腸內熱」，均頗得詩人之旨。

詩人必須是「事燭幾先的知者」。屈原最能不疑於所行。此後如杜子美的《自京赴奉先縣詠懷》《悲陳陶》《悲青阪》《留花門》，都有「見微知著的意思」，去風雅未遠。

詩人必須能「以天下為己任」，但須能知能仁，才不是欺人之談，否則徒作大言而已。杜子美的「許身一何愚，竊比稷與契」，「致君堯舜上，再使風俗淳」，大概還有幾分把握;像李太白「我志在刪述，垂輝映千春。希聖如有立，絕筆於獲麟」，恐怕便是「無驗之談」。

仁者何能不憂?「直是自強不息，與天合德，才得超凡入聖。」而古今詩人，只有陶淵明一人到此境界。視之杜甫，「自斷此塵休問天，杜曲幸有桑麻田」，「問法看詩妄，觀身向酒慵」，則有霄壤之別。

詩人對所使用的語言文字，必須「技術精熟，得心應手」。能仁便能與物同體，杜甫的「黃鸝並坐交愁濕，白鷺群飛太劇乾」，便是此境。此心能虛靜，則能體物入微。「仰蜂黏落絮，行蟻上枯梨」，「細雨魚兒出，微風燕子斜」，其與「纖巧小家」不同之處，即在於「能靜觀自得，非刻意求之」。能寫靜態者，必能寫動態。《茅屋為秋風所破歌》「茅飛渡江灑江郊，高者掛罥長林梢，下者飄轉沉塘坳」，三句用了八個動詞，他人罕能有此，實是靜觀得來。能寫物

〔註 106〕該期編輯委員：余冠英（主編）、羅常培、朱自清、羅庸、王力、彭仲鐸、蕭滌非、張清常;出版者：國立西南聯合大學師範學院國文月刊社;代負發行責者：陸聯棠;發行所：開明書店。

態者，必能寫事態。《新安吏》《石壕吏》《兵車行》，也都是「寫茅屋秋風的一副眼光」。能寫事境者，必能寫情境。《無家別》《垂老別》和《夢李白》比較，「無親疏彼我之分」，因其「愛人如己」之故。能寫情境者，必能寫理境。「水流心不競，雲在意俱遲」與「三夜頻夢君，情親見君意」，即不相上下。

三、其餘散篇

（一）《文學史與中學國文教學》

該文是羅庸 1939 年 8 月在雲南省立中等學校教職員暑期講習會的一次演講〔註107〕，由許秉乾〔註108〕記錄。題下署「廿八年十二月十四日」，應是稿成之日。後發表於《國文月刊》第一卷第一期〔註109〕（第7～9頁），1940年 6 月 16 日出版。

演講提到在中國文學史上成功的大家，不外三派：一是「不範疇於傳統之文學系統下而全憑自己的才氣成功的」，如李太白、蘇曼殊。二是「能復古的」，如韓退之。三是「集大成的」，「在中國文化上有孔子，詩中有杜甫」。孔子「能將前人所有的長處，變為自己的長處；而自己的長處，又超出乎別人的長處之上」。杜甫則「憑自己的力量，將古人的作品融會貫通，而另外自成一家」。考其原因，一在於「取材豐富」，二在於「用功深厚」。「時代的因緣」，足以鑄成「作品的形與質」，只有「方整不移」，而不是隨便「圓滑流動」，方可造就「不朽」。正因為如此，孔子才成為「聖之時」，而杜詩才是「詩史」。後來，程千帆、莫礪鋒進一步指出：「杜甫之『集大成』與孔子之『集大成』一樣，最重要的意義不在於承前而在於啟後。」〔註110〕

對於杜甫的「集大成」，羅庸後來還有相關的論說。他認為：「繼承古代文學遺產而集大成的，不是韓退之，而是杜工部。工部的詩，篇篇創造，有新的意境，因為他能以舊的體裁，寫新的現實。」杜詩可分為五期，「起初多五言律，七律甚少；到了《曲江對酒》，七言律才漸多；天寶之亂以後，才寫新

〔註107〕羅庸：《中國文學史導論》，杜志勇輯校，北京：北京出版社，2015 年 11 月版，第 140 頁注釋①。

〔註108〕許秉乾，雲南彌渡人。西南聯大中教普修班畢業。1947 年 6 月至 1949 年 6 月，任彌渡縣立初級中學校長。其父許海峰，為彌渡名醫，有《海峰驗方集》傳世。

〔註109〕該期編輯委員：浦江清（主編）、朱自清、羅庸、魏建功、余冠英、鄭騫。

〔註110〕程千帆、莫礪鋒：《杜詩集大成說》，《文學評論》1986 年第 6 期，第 106 頁。

樂府，有『三吏』『三別』等詩」。杜甫能「融會古代文學的菁英，集其大成」。一般人認為「韓柳復古，工部開創」，實則是「韓柳開創新的傳志文學，工部集詩歌的大成」。〔註111〕

（二）《論學詩》

該文發表於《讀書通訊》〔註112〕第 13 期（第 2～3 頁），1940 年 12 月 1 日出版。署名「羅膺中」，為回覆中國文化服務社讀書會會員張鶴林有關學詩的疑問而作。

羅庸認為，「學詩以多讀多作為根本方法」。其中，讀詩的方法，主要有兩項。第一，為了「藝術的培養」，應該用「純欣賞的態度」來讀。第二，為了「技巧的訓練」，應該用「純研究的態度」來讀。如杜甫「晚節漸於詩律細」，「新詩改罷自長吟」，一字都不放過，「使詩的篇法、章法、句法、字法，在自己的眼中目無全牛」。如此，不但對各種詩法「了然於胸」，對於各家的「工拙淺深」，也可據此判定。等到自己動筆，便自有途徑可尋。

至於作詩，其中對自己作品的修改，也是很重要的工夫。杜甫為此提供了借鑒。「毫髮無遺感〔註113〕，波瀾獨老成」，便是文藝家「最忠實的態度」，也即所謂「能自得詩」。

（三）《答唐鈞燾論詩書》

該文發表於《讀書通訊》第 27 期（第 17～18 頁），1941 年 5 月 16 日出版。旁注：「本期脫期十一月十六日印出」。署名「羅膺中」。唐鈞燾的來函末署「二月四日」，羅庸的回函末署「四月十三日」，兩函的年份應在 1941 年。

唐鈞燾在信中，有過杜甫與陸游的比較。他說：「暮投石壕村，有吏夜捉人」之杜甫，與「王師北定中原日，家祭無忘告乃翁」之陸游，擴而大之，心在邦國，所感正同。而「歸客千里至，妻孥怪我在」，「卻看妻子愁何在」之杜甫，「壞壁醉題塵漠漠，斷雲幽夢事茫茫」，「城南小陌又逢春，只見梅花不見人」之陸游，杜老情懷，陸游韻事，兩無軒輊。羅庸則在回覆時指出，「宇宙人事，萬變不居，中情所感，自屬因人而異」。只要「不由矯飾，直披胸衿」，

〔註111〕羅膺中講：《中國文學史導論》（四），周均記，《五華月刊》第 6 期，1947 年 6 月，總第 91 頁。該刊編輯者：五華月刊編輯委員會（昆明市龍翔街五華學院內）；發行人：於乃義。

〔註112〕該刊編輯兼發行：中國文化服務社讀書會（重慶磁器街四十七號）。

〔註113〕「遺感」，多作「遺憾」。

則大至「家國興廢」，小至「朋友離合」，均無可軒輊。國勢民風，可見於詩。
但倘「於國破家亡之日，為唐大無驗之語；或於四海困窮之秋，為流連光景
之語」，雖「實心無偽」，必為「識者所譏」。這不關立言誠偽，而在於學養淺
深與心量廣狹。

（四）《讀杜舉隅》

該文發表於《國文月刊》第一卷第九期〔註114〕（第18～19頁），1941年
7月16日出版。末署「三十年二月二十一日，昆明市北四公里崗頭村疏散寄
居」。《讀杜舉隅》專論杜詩中的藝術技巧和手法，見解獨到。

1. 杜甫《諸將》五首

舊注引顧宸曰：「首章憂吐蕃，責諸將之防邊者。次章憤回紇，責諸將用
胡者。三章責大臣之出將者。四章刺中官之出將者。末章則身在蜀中而婉刺
鎮蜀之將，故其命題總曰諸將。」羅庸認為，準之以《秋興》八首、《詠懷古
蹟》五首，其說未嘗不可通；惟第四首起句之「回首扶桑」四字，舊注云「特
指南海」，則不得其解。

在羅庸看來，杜詩之合若干首成一總題者，見諸二例。一者每首獨立為篇，
如《秦州雜詩》《詠懷古蹟》等；二者各首相次，前後自成篇法，如《喜達行在》
《羌村》三首等。前者其法出於阮籍《詠懷》、曹植《雜詩》；後者其法出自曹
植《送白馬王彪》、陶潛《歸園田居》五首。《諸將》五首屬於後一例。

杜甫「精熟文選理」，而杜詩亦多用文選，如《北征》標題與章法皆用賦
體，《八哀詩》用兩漢書傳贊體。羅庸進而指出，《諸將》五首用賦體，「前人
似未注意」，並詳加說明：此五首製作地點在夔州，依登高能賦之例，五首次
第為自北而東而南而西，為一寰區之周覽。第一首北望長安，獨標涇渭。第
二首極目三城，特點潼關。第三首東望洛陽，兼及海薊。第四首專言南海。第
五首專言蜀中，而以錦江春色、巫峽清秋，指明作者所在之地。其用《招魂》
《國策》一系的賦體，彰彰明甚。獨於正東一面，無事可陳，不得不以「扶
桑」實之，而又加以「回首」。舊注解云：「前三首皆北望發歎，此方及南中，
故用回首字」，猶一間未達。

2.《同諸公登慈恩寺塔》

慈恩寺塔七級四隅，此謂「仰穿龍蛇窟，始出枝撐幽」，蓋已登至最高一

〔註114〕該期編輯委員：浦江清（主編）、朱自清、羅庸、魏建功、彭仲鐸、鄭奠。

級。次云：「七星在北戶」，則首眺北面。下云：「河漢聲西流，河漢聲西流，羲和鞭白日，少昊行清秋」，則次眺西面。再云：「秦山忽破碎，涇渭不可求」，則由南面眺至東面。太宗昭陵在九嵕山麓，其方向在長安西北隅，方其分別涇渭，俯視皇州，忽驚蒼梧而叫虞舜，非「回首」不可得。該詩用賦體，與《諸將》五首同。

趙瑞蕻曾聽羅庸講授此詩。「他聲音洪亮，常講得引人入勝，又富於風趣」。「羅先生一開始就讀原詩」。「先生來回走著放聲念，好聽得很」。「羅先生自己彷彿就是杜甫，把詩人在長安慈恩寺塔上所見所聞所感深沉地一一傳達出來；用聲音，用眼神，用手勢，把在高塔向東南西北四方外望所見的遠近景物仔細重新描繪出來。他先站在講臺上講，忽然走下來靠近木格子的窗口，用右手遮著眉毛作外眺狀，凝神，一會兒說：『你們看，那遠處就是長安，就是終南山……』好像一千三百多年前的大唐帝國京城就在窗外下邊，同學們都被吸引住了。」羅庸還將此詩與岑參的《與高適薛據登慈恩寺浮圖》作了比較，認為杜詩「精彩多了」，「因為杜甫思想境界高，憂國憂民之心熾熱，看得遠，想得深」。從杜甫這首詩裏，「已清楚看到唐王朝所謂『開元盛世』中埋伏著的種種危機，大樹梢頭已感到強勁的風聲」。而《春望》一詩便是最好的見證。進而聯繫到當下，「敵騎深入，平津淪陷」，「大家都流亡到南嶽山中」。於是，「先生低聲歎息，課堂鴉雀無聲，窗外刮著陣陣秋風」。〔註115〕

3.《登樓》

歷來解說此詩，大都贊其結句奇突，羅庸認為，「似皆未得確解」。「登樓」一題，出自王粲賦，此首章法，全出於「挾清漳之通浦兮」一段。杜甫所登之樓，即「東望少城花滿煙，百花高樓更可憐」的錦城散花樓。「錦江春色」，東望所得；「玉壘浮雲」，西瞻所見。「北極朝廷」，「西山寇盜」，則北眺所思。而昭烈廟、武侯祠適在城南，登樓而為《梁甫吟》者，則正在百花樓上。章法如此，故其結局並非奇突而已。杜甫自云：「晚節漸於詩律細」，其在蜀中所作七律各章，皆是「改罷長吟」，組織嚴密，不可掉以輕心。

羅庸此處所選三詩，並非雜亂拼湊，而是有內在脈絡一以貫之。由《諸將》的「回首」，談到《同諸公登慈恩寺塔》，進而談到《登樓》。三者均採賦體，章法嚴密，渾然成體。最後，羅庸指出：「是故選詩者，於他家之詩，或

〔註115〕趙瑞蕻：《離亂絃歌憶舊遊——紀念西南聯大》，《新文學史料》2000年第2期，第139頁。

可以摘取佳章，而於杜詩則首當觀其組織，未可以鹵莽割裂」，如坊間所出中學國文教本，有節選《前出塞》九首的第三、五首，乃是因為選者不知杜詩連章，有時不可截取，不可顛倒次第。

關於《前出塞》，亦可參見其《杜甫前出塞本事說》。談到治文學史「展拓與發明的四基件」即新材料、新工具、新問題、新見地時，羅庸也曾以此為例。「比如舊說杜詩韓文，無一字無來歷，尤其杜甫的樂府，沒有一篇不是寫實的。但《前後出塞》就是一個很大的問題。《後出塞》五首寫安祿山征奚契丹事，字字不空，但《前出塞》九首就彷彿是泛寫征戍之苦。假使果是泛寫，那麼『杜詩樂府是寫實的』，這句話就有了例外」，於是「拋棄舊注，從歷史上找證據。結果發現這詩完全是詠天寶六年高仙芝征小勃律的事，而且是根據岑參從征歸來口述的見聞，其字字不空，和《後出塞》一樣」。「一個老材料」，「有了新的解決」。〔註116〕

第五節　聞一多的杜甫研究

聞一多（1899～1946），本名聞家驊，字友三，號友山。湖北浠水人。1937年蘆溝橋事變爆發，乘津浦車南下，先回浠水老家，後住武昌磨石街。國立長沙臨時大學組建後，文學院設南嶽聖經學校，即受聘於此任課。1938年2月，加入臨大學生湘黔滇旅行團，隨同步行入滇。4月28日，到達昆明。5月4日，長沙臨大奉命改為國立西南聯合大學，文學院設於蒙自，住歌臚士洋行樓教員宿舍。8月，遷回昆明，住小西門福壽巷姚宅。1939年暑假後，移家晉寧。1940年七八月間，搬回昆明，住小東門節孝巷十三號周宅。同時兼代清華大學中國文學系主任。10月，移家昆明北郊陳家營。1941年暑假後，講授「唐詩」和「《楚辭》」。清華大學文科研究院成立，主持中國文學部工作。10月，移家司家營文科研究所。1943年暑假後，在聯大講授「唐詩」和「《詩經》」。同時在昆明北門街中法大學兼課。1944年5月初，遷居昆明西城昆華中學，兼任昆華中學國文教員。1945年1月，搬回西倉坡聯大教職員宿舍。2月，參加路南旅行團。9月，出任民主同盟中央執委

〔註116〕羅膺中：《中國文學史上的幾個新問題與新見地》，《雲南教育通訊》第2卷第7期，1939年9月11日，第9頁。《雲南教育通訊》編輯者、發行者：雲南教育廳秘書室。也可參見嚴學宭《竟委窮源——羅膺中師說述聞之一》，《光明日報》1961年5月1日。

及民主同盟雲南省支部宣傳委員，兼民主週刊社社長。1946 年 7 月 15 日，
遇刺犧牲。〔註 117〕

　　對杜甫，聞一多素多仰慕，曾稱譽杜甫為「中國有史以來第一個大詩人，
四千年文化中最莊嚴、最瑰麗、最永久的一道光彩」〔註 118〕。朱自清也曾說：
「他在過去的詩人中最敬愛杜甫，就因為杜詩的政治性和社會性最濃厚。」
〔註 119〕抗戰以前，其有關論述，主要集中見於下述篇章：

　　1.《杜甫》，發表於《新月》第一卷第六期〔註 120〕，1928 年 8 月 10 日出
版。目錄中注明為「傳記」，但未寫完。〔註 121〕季鎮淮曾評價說：《杜甫》是
聞一多「愛國主義在研究中國古代文學中的表現，也是他研究中國古代文學
最初的一個嘗試。它不是論文，而是試圖給偉大詩人杜甫畫像的傳記散文」。
〔註 122〕林繼中也曾予以言簡意賅的評價：「雖是杜甫傳的片段，但既有舊學
堅實的依託，又有新眼光、新方法，且具有新文藝的感染力。」〔註 123〕

　　2.《少陵先生年譜會箋》，連載於國立武漢大學《文哲季刊》。第一部分，
刊第一卷第一期（第 189～207 頁），1930 年 4 月出版；第二部分，刊第一卷
第二期（總第 247～255 頁），1930 年 7 月出版；第三部分，刊第一卷第三期
（總第 477～492 頁），1930 年 10 月出版；第四部分，刊第一卷第四期（總第
691～713 頁），1931 年 1 月出版。《聞一多全集》收錄此文時，將其發表時間

〔註 117〕　季鎮淮：《聞朱年譜》，北京：清華大學出版社，1986 年 8 月版，第 32～62
　　　　　頁。

〔註 118〕　聞一多：《杜甫》，《新月》第 1 卷第 6 期，1928 年 8 月 10 日，第 5 頁。

〔註 119〕　朱自清：《中國學術的大損失——悼聞一多先生》，《文藝復興》第 2 卷第 1
　　　　　期，1946 年 8 月 1 日，第 4 頁。該刊編輯人：鄭振鐸、李健吾；發行人：
　　　　　錢家圭；發行所：文藝復興社；總經售：上海出版公司。

〔註 120〕　編輯者：徐志摩、聞一多、饒孟侃；發行者：上海望平街新月書店；通訊處：
　　　　　上海法租界華龍路新月書店編輯所。

〔註 121〕　鄭臨川認為，繪畫空間藝術技法的運用，「反映歷史背景的畫面設計」，同「唐
　　　　　詩研究中文學語言的運用」，可說是聞一多的「雙絕」。而「文中最動人的語
　　　　　言，莫過於給詩聖杜甫青少年時期畫像的那篇文章，是先生對他最敬愛的詩
　　　　　人高度禮讚，從心潮沸湧中噴射出來的滾燙的語言，活現了風華正茂年輕的
　　　　　詩聖風貌」。「先生以富於詩趣的文學語言發表研究唐詩的成果，可說是珠聯
　　　　　璧合。」參見鄭臨川《聞一多先生與唐詩研究》，《聞一多西南聯大授課錄》，
　　　　　北京：北京出版社，2014 年 9 月版，第 240、241、242 頁。

〔註 122〕　季鎮淮：《聞一多先生事略》，《聞朱年譜》，北京：清華大學出版社，1986 年
　　　　　8 月版，第 73 頁。

〔註 123〕　林繼中：《百年杜甫研究回眸》，《河北大學學報》（哲學社會科學版）1999 年
　　　　　第 2 期，第 6 頁。

籠而統之稱為「一九三〇年」〔註124〕，是未詳檢之故。傅璇琮將其視為聞一多「一系列唐詩研究中所作出的最早的業績」，雖是「一篇較側重於資料編排的文章」，但可以從中「看出其眼光的非同一般」，即能夠「把眼光注射於當時的多種文化形態」，譬如「注意輯入音樂、繪畫、文獻典籍等資料」。這種「提挈全局、突出文化背景的做法」，是「年譜學的一種創新，也為歷史人物研究作出了新的開拓」。〔註125〕

　　總的來看，「從杜甫的研究，經過《杜少陵年譜會箋》《杜詩新注》，歸結為寫杜甫的傳記，可見他的考證工作，只是研究的開始，從而逐步深入，達到更高的理想的研究」〔註126〕。

　　另有手稿兩份：1.《少陵先生交遊考略》，寫作時間不詳，生前未公開發表。作者手稿藏北京圖書館。後收入《聞一多全集6：唐詩編上》（第188～283頁）。2.《說杜叢鈔》，寫作時間不詳，生前未公開發表。作者手稿藏北京圖書館。後收入《聞一多全集7：唐詩編中》（第577～702頁），徐少舟整理。其餘論述，則散見於不同篇章，此處不再一一列舉。

一、學程講稿

　　聯大期間〔註127〕，鄭臨川曾聆其唐詩講課，所記錄的講稿，曾收入《聞一多論古典文學》〔註128〕，由重慶出版社1984年11月出版。後經徐希平整理，與羅庸的授課記錄稿，合編為《笳吹弦誦傳薪錄——聞一多、羅庸論中國古典文學》，於2002年12月，由上海古籍出版社出版。2014年9月，聞一多講稿部分更名為《聞一多西南聯大授課錄》，收入「西南聯大講堂」，由北京出版社出版。其中關於杜甫的講述，主要見諸第三編「詩的唐朝與唐朝的詩」。相關內容，有如下方面：

〔註124〕聞一多：《聞一多全集6：唐詩編上》，武漢：湖北人民出版社，1993年12月版，第187頁。本卷整理者：徐少舟。

〔註125〕傅璇琮：《〈唐詩雜論〉導讀》，聞一多《唐詩雜論》，上海：上海古籍出版社，2011年12月版，第10頁。

〔註126〕季鎮淮：《聞一多先生的學術途徑及其基本精神》，《聞朱年譜》，北京：清華大學出版社，1986年8月版，第98頁。

〔註127〕關於鄭臨川的聽課時間，其後來的回憶，或云「1940年秋」（《聞一多西南聯大授課錄》，第224頁），或云「1941～1942年」（《聞一多西南聯大授課錄》，第209頁），參照《聞朱年譜》關於聞一多開講「唐詩」及鄭臨川在聯大的求學時間（1938～1942年），應是「1941年秋」。

〔註128〕該書包括三部分：論古代文學；論《楚辭》；說唐詩。署「鄭臨川述評」。

　　首先是從文學史的分期來看待杜甫及杜詩所代表的新的詩風。對中國文學史的分期問題，聞一多曾提出將建安作為文學史古代和近代的分水嶺。曹魏時代，政治上有九品中正制的建立，到了東晉，便發展為嚴格的門閥制度。大小謝（謝靈運、謝朓）是這一時期詩人的具體代表。杜甫「俊逸鮑參軍」之「俊逸」，是指一種「如不羈之馬的奔放風格」，與曹操的樂府詩相近，但與一般詩人的風格大不相同，所以《詩品》依據門閥詩人的尺度，將其列入中品。發展至盛唐，此派風格完全成熟，殷璠所編《河嶽英靈集》，集其大成，作品「十足反映」「貴族的華貴生活」。天寶大亂以後，門閥貴族幾乎消滅乾淨，於是杜甫所代表的「另一時代的新詩風」從此開始。宋人楊億曾譏笑杜甫是「村夫子」，指的便是其士人身份。同時代的元結所編選的《篋中集》，作品也「全帶鄉村味」。其後就是孟郊、韓愈、白居易、元稹等人的繼起。他們的作風是以「刻畫清楚」為主，不同於前人標舉的「玄妙」風格。詩人的成分由貴族變為士人，所以也頗能「從自己的生活遭遇聯想到整個民生疾苦」。由此可以解釋杜甫的「三吏」「三別」諸詩，為什麼近似於漢樂府而表現出一種「清新質樸的健康風格」。〔註129〕

　　盛唐詩又可分為三個復古階段：一為齊梁陳時期，二為晉宋齊時期，三為漢魏晉時期。聞一多此處所謂「復古」，是指盛唐詩「從擺脫齊梁詩的影響逐步回升到漢魏健康風格的發展過程」。〔註130〕杜甫是漢魏風格的集大成者。屈原以後，下迄東漢，或說是中國文學的「暗淡時期」，但人們致力於「解決國計民生的實際問題，精神絕不麻木」。自王莽以至魏晉，詩文大盛，而人的「良心」則「不可問」。直到唐初，方漸有起色，詩歌由寫自然進為寫天道，再進為寫人事，乃形成杜甫一派。聞一多總結說：「兩漢時期文人有良心而沒有文學，魏晉六朝時期則有文學而沒有良心，盛唐時期則文學與良心二者兼備，杜甫便是代表，他的偉大就在這裡。」〔註131〕

　　漢魏一派，又可細分為三小派：一是郭元振、薛奇童等，專寫自然，但「態度嚴肅」。二是張九齡、蘇渙等，專寫天道，「趨向於悲天」。如蘇渙的《變

〔註129〕聞一多講述：《聞一多西南聯大授課錄》，鄭臨川記錄，徐希平整理，北京：北京出版社，2014 年 9 月版，第 117～119 頁。

〔註130〕聞一多講述：《聞一多西南聯大授課錄》，鄭臨川記錄，徐希平整理，北京：北京出版社，2014 年 9 月版，第 153 頁。

〔註131〕聞一多講述：《聞一多西南聯大授課錄》，鄭臨川記錄，徐希平整理，北京：北京出版社，2014 年 9 月版，第 161 頁。

律》，即大為杜甫讚賞。三是以《篋中集》的編者和作者為代表，專寫人事，「完全進入憫人」，「愛作愁苦之言」。其中的于逖、沈千運，「首先調整了文學與人生的關係，認定了詩人的責任」，這種精神，在中國詩壇，堪稱「空前絕後」。而孟雲卿、王季友、張彪諸人，則是杜甫的朋友。杜甫的詩風可能受過他們的影響。〔註132〕

詩之有社會意識，在內容方面「開新天地者」，當推杜甫。後來孟郊嘗試把「社會意識和內容題材合鑄而為一」，但最終失敗，由此也可見「詩境匯合之難」。〔註133〕孟郊一生，窮困潦倒，歷盡酸辛。因其生計艱難，「故入世最深，深情迸發」，從而形成其「憤世罵俗」的突出風格，既怨天尤人，又怒今斥古。韓愈稱之為「不平則鳴」。孟郊在繼承杜甫的「寫實」精神之外，還加上了「敢罵」特色，不僅顯示了「時代的陰影」，更加強了「寫實藝術的批判力量」。所以聞一多認為，從中國詩的整個發展過程來看，「最能結合自己生活實踐繼承發揚杜甫寫實精神」，為「寫實詩歌」的發展「開出一條新路」者，「應該是終生苦吟的孟東野，而不是知足保和的白樂天」。〔註134〕

值得一提的是，有關盛唐詩的選本，如《國秀集》《河嶽英靈集》《玉臺後集》《丹陽集》《篋中集》，沒有一種選過杜甫的詩。聞一多指出，杜甫的作風，原本和《篋中集》相近，只因當時還是太平時代，其社會描寫「不太被重視」。如果杜甫不長於其他各種詩體的話，其詩作「很有可能因此被埋沒」。〔註135〕

還有一種現象，如將王維、孟浩然和李白、杜甫比較，王孟作風可算是「齊梁的餘音」，至大曆十才子，齊梁的面目更是「完全顯露」。〔註136〕其用字的「細膩雅致」，凸顯出杜甫的「渾厚」。〔註137〕而司空圖的理論，即為齊梁一派製造，承其衣缽者，在宋有嚴滄浪（羽），在清有王漁洋（士禎）。陳子

〔註132〕聞一多講述：《聞一多西南聯大授課錄》，鄭臨川記錄，徐希平整理，北京：北京出版社，2014年9月版，第162頁。

〔註133〕聞一多講述：《聞一多西南聯大授課錄》，鄭臨川記錄，徐希平整理，北京：北京出版社，2014年9月版，第175頁。

〔註134〕聞一多講述：《聞一多西南聯大授課錄》，鄭臨川記錄，徐希平整理，北京：北京出版社，2014年9月版，第204～205頁。

〔註135〕聞一多講述：《聞一多西南聯大授課錄》，鄭臨川記錄，徐希平整理，北京：北京出版社，2014年9月版，第152頁。

〔註136〕聞一多講述：《聞一多西南聯大授課錄》，鄭臨川記錄，徐希平整理，北京：北京出版社，2014年9月版，第150頁。

〔註137〕聞一多講述：《聞一多西南聯大授課錄》，鄭臨川記錄，徐希平整理，北京：北京出版社，2014年9月版，第185頁。

昂是「反齊梁作風最有力的人」，故漁洋編選《唐賢三昧集》，不選陳子昂，
「連李杜也無隻字」，因為李杜正是承子昂一脈而來。〔註138〕

其次是從家學考察杜甫所受影響。杜甫祖父杜審言，當時詩名極盛，
「造詣已達盛唐境界」，陸時雍評其「渾厚有餘」。同時也「極端自負」，「隱
然有領袖群倫之概」。杜甫後來能夠雄踞盛唐詩壇，其「詩風和個性」，有著
極其深厚的家庭淵源。《曲江》「傳語風光共流轉，暫時相賞莫相違」，應即
化自杜審言《春日京中有懷》的尾聯：「寄語洛城風日道，明年春色倍還人」，
含意曲折，較其他同類作品「更有味道」，而兩聯並傳，同為佳句。杜甫早
年作品多屬此類，與其晚年的「巧思刻畫」大有分別，正是因為家學的影
響。

杜審言對於崔融最為傾服。崔之五古《關山月》，尤見渾厚。杜甫《同諸公
登慈恩寺塔》亦具此風格，但其「俯視但一氣，焉能辨皇州」兩句，和《關山
月》「萬里度關山，蒼茫非一狀」相比，崔作「似乎更顯得簡練遒勁」。〔註139〕

再次是將杜甫與多位詩人加以比較，從不同側面展現其優劣之所在。如
元結和杜甫同為新樂府的前驅，區別則在於元結是「有意的創作」，發於理智
而不是發自感情，帶有「政治宣傳」的性質，但杜甫的作品卻是「出於自然感
情的流露」，並非按「計劃」所作。白居易因為承自元結，所以對杜甫的社會
詩「感到不足」，原因即在此。〔註140〕

講到王昌齡時，聞一多也涉及杜甫的比較。他認為，從文學技巧說，王
昌齡和孟浩然可以對舉；但在思想內容上，陳子昂和杜甫則可並提。〔註141〕
法國有畫家曾發明用點作畫，利用「遠看的眼光」連點成線，產生顫動的感
覺。王昌齡的詩，「有點而又能顫動」；杜詩亦偶有此種做法，「然而效果到底
差些」。〔註142〕唐代為求「純詩味的保存」，「特別重視形式精簡而音樂性強

〔註138〕聞一多講述：《聞一多西南聯大授課錄》，鄭臨川記錄，徐希平整理，北京：
北京出版社，2014年9月版，第150頁。

〔註139〕聞一多講述：《聞一多西南聯大授課錄》，鄭臨川記錄，徐希平整理，北京：
北京出版社，2014年9月版，第130～133頁。

〔註140〕聞一多講述：《聞一多西南聯大授課錄》，鄭臨川記錄，徐希平整理，北京：
北京出版社，2014年9月版，第163頁。

〔註141〕聞一多講述：《聞一多西南聯大授課錄》，鄭臨川記錄，徐希平整理，北京：
北京出版社，2014年9月版，第175頁。

〔註142〕聞一多講述：《聞一多西南聯大授課錄》，鄭臨川記錄，徐希平整理，北京：
北京出版社，2014年9月版，第176頁。

的絕句體」。就藝術而言，唐詩造詣最高的作品，當推王昌齡、王之渙、李白諸人的七絕，「杜甫遠不能及」，但「他的偉大處本不在此」。〔註143〕

對於李白、杜甫、王維三家，舊來論詩，或稱「仙聖佛」，或稱「魏蜀吳」，或稱「天地人」，或稱「真善美」。聞一多認為，作家的遭遇與其詩文的風格大有關係，故主張以三人最重要的生活年代進行比較，來評價其詩歌特點。三位詩人同時經歷了安史之亂，其處亂的態度，正足以代表各人的詩境。杜詩如「麻鞋見天子，衣袖露兩肘」（《述懷》），「影靜千宮裏，心蘇七校前」（《喜達行在所》之三），表現出「愛君的熱忱」，「如回家孩子見了娘，有說不出的委屈和高興」。李白的行動，「卻有做漢奸的嫌疑，或者說比漢奸行為更壞」。王維則像息夫人，亂中做了俘虜，「儘管心懷舊恩，卻又求死不得，僅能抱著矛盾悲苦的心情苟活下來」。杜甫的思想，「存在於儒家所提出的對社會的義務關係之中」，而此種義務關係，是「安定社會的基本因素」。李白卻不承認這種關係，「只重自我權利之享受，儘量發展個性」，如同「不受管束的野孩子」。王維則取中和態度，「不知生活而享受生活」，只求在「平淡閒適」中「安然度此一生」。〔註144〕

聞一多曾在課堂上說：「唐代的兩位大詩人李太白、杜工部，我不敢講，不配講。不能自己沒有踏實研究，跟著別人瞎說！」但這「少量有限的講述」，「確乎是獨到之見，精彩過人」，只是因其「下過徹底工夫」，「體現了言必有據的科學態度」。〔註145〕所以汪曾祺也說，聞一多講唐詩，「不蹈襲前人一語」。〔註146〕上引其論杜部分，新見迭出，即可見之。

綜上所述，聞一多講杜甫，是將其放置在天寶前後唐詩所呈現的兩種不同的風格面目中加以論述，抓住「作者的身份和生活有了很大的改變」之一關鍵，「通過對詩人詩風特點及其形成原因的論述，凸顯了唐時新文化背景的特徵：從貴族文化的延續與消亡，到外來胡文化作為新興力量躍上歷史舞臺，再到平民文化的開啟和發展」，而且在對李白、王維、杜甫的對比評

〔註143〕聞一多講述：《聞一多西南聯大授課錄》，鄭臨川記錄，徐希平整理，北京：北京出版社，2014年9月版，第179頁。

〔註144〕聞一多講述：《聞一多西南聯大授課錄》，鄭臨川記錄，徐希平整理，北京：北京出版社，2014年9月版，第180～182頁。

〔註145〕鄭臨川：《聞一多先生與唐詩研究》，《聞一多西南聯大授課錄》，北京：北京出版社，2014年9月版，第237頁。

〔註146〕汪曾祺：《西南聯大中文系》，《昆明的雨》，昆明：雲南人民出版社，2011年2月版，第106頁。

判中，「剖析了唐詩三大風範的深刻內涵」，實是對「唐王朝三百年文化史」的一次「巡禮」。〔註147〕至於「文學與良心兼備」的理論總結，更是具有普遍的指導意義。

二、其餘散論

（一）《家族主義與民族主義》

該文發表於昆明《中央日報》1944年3月1日第2版「周中專論」欄。

聞一多認為，中國三千年來的文化，是以家族主義為中心，一切制度，祖先崇拜的信仰，和以孝為核心的道德觀念等，均從這裡產生。與家族主義立於相反地位的文化勢力，便是民族主義，但在中國，則「比較晚起」，其發展，「起初很遲鈍」，且「斷斷續續」，直至最近，「因國際形勢的刺激，才有顯著的持續的進步」。

漢朝以孝行為選舉人才的標準，「漸漸造成漢末魏晉以來的門閥之風」，於是家族主義更為發達。而五胡亂華，不但沒有刺激民族主義，反而加深了家族主義。結果到了天寶之亂，幾乎整個朝廷的文武百官，「為了保全身家性命」，大都「投降附逆」。這大概是中國歷史上民族意識最消沉的一個時期，「忠的觀念之缺乏，真叫人齒冷」。在此背景下，「麻鞋見天子，衣袖露兩肘」（《述懷》）的杜甫，便「算作了不得的忠臣」。這也由此凸顯出杜甫孤忠的難能可貴。

（二）《詩與批評》

該文發表於《詩：大地的歌》（第40～42頁），此係「火之源文藝叢刊」〔註148〕第二、三輯合刊，1944年9月1日出版。後又刊於《詩與批評》第1期〔註149〕（第2～4頁），1946年5月出版。同年8月20日，為《書報精華》第20期轉載（第52～55頁），題下有編者按：「聞一多先生為西南聯大教授，文學造詣極高，已於七月十五日在昆明被狙身死。」

聞一多認為，詩無妨多讀，從「龐亂」中提取養料。所以，我們的選本，

〔註147〕李鳳玲、趙睿才：《治杜的結果：真瞭解──聞一多先生的杜甫研究（二）》，《杜甫研究學刊》2004年第4期，第50頁。

〔註148〕編輯者：火之源社；發行人：李時傑；發行所：火之源社（重慶中一路中武村二號）。

〔註149〕社址：遵義浙江大學；發行人：楊絜；主編：王田；編委：李一痕、劉紉蘭、胡笳、子殷、水草、袁箴華。

可設想為「一個治病的藥方」，可以有李白、杜甫、陶淵明、蘇東坡、歌德、濟慈、莎士比亞，其中李白是「一味大黃」，陶淵明是「一味甘草」，只要「適當的配合」，就可以治病。

封建時代，只有社會，沒有個人，《詩經》即其證明。詩經的時代過去之後，「個人從社會裏邊站出來」，古詩十九首、楚辭為其代表。進入個人主義社會之後，只有個人，沒有社會，故陶淵明「為自己寫下」「閒逸的詩篇」，謝靈運則「為自己的愉悅而玩弄文字」。個人主義發展到極端，即宣布其「崩潰」與「滅亡」，於是杜甫應時而出，「他的筆觸到廣大的社會與人群」，「同其歡樂，同其悲苦」，「為社會與人群而振呼」。杜甫之後有白居易，不單「把筆濡染著社會」，而且為「當前的事物」提出主張與見解。詩人從小我走向大我，從而造就了「個人社會」（Individual Society）。

詩人自有等級之分。聞一多認為，杜甫應是一等，因為他的詩「博、大」，或說黃山谷、韓昌黎、李義山都是從杜甫而來，可見杜甫包羅了豐富的「資源」，而且其中「大部是優良的美好的」，即便只讀杜甫，也不會「中毒」。陶淵明的詩是「美的」，其「詩裏的資源是類乎珍寶一樣的東西，美麗而不有用」，「是則陶淵明應在杜甫之下」。

（三）《人民的詩人──屈原》

該文發表於《詩歌》月刊第3、4期合刊〔註150〕（第8頁），即其1946年5、6月份號。

文章針對詩人的「人民性」有所比較。聞一多認為，「古今沒有第二個詩人像屈原那樣曾經被人民熱愛」。屈原與端午的結合，證明了屈原與人民的結合。儘管陶淵明歌頌過「農村」，但「農民」不要他；李太白歌頌過「酒肆」，但「小市民」不要他，因為他們既不「屬於」人民，也不是「為著」人民。杜甫雖是「真心為著人民」，然而「人民聽不懂他的話」；而屈原雖然「沒寫人民的生活，訴人民的痛苦」，但在實質上「等於領導了一次人民革命」，所以屈原是中國歷史上「唯一有充分條件稱為人民詩人的人」。

聞一多的古典文學研究，從目的到方法，不乏新猷。對此，前人亦多有論述。

〔註150〕編輯、發行者：詩歌社；總經售：文光書店；通訊處：重慶中山一路四德里五號。

　　洪道指出，聞一多治學，並不是關在書齋，「自我陶醉做啃古書的蠹魚」，而是如自己所說，充當的是「殺蟲的芸香」。他研究伏羲，是將「神話故事和人民的生活打成一片，作為人民的生命和生活力的表現」；他和屈原杜甫「交遊」，是把屈原杜甫「放在各自的整個時代整個社會復活起來」，從而發揮出「芸香」的作用。〔註151〕

　　朱自清則有另一角度的總結：聞一多最初用力在唐詩，「注重詩人的年代和詩的年代」。在他看來，關於唐詩許多「錯誤的解釋與錯誤的批評」，都是由於「錯誤的年代」，因此利用「考據的本領」，將詩人的生卒年代製成一目了然的圖表，成為考據方面「值得發展」的「新技術」。其《唐詩雜論》雖然只有五篇，但都是「精彩逼人之作」，「將欣賞和考據融化得恰到好處」，同時創造了一種「詩樣精粹的風格」，讀來「句句耐人尋味」。〔註152〕

　　正因為如此，聞一多論杜，較之羅庸，更能在縱橫交錯的比較中，凸顯出杜甫及杜詩的特色與地位。一方面，是「深入古代歷史環境，理清作家創作的上下關聯和時代網絡」，透視其「成就高下得失的關鍵所在」。〔註153〕另一方面，「中國用比較文學的方法講唐詩」，聞一多「當為第一人」。〔註154〕如前所述，他將唐詩與後期印象派的畫聯繫起來，特別講到「點畫派」。而羅庸的論述，更多的則是杜詩的一種內部研究。

第六節　朱偰的《杜少陵評傳》及其他

　　朱偰（1907～1968），字伯商，浙江海鹽人，財經專家、文物保護家。幼承

〔註151〕洪道：《愛國詩人聞一多》，《光明報》新22號，1947年7月19日，第14頁。

〔註152〕朱自清：《聞一多先生與中國文學》，《國文月刊》第46期，1946年8月20日，第1頁。該文同時刊於《生活與學習月刊》第1卷第5、6期合刊（第26頁），1946年10月1日出版。文後附朱自清來函：「仲鉉先生大鑒：關於聞先生的紀念文字，我短短的寫成了一篇，現在寄上。但是聯大成都校友會要在報紙出紀念特刊，也教我寫文章。我實在沒有工夫另寫了，只好一稿兩投。請原諒。匆匆，祝好！朱自清七月二十二日」。可見該文當是應生活與學習月刊社編輯林仲鉉所請而作。

〔註153〕鄭臨川：《前言》，《笳吹弦誦傳薪錄——聞一多、羅庸論中國古典文學》，上海：上海古籍出版社，2002年12月版，第1頁。

〔註154〕汪曾祺：《西南聯大中文系》，《昆明的雨》，昆明：雲南人民出版社，2011年2月版，第106頁。

家學，1925 年入北京大學本科，攻讀政治學。1929 年，留學德國柏林大學，專治財政，兼修歷史、哲學。1932 年獲經濟學博士學位，7 月歸國後，任中央大學經濟系專任教授。次年即膺經濟系系主任。抗戰時期，曾兼任國立編譯館編審。1939 年 10 月至 1944 年 6 月，被民國政府財政部聘為簡任秘書。後歷任財政部關務署副署長、署長。1955 年初任江蘇省文化局副局長。1957 年劃為「右派」。1961 年分到南京圖書館工作。1968 年 7 月 15 日被迫害致死。〔註 155〕其人其事，學界已漸有掘發，但多關注其為保護文物而以身抗命的一面。

朱偰學識宏深，對杜甫尤有研究，曾作《杜少陵評傳》。

《杜少陵評傳》，「中華民國三十年六月初版」，發行人：雷嗣尚，發行者：青年書店（總管理處：重慶小龍坎梅園新村，重慶門市部：民生路、小龍坎、沙坪壩），印刷者：青年書店印刷所（重慶磁器口李家灣），代售處：中國文化服務社及各大書店。本書有三序：其一，《杜少陵評傳敘》，末署「中華民國二十九年二月二十四日朱希祖書於重慶中央大學」。其二，《杜少陵評傳序》，「中華民國二十八年十月十日長沙歐陽翥序於重慶沙坪壩中央大學」。歐陽翥（1898～1954），字鐵翹，號天驕。生物學家，神經解剖學家，古典詩人，書法家。1934 年秋，離開柏林威廉皇家神經學研究所回國，任中央大學生物系教授。抗戰時期，隨校遷渝，自 1938 年起，長期擔任系主任，並曾擔任理學院代理院長、師範學院博物系系主任。後因與新政治新社會不合，投井自殺。撰有《退思盦詩抄》十三卷、《退思盦雜綴》三十六卷。〔註 156〕其三，《自序》，

〔註 155〕趙玉麟：《一代宗師朱偰教授》，海鹽縣政協文教衛與文史資料委員會編《孤雲汗漫——朱偰紀念文集》，上海：學林出版社，2007 年 2 月版，第 17～23 頁。關於其任職國民政府財政部一事，此文亦有述：1938 年 12 月 4 日，以馬寅初為首的中國經濟學社年會在重慶召開，朱偰到會發表演說，力主維持法幣，穩定匯價，以安定金融，加強抗戰力量。時任財政部長孔祥熙亦參會，頗留意其主張，會後即派財政部直接稅署署長高秉坊來訪，擬聘其為簡任秘書。朱偰認為其所學目的在經世濟民，況值戰時，更當盡其所能，經再三考慮，遂決定應聘（第 19 頁）。1941 年 5 月 27 日，受聘為國民政府經濟會議專門委員（《孤雲汗漫——朱偰紀念文集》，第 543 頁注釋①）。1942 年 7 月 1 日，調任財政部專賣事業司司長（《孤雲汗漫——朱偰紀念文集》，第 475 頁注釋②）。朱偰留有日記和回憶錄，但尚未整理出版。

〔註 156〕許康、許崢編著：《湖南歷代科學家傳略》，長沙：湖南大學出版社，2012 年 4 月版，第 648～650 頁。朱偰《天風海濤樓箚記》卷九《人海滄桑》，曾收其回憶文章《歐陽翥》，憶及二人的交誼：「歸國以後，余任中央大學經濟系主任，鐵翹則任生物系主任，常相過從。然所談皆非所學本行，而多論文藝詩詞，每談漢魏六朝以迄唐宋詩家流派，若合符節。抗戰入蜀，過從更密，

「中華民國二十八年九月十八日，少陵先生歿後千一百六十九年，朱偰序於重慶嘉陵江上」。〔註157〕

　　關於本書的寫作動機，作者在《自序》中曾一一道來。動機之一，杜甫為「一代詩聖，千古文宗」，然千餘年來，有關其「生平、事蹟、交遊、思想、個性」，以及其詩的「淵源流變、地位特色」，竟無「系統的敘述」，即欲求一完備的傳記，亦不可得。學者心力，「竭於校讎注解」，雖治事甚勤，用力也專，但卻「支離破碎，不能通攬全局」。《評傳》旨在對其生平思想，「融會貫通，從大處著眼」，加以系統論述。〔註158〕動機之二，杜甫是中國的民族詩人。「所謂民族詩人者，其詩歌足以表現民族共同之理想，共同之願望，共同之想像，共同之情感，共同之生活」。「杜詩之大，無所不包，上自忠君愛國，憂傷黎元；下至悲歡離合，餞送投贈，從國家大事以至個人日常生活」，皆可反映中國民族的「思想及動作」。數千年詩人中，能代表民族者，「無出其右」。而世界文化民族，每多以其最偉大的詩人，作為民族精神的寄託。惟中國對於民族詩人，「政府不加宣揚，學者不加表彰，寥寂荒涼，一至於斯」。〔註159〕自蘆溝橋事變發生，「二京淪陷，山河變色」。作者隨學校西遷，「飄泊江關」。「搖落之恨，甚於宋玉之悲楚；播遷之哀，有似庾信之羈秦」。顛沛流離中，對少陵的身世和詩歌，「油然興感」；「尤以所處在蜀，於少陵當年蹤跡，倍覺親切」。〔註160〕

　　至於本書的寫作過程，也略可探知。一方面，書末署「二十八年九月十七日，全書脫稿於重慶佛圖關下」〔註161〕。另一方面，其父朱希祖日記，也有所記載：1939 年 7 月 11 日，「上午十時大兒及大媳來省親。午後與大兒談

余撰《杜少陵評傳》，鐵翹為作序；每論時局，則激昂慷慨，熱淚盈眶。家陷長沙，猶有老父依閭；伉儷不諧，居常離群索處。然對人接物，則極為熱忱；尤喜孩童。孩童亦樂追隨之。」參見徐建榮主編、海鹽縣政協文教衛與文史資料委員會編《孤雲汗漫——朱偰紀念文集》，上海：學林出版社，2007年 2 月版，第 240～241 頁。

〔註157〕1980 年 4 月，臺北東升出版事業有限公司曾將其作為「東升要籍選刊①」再版。卷首無序，卷末附《少陵先生年譜會箋》。

〔註158〕朱偰：《杜少陵評傳》，重慶：青年書店，1941 年 6 月版，《自序》第 1～2頁。

〔註159〕朱偰：《杜少陵評傳》，重慶：青年書店，1941 年 6 月版，《自序》第 2～3頁。

〔註160〕朱偰：《杜少陵評傳》，重慶：青年書店，1941 年 6 月版，《自序》第 3 頁。

〔註161〕朱偰：《杜少陵評傳》，重慶：青年書店，1941 年 6 月版，第 169 頁。

杜詩源流。因大兒將撰《杜詩評論》也，五時半去，借去仇兆鰲注杜詩十冊及余所撰《中國文學史概要》一冊」。〔註162〕10月20日，「夜沐浴」。「大兒來取回五古詩並呈新撰《杜少陵評傳》」。〔註163〕10月25日，「夜閱大兒所撰《杜工部評傳》」。〔註164〕10月27日，「閱大兒《杜工部評傳》畢」。〔註165〕1940年2月22日，「重撰《杜少陵評傳敘》。夜始成」。〔註166〕2月24日，「夜謄《杜少陵年譜序》」。〔註167〕此處的《杜少陵年譜》應即《杜少陵評傳》，其誤或出於日記作者，或出自日記整理者。

本書正論共五章，第一章八節，第二章六節，第三章三節，第四章三節，第五章兩節。現就其主要內容，略述大概，兼及其相關作品。

（一）「杜甫之生平及其事蹟」

朱偰認為，「自來才人誕生」，既有「先天遺傳」，也有「後天環境」，故第一章「家世」一節，主要研究杜少陵的先天遺傳；「幼年遊學及中年壯遊」，以及第二章「交遊」各節，主要研究其後天環境。

1. 「家世」。杜甫父系，「較然可考」。「一世為杜預，二世為尹，十世為依藝，十一世為審言，十二世為閑，十三世為甫」〔註168〕；又「由十世倒推而上，則九世為獲嘉令，八世為叔毗，七世為漸，六世為乾光。六世而上，至於二世，則不可復考」〔註169〕。

至於少陵母系，則不可詳考。1943年10月22日，朱偰於重慶，回顧自己「作《杜少陵評傳》，見少陵《過昭陵》諸詩，對於唐太宗推崇備至，其景仰嚮往之忱，出於尋常辭句之外」，乃「由其《祭外祖母文》考之，則母為崔

〔註162〕朱希祖：《朱希祖日記》下冊，朱元曙、朱樂川整理，北京：中華書局，2012年8月版，第1065頁。

〔註163〕朱希祖：《朱希祖日記》下冊，朱元曙、朱樂川整理，北京：中華書局，2012年8月版，第1107頁。

〔註164〕朱希祖：《朱希祖日記》下冊，朱元曙、朱樂川整理，北京：中華書局，2012年8月版，第1109頁。

〔註165〕朱希祖：《朱希祖日記》下冊，朱元曙、朱樂川整理，北京：中華書局，2012年8月版，第1109頁。

〔註166〕朱希祖：《朱希祖日記》下冊，朱元曙、朱樂川整理，北京：中華書局，2012年8月版，第1155頁。

〔註167〕朱希祖：《朱希祖日記》下冊，朱元曙、朱樂川整理，北京：中華書局，2012年8月版，第1156頁。

〔註168〕朱偰：《杜少陵評傳》，重慶：青年書店，1941年6月版，第2頁。

〔註169〕朱偰：《杜少陵評傳》，重慶：青年書店，1941年6月版，第3頁。

氏；其外祖母，則紀王慎（太宗第十子）之孫，義陽王悰之女」。而張燕公《義陽王碑》亦有載。由此觀之，子美母系，實出唐太宗。於此可知其「拳拳服膺」，別有淵源關係，其對唐王室的忠貞，也並非無因。按子美叔父升，「報復父讎，童年孝烈」；外祖母崔氏，又「中外嗟諮，目為勤孝」，皆具有真性情者。子美為「性情中人」，實是由來有自。〔註170〕

2.「生卒年月」。杜甫生卒年月，「史不詳載」，尤以其「卒之年月」，「最為紛紜」，主要有三說。一是《舊唐書·文苑傳》，謂在「永泰二年，卒於耒陽」。此說「時間空間，並屬錯誤」。〔註171〕二是《新唐書·本傳》，謂子美之卒，在大曆中，地點仍為耒陽。此說已修正永泰二年之誤，但言其卒於牛肉白酒，則「仍踵舊書之訛」。三是元稹「墓係銘」，謂子美「扁舟下荊楚間，竟以寓卒，旅殯岳陽」。《唐詩紀事》因之，謂杜甫卒於岳陽。宋人黃鶴、清人仇兆鰲則推定杜甫之卒，當在「大曆五年（七七〇）秋冬之交，潭（今長沙）岳之間」。〔註172〕朱偰認為，第三說因其根據少陵「親著詩章，及子孫行述」，較為確鑿可信。〔註173〕

杜甫卒年既已考定，則自大曆五年，上推五十九年，為睿宗先天元年（712），此即其誕生之年。同時，若以其一生事蹟證之，亦「若合符節」。〔註174〕

3.「幼年遊學情況」。杜甫家世，「本出襄陽，自曾祖依藝，為鞏縣令，始徙河南」。考其居處，當在偃城。而首陽山下，實為其「祖宗墳墓根本之地」。因此，杜甫的「真正故鄉」及「童年遊釣之所在」當是偃師。〔註175〕及至弱冠，於開元十九年（731），即遊吳越。嘗「遊金陵，登瓦官，下姑蘇，渡浙江，遊剡溪」，「飽覽南朝文物」。〔註176〕少陵吳越之遊，對其「文學修養、藝術鑒識」，影響至大，堪比「德國詩人哥德意大利之行」。〔註177〕

〔註170〕朱偰：《杜甫母系先世出於唐太宗考》，《文風雜誌》第1卷第1期，1943年12月1日，第52～54頁。該刊主編：侍桁；編輯：周聖生；發行人：鄒傑夫；印行者：文風書局（總局：重慶中一路二百號，分局：貴陽中華路四二〇號）。

〔註171〕朱偰：《杜少陵評傳》，重慶：青年書店，1941年6月版，第7頁。

〔註172〕朱偰：《杜少陵評傳》，重慶：青年書店，1941年6月版，第9頁。

〔註173〕朱偰：《杜少陵評傳》，重慶：青年書店，1941年6月版，第11頁。

〔註174〕朱偰：《杜少陵評傳》，重慶：青年書店，1941年6月版，第12頁。

〔註175〕朱偰：《杜少陵評傳》，重慶：青年書店，1941年6月版，第14～15頁。

〔註176〕朱偰：《杜少陵評傳》，重慶：青年書店，1941年6月版，第16～17頁。

〔註177〕朱偰：《杜少陵評傳》，重慶：青年書店，1941年6月版，第14～18頁。

4.「中年之壯遊」。開元二十三年（735），杜甫「自吳越歸關中，赴京兆貢舉，不第」，是為其「仕途失意之始」。既下第，杜甫「遂東遊齊趙」。先至兗州，又至任城，並遊瑕丘。其「此次東遊，是否至齊，殊成疑問」。後先回鞏、洛，留東都二年。天寶三、四年間，杜甫在東都，「始識李白，相從賦詩，而有梁宋之遊」。杜甫此番與高適、李白同遊，「才士相逢，青眼高歌，最為得意」。天寶四年（745）之秋，李杜分別。杜甫去魯郡後，「更北作齊州之遊，訪北海太守李邕，遊歷下亭」。又如臨邑，遊嶅山湖亭。其齊趙之遊，至此告一段落。按杜甫「下考功第」，於開元二十三年，「東遊梁、宋、齊、趙，凡八九年」，則西歸長安，當在天寶四五載（745～746）間。〔註178〕

天寶六載（747），「詔天下有一藝者詣轂下，子美應詔，李林甫命尚書省皆下之」。是為杜甫仕途第二次失意。其《奉贈韋左丞丈二十二韻》「直抒隱衷，如寫尺牘，而縱橫轉折，感憤悲壯之氣，溢於行間；然英鋒俊彩，未嘗少挫」。〔註179〕

杜甫「四十無位，心常悒鬱」。天寶十載（751），乃在長安進三大禮賦。三賦「辭氣壯偉，直追兩漢」〔註180〕，玄宗命待制集賢院。但終不獲用。天寶十三載（754），又進《封西嶽賦》，「望朝廷錄用」。無奈玄宗「無意封禪」，遂再進《雕賦》，其「熱中之思」，「更溢於言表」。〔註181〕然玄宗雖風雅，而「左右多流俗」，於是杜甫「終於沉淪」。如其《曲江三章》，「首章，自傷不遇，其情悲；次章，放歌自遣，其語曠；三章，志在歸隱，其辭激」，但對朝廷，卻未嘗須臾忘懷。〔註182〕而杜甫安家奉先縣，也自天寶十三載始。〔註183〕

5.「天寶亂後之流離生涯」。首先來看天寶亂事始末：「玄宗天寶十四年（755）冬十一月，安祿山反，時玄宗幸華清宮，初猶不之信，繼諸道告急，乃遣封常清禦之，敗績，東京遂陷。以哥舒翰為副元帥守潼關。次年六月，賊破潼關，玄宗奔蜀，衛兵殺貴妃及楊國忠；太子即位靈武，尊玄宗為上皇，進駐彭原鳳翔。冬十月房琯自請討賊，敗於陳濤斜。肅宗至德二年（757），房琯罷相，安祿山為其子慶緒所殺，廣平王俶郭子儀借回鶻兵收復二京，肅宗入

〔註178〕朱偰：《杜少陵評傳》，重慶：青年書店，1941年6月版，第18～23頁。
〔註179〕朱偰：《杜少陵評傳》，重慶：青年書店，1941年6月版，第23～24頁。
〔註180〕朱偰：《杜少陵評傳》，重慶：青年書店，1941年6月版，第25頁。
〔註181〕朱偰：《杜少陵評傳》，重慶：青年書店，1941年6月版，第27頁。
〔註182〕朱偰：《杜少陵評傳》，重慶：青年書店，1941年6月版，第27～28頁。
〔註183〕朱偰：《杜少陵評傳》，重慶：青年書店，1941年6月版，第30頁。

西京，上皇還自蜀。」「自是以後，唐室不振，北有史思明之亂，西有吐蕃之患，內有諸鎮之禍」，於是國步艱難。杜甫「於顛沛流離之餘」，其「忠君憂國之思」，卻「躍然於」「字裏行間」，成為杜詩此一時期的顯著特色。〔註184〕尤其是陷賊「凡歷八月」，杜甫「感懷家國，世事日非，沉鬱悲痛，結於中腸」，其「第一流佳作」，如《月夜》《哀王孫》《哀江頭》《悲陳陶》《悲青阪》等，亦產生於此時。〔註185〕

乾元二年（759），杜甫凡四度行役。「是年春，由東都回華州，秋自華州客秦州，冬自秦州赴同谷，又自同谷赴劍南」。〔註186〕其首度行役，有「三吏」「三別」之作，「紀當時鄴師之敗，朝廷調兵益急」，然《新安吏》一詩，「並非反對戰爭」，「於慰勉以外，猶有歸美於郭子儀之意」。

杜甫以唐肅宗乾元二年（759）12月1日，發自同谷（今甘肅成縣），由秦入蜀。其間，歷木皮嶺、白沙渡、水會渡、飛仙閣（即棧道）、五盤、龍門閣、石櫃閣、桔柏渡、劍門、鹿頭山而至成都。其「紀行諸詩，奧險清削，雄奇荒幻，無所不備，山川詩人，兩相觸發」，此「杜詩之所以獨步古今」。〔註187〕

6.「劍南之漂泊」。杜甫大約在乾元二年年底或上元元年（760）歲首，到達成都。以「行程之遼遠及當時交通之艱難」而論，杜甫到達成都，「是否在乾元二年除夕以前。殊成疑問」。〔註188〕至唐代宗大曆三年（768）春，杜甫放舟白帝城，出峽入楚，離開四川。前後在蜀，凡八年有餘。其間輾轉播遷，對杜甫影響至深。

需要強調的是，杜甫在蜀近九年，而在夔獨留三年（大曆元年至三年）；其平生作詩凡1439篇，在夔者361篇，大多「文章炳煥，流傳千古，而沉鬱蒼涼，尤其特色」，此誠其文藝上的「黃金時代」。所謂「古今名句，每從漂泊中來」，並非偶然。〔註189〕

1944年2月27日，朱偰「時入蜀」也「已將七載」〔註190〕，感由心生，

〔註184〕朱偰：《杜少陵評傳》，重慶：青年書店，1941年6月版，第30～31頁。
〔註185〕朱偰：《杜少陵評傳》，重慶：青年書店，1941年6月版，第32頁。
〔註186〕朱偰：《杜少陵評傳》，重慶：青年書店，1941年6月版，第39頁。
〔註187〕朱偰：《杜少陵評傳》，重慶：青年書店，1941年6月版，第40頁。
〔註188〕朱偰：《杜少陵評傳》，重慶：青年書店，1941年6月版，第42頁。
〔註189〕朱偰：《杜少陵評傳》，重慶：青年書店，1941年6月版，第57頁。
〔註190〕朱偰：《杜少陵在蜀之流寓》，《東方雜誌》第40卷第8號，1944年4月30日，第36頁。

又作文考敘「杜少陵在蜀之流寓」〔註191〕，同時將少陵在巴蜀的行蹤，略如下表〔註192〕：

肅宗乾元二年（759）	十二月一日發自同谷，入蜀赴成都。
上元元年（760）	公在成都，卜居浣花溪草堂。
上元二年（761）	公在成都，間至蜀州（青城）、新津。
寶應元年（762）	公在成都。七月送嚴武還朝到綿州。未幾西川兵馬使徐知道反，遂自綿至梓州，依章彝。秋晚迎家至梓。十一月至射洪縣，又南之通泉。
代宗廣德元年（763）	公在梓州。春間往漢州謁房琯。九月，由梓州至閬州。冬復回梓州。
廣德二年（764）	春復自梓州往閬州，有下峽意。嚴武再鎮蜀，暮春還歸成都。
永泰元年（765）	嚴武卒，公無所依，乃離蜀南下，泛江自戎州至渝州，六月至忠州。秋至雲安居之。
大曆元年（766）	春末自云安至夔州居之，初寓西閣。
大曆二年（767）	公在夔州，春遷居赤甲。三月遷瀼西草堂。秋以瀼西草堂借居吳郎，遷東屯，未幾復自東屯歸瀼西。
大曆三年（768）	正月去夔出峽，三月至江陵。

此文發表之後，杜呈祥譽為「洋洋鴻文，對少陵在蜀流寓之經過及其遷徙之原因與時日，詳加考述，實為近年研究杜甫生平諸作中之魁楚，使少陵自謂『九鑽巴嘆火，三蟄楚祠雷』〔註193〕（《秋日荊南述懷三十韻》）之在

〔註191〕該文分八節：一、前言；二、由秦入蜀；三、成都草堂；四、蜀州，青城，新津；五、東川之漂泊；六、重返成都；七、戎州，渝州，忠州，雲安；八、夔州西閣，赤甲，瀼西，東屯。

〔註192〕朱偰：《杜少陵在蜀之流寓》，《東方雜誌》第40卷第8號，1944年4月30日，第28～29頁。

〔註193〕《韓非子·五蠹》：「有聖人作，鑽燧取火，以化腥臊，而民悅之。」《後漢書·欒巴傳》注：「《神仙傳》：『巴為尚書，正朝大會，巴獨後到，又飲酒西南嘆之，有司奏巴不敬。有詔問巴，巴頓首謝曰：臣本縣成都市失火，臣故因酒為雨以滅火。臣不敢不敬。詔即以驛書問成都。成都答言：正旦大失火，食時有雨從東北來，火乃息，雨皆酒臭。後一旦大風，天霧晦暝，對坐皆不相見，失巴所在。尋問之，云其日還成都，與親故別也。』」《韻會》：「嘆，噴水也。」嘆，音遜。《禮記·月令》：「季秋之月，草木黃落，乃伐薪為炭，蟄蟲咸俯在內，皆瑾其戶。」朱注：「楚祠，楚地祠廟，或云即指楚王宮也。雷以八月收聲，故曰蟄。」黃希曰：「公以乾元二年冬入蜀，大曆三年下峽，恰是九春，其中在夔三年，故曰：『三蟄楚祠雷。』楚祠，謂楚襄王所遊之地。《寰宇記》謂夔有古楚宮也。趙謂楚人所祠之雷，則非，止謂在夔見三冬，蓋永泰元年秋至雲安，而大曆三年春下峽，所以為三冬。」參見蕭滌非主編《杜甫全集校注》十，北京：人民文學出版社，2014年1月版，第5545頁。

蜀流寓生活，瞭然於吾人之前，洵為欲洞知杜甫生平者極所樂睹之文」，然惜其「考證未精」，遂在「三十三年七月廿日於渝」撰文與之商榷，其要點有四：

一是關於「杜甫自秦入蜀的年月」。杜甫是在乾元二年（759）的十月杪，從秦州出發往同谷；大概在十一月上旬，到達同谷。十二月一日，從同谷出發往成都，至於何時到達，或言乾元二年年底，或言上元元年年初。針對朱偰的猶疑未定，杜呈祥從《成都府》中，檢出「季冬樹木蒼」一句，認為當指「初到成都時所見，而非泛論成都府之氣候或追述之詞」；同時又從「初月出不高，眾星尚爭光」〔註194〕之句，推斷杜甫是在十二月上旬或中旬，就已到達成都。杜甫另有《初月》〔註195〕一詩云：「光細弦欲上，影斜輪未安」〔註196〕，據此杜呈祥進而判定，杜甫到達成都的日期，是在「乾元二年十二月二十日之前」。

二是杜甫在蜀，曾由成都至蜀州，並遊青城、新津，且登丈人山。但朱偰所列少陵在蜀行蹤表，與其後正文「所紀由成都至蜀州的時間」，「前後矛盾，顯有訛誤」，「尤其所稱高適於上元元年三月已由彭州改刺蜀州與少陵往依一節，均未可信」。杜呈祥通過引證，說明杜甫遊新津時，蜀州刺史為王侍

〔註194〕《淮南子·說山訓》：「日出星不見，不能與之爭光也。」《九家注》卷六引杜補遺曰：「是詩子美寓意深矣。」李長祥曰：「固是寫景，要知是平洋光景，又是初到異鄉，盡頭處說話。若在路上與崎險之地，則不如此矣。極微極細，難為人言。」吳瞻泰曰：「此段再寫情。初月、眾星，與首句『桑榆日』為針線。」參見蕭滌非主編《杜甫全集校注》四，北京：人民文學出版社，2014年1月版，第1895頁。

〔註195〕關於此詩的寫作，洪仲曰：「此在秦州所詠。三、六見地，七、八見時。」仇注：「詩有『古塞』『關山』之語，當是乾元二年（七五九）在秦州作。」趙次公曰：「初月者，才出之月也，非如鈎新月之謂，與《成都府》古詩『初月出不高』同義矣。」參見蕭滌非主編《杜甫全集校注》三，北京：人民文學出版社，2014年1月版，第1532頁。

〔註196〕《釋名·釋天》：「弦，月半之名也。其行一旁曲，一旁直，若張弓施弦也。」漢王充《論衡·四緯》：「猶八日月中分，謂之弦。」《詩·小雅·天保》：「如月之恒，如日之昇。」孔穎達疏：「弦有上下。」「八日、九日，大率月體正半昏，而中似弓之張而弦直，謂上弦也。」「至二十三日、二十四日，亦正半在，謂之下弦。」唯其半昏，故其光細矣。黃生曰：「『欲上』即未上，唐人多以『欲』字作『未』字用。」梁何遜《閨怨》：「閨閣行人斷，房櫳月影斜。」北周庾信《望月詩》：「熒新半璧上，桂滿獨輪斜。」邵寶曰：「光滿則如輪，未安，未成輪也。」參見蕭滌非主編《杜甫全集校注》三，北京：人民文學出版社，2014年1月版，第1533頁。

郎，故杜甫由蜀州去成都，「絕不是往依高適」。至於杜甫「究於上元元年或二年至蜀州青城」，諸家杜譜各執一是。在杜呈祥看來，成都去蜀州頗近，杜甫或兩年均曾去過，朱偰一文前後矛盾的原因，「顯因錯互參閱諸譜而未加考證之故」。

三是杜甫在蜀流寓時，曾避漢州。朱偰認為少陵遊漢，是在代宗廣德元年（763）春間；往遊原因，是為「謁房琯」。杜呈祥則斷定杜甫是在「廣德元年春由閬州經鹽亭，漢州而返成都時之路遊，與房琯完全無關」。

四是嚴武遷拜出鎮的年月，「舊書缺記」，但據錢牧齋考證，「武之由綿州刺史遷東川節度使，在乾元元、二年之間；二次鎮蜀，即自東川除西川，敕令兩川都節制，在上元二年十月；三次鎮蜀，在廣德二年」，此說「至為精當」，故朱文所謂「唐肅宗寶應元年（七六二），嚴武自東川調西川，權令兩川都節制」，或有失據之嫌。

朱文另有兩點，也「失實難信」。一是謂安史之亂是唐代「開國一百四十〔註197〕年來一大變局」，但自唐高祖武德元年至唐玄宗天寶十四年，「僅歷時一百三十七年」。二是稱杜甫「平生所作詩凡千四百三十九首」，是將「現存篇數」誤為平生所作。〔註198〕

7.「江漢之流寓」。杜甫晚年居夔，「稍事生產，本可安居」，其所以「捨此而又流寓江漢之間」，主要是想「假道江漢，北歸中原」，而「弟觀來迎，不過為其誘因」。杜甫在蜀，本已常作歸計，然「秦棧千里，行路艱難」，故「不得不放舟東下」。此種歸思，「老而愈切」，係其流寓江漢時期的「主要色彩」。〔註199〕

杜甫流寓江漢，事蹟如下：大曆三年春，發自白帝城，放舟出瞿唐峽。三月抵江陵。流連至秋。但至江陵以後，即再無弟觀消息。是年秋，去江陵，移居公安山館。公安小邑，非久居之地，又「買棹而適湘潭」。冬，行抵岳州。大曆四年春，杜甫又事南征，自潭州至衡州。居衡數月，繼歸潭州。大曆五年夏四月，避臧玠亂，再入衡州，欲如郴州，依舅氏崔偉。至耒陽，泊方田驛，嘗遊嶽廟，為暴水所阻。耒陽縣令知之，書致酒肉，迎而還。秋回棹北歸，過

〔註197〕原引文「十」字脫落，今據朱偰《杜少陵在蜀之流寓》補入。

〔註198〕杜呈祥：《關於〈杜甫在蜀流寓〉一文商榷》，《讀書通訊》第96期，1944年8月15日，第11～13頁。

〔註199〕朱偰：《杜少陵評傳》，重慶：青年書店，1941年6月版，第59頁。

南嶽如洞庭湖，卒於途次，旅殯岳陽。〔註200〕

8.「著述」。杜甫著述豐富，近世所傳，或不過其什一。據其天寶十三載《進雕賦表》所云，「自七歲至此，不過三十七年，已有詩千餘篇」。按《舊唐書‧文苑傳》言，子美有集六十卷，自唐刺史樊晃，首編杜工部小集，求其遺稿，僅得二百九十篇，行於江左。至宋王安石為鄞令，得未見者，二百餘篇。嗣後王洙取「秘府舊藏，通人家所有」，「除其重複，定取千四百有五篇，凡古詩三百九十有九，近體千有六」，「視居行之次，與歲時為先後，分十八卷；又別錄賦筆雜著二十九篇為二卷，合二十卷」，始集杜詩之大成。後黃伯思（鶴）刊行校本，則有千四百四十七篇。蔡夢弼（傅卿）《草堂詩箋》，取後來增益者，別為逸詩一卷。仇兆鰲《杜少陵集詳注》，依年次補入，不另置卷末，總分為二十四卷。凡可依年編次者一千四百三十九首，逸詩十一則，雜有贋篇。後世治杜詩者，遂以之為定本。〔註201〕本節另附《杜少陵年譜》。

（二）「杜甫之交遊」

「自來文人相與，感召極深，才氣激發，相得益彰」，如建安七子，又如盛唐王維、孟浩然、高適、岑參、李白、杜甫諸家，其「相邂逅敘晤」，遂「造成中國文學史上之黃金時代」。朱偰認為，「欲研究一代詩人，首當明其時代背景，次當知其交遊人物」。杜甫交遊雖廣，但既能「當交遊之名」，又能「交互影響思想學問」者，凡得七人：一曰李白，二曰高適，三曰岑參，四曰王維，五曰孟浩然，六曰嚴武，七曰鄭虔。〔註202〕

1.「杜甫與李白」。少陵與太白的會晤，是中國文學史上的「主要事實」，論者比之為歌德與席勒的會晤。杜詩佳處在「博大」，李詩佳處在「高曠」；杜詩「沉鬱悲壯」，李詩「俊逸流暢」。朱偰認為，少陵雖「兼得唐調，而獨不能兼李」，正因為杜不能兼李，故李杜所以並稱。二人個性不同，太白「才高」，少陵「體大」，其詩本「未可定甲乙」。一般而言，「天分高而才思活潑」者，每抑杜而揚李；「體勢盛而學涉廣博」者，每抑李而揚杜，不過是各取所近，故有好惡之詞。實際上，「太白固未嘗輕少陵，而少陵則實服膺太白」。〔註203〕

〔註200〕朱偰：《杜少陵評傳》，重慶：青年書店，1941年6月版，第61～64頁。
〔註201〕朱偰：《杜少陵評傳》，重慶：青年書店，1941年6月版，第65～66頁。
〔註202〕朱偰：《杜少陵評傳》，重慶：青年書店，1941年6月版，第81頁。
〔註203〕朱偰：《杜少陵評傳》，重慶：青年書店，1941年6月版，第82～83頁。

　　少陵初識李白，是在其「試進士不第、東遊齊趙之時」。天寶四載（745）以後，白遊江東，而少陵則歸至西京，「一則浪跡江湖，一則營營祿蠹」，此後是否再相謀面，殊成疑問。但分袂以後，杜甫仍常「有詩遺白，極言其馳念之殷」，〔註204〕其《夢李白》二首，實為《招魂》《大招》遺音，千載以下讀之，「猶如親歷夢境」。〔註205〕所不同的是，太白自《魯郡東石門送杜甫》和《沙丘城下寄杜甫》二詩以後，無一酬答杜甫。〔註206〕後李白「承恩放還，客遊江左」，杜甫則「流落劍南，消息久隔，二人之往還」，從此遂斷。〔註207〕

　　2.「杜甫與高適」。高適與杜甫為「貧賤之交」，二人嘗共李白同登吹臺，「慷慨懷古，意氣凌雲」，又嘗同登慈恩寺塔。〔註208〕兩人之交，「晚年彌篤」。兩人皆「生長中原，遲暮客蜀，每因故人而思故鄉」。大曆五年（770），「少陵流離瀟湘橫山閣，偶檢故帙，得適人日見寄之詩，自傷零落，復悲故舊」，因有《追酬故高蜀州人日見寄》之作。〔註209〕

　　盛唐詩人，擅邊塞詩歌者，「無過高適岑參」；而「激壯之音」，亦「以二子為擅場」。究其原因，「適嘗從哥舒翰西征，而參則從封常清屯兵輪臺」，故多豪放之氣。而杜詩中之所以有「激壯似高岑」者，未始不是受到二人的影響。〔註210〕

　　3.「杜甫與岑參」。杜甫與岑參相識，或在天寶十載（751）奏三大賦之後，與高適、薛據、儲光羲、岑參同登慈恩寺塔，各有題詠。薛據詩已失傳。其餘四詩，朱偰認為，「少陵詩感慨家國，寓意遙深，自推獨步」，而「三家結語，未免拘束，致鮮後勁；少陵末幅，另開眼界，獨闢思〔境〕，力量百倍於人」。〔註211〕自少陵去朝，二人「音書久隔」。及少陵「漂泊劍南」，十餘年「不通消息」。後在雲安，得知岑參為嘉州刺史，乃有詩寄之。〔註212〕

　　岑參之詩，「少年多激壯之音，晚年悟清淨之理」。盛唐詩人，「李杜而

〔註204〕朱偰：《杜少陵評傳》，重慶：青年書店，1941年6月版，第85頁。
〔註205〕朱偰：《杜少陵評傳》，重慶：青年書店，1941年6月版，第87頁。
〔註206〕朱偰：《杜少陵評傳》，重慶：青年書店，1941年6月版，第85頁。
〔註207〕朱偰：《杜少陵評傳》，重慶：青年書店，1941年6月版，第87~88頁。
〔註208〕朱偰：《杜少陵評傳》，重慶：青年書店，1941年6月版，第90頁。
〔註209〕朱偰：《杜少陵評傳》，重慶：青年書店，1941年6月版，第94頁。
〔註210〕朱偰：《杜少陵評傳》，重慶：青年書店，1941年6月版，第96頁。
〔註211〕朱偰：《杜少陵評傳》，重慶：青年書店，1941年6月版，第99頁。
〔註212〕朱偰：《杜少陵評傳》，重慶：青年書店，1941年6月版，第101頁。

外，高岑並駕」，由此「方以類聚」。〔註213〕

4.「杜甫與王維孟浩然」。王（維）、孟（浩然）、韋（應物）、柳（宗元），「宗法淵明」，為唐詩三大宗之一，與少陵詩「本不同調」，但少陵論詩，一則曰「清詞麗句必為鄰」，二則曰「轉益多師是汝師」，惟其「氣大」，故能「兼容」。其《解悶》絕句，有論摩詰詩者，言「右丞雖殘，而秀句猶傳，況有相國詩名，則風流真可不墜」，足見其對王維的推重。〔註214〕

孟浩然詩「從靜悟得之」，故「語淡而終不薄」，然比之右丞的「渾厚」，「尚非伯仲」。杜甫與之「本無深交」，但「心嚮往之」；與此同時，孟浩然之窮，正與杜甫相似，故杜之「憐孟」，多為「自憐」。〔註215〕

5.「杜甫與嚴武」。嚴武與少陵，「同出房琯門下」，故房琯罷相貶官，二人同貶。嚴武對於少陵，「世交甚厚」，兩為成都尹，皆「特為汲引」，後且表為「幕府參謀檢校工部員外郎」賜緋魚袋。杜甫之所以能「安居草堂，不愁生計」者，多賴嚴武之力。再看少陵集中詩，與嚴武酬酢者，幾三十篇。而嚴武詩品，亦頗「峻高」，「豪健無匹」，杜甫曾有《奉和嚴鄭公軍城早秋》一詩，朱偰即認為「此詩尚不敵嚴武」。〔註216〕

6.「杜甫與鄭虔」。考少陵初識鄭虔，當在「天寶十二載（七五三）前後」。〔註217〕杜甫與鄭虔，「最稱莫逆」，而「所以能致此」者，全在鄭之道德文章，故兩人之交，實為「學術之交」「文章之交」與「貧賤之交」。鄭虔為「一代大儒，造詣最深」，而「少陵之博雅」，「或不無受其影響」。〔註218〕

（三）「杜甫之思想及其個性」

1.「杜甫之政治思想」。子美生於「詩書之家，營營祿仕之途」，故其政治思想，「不脫儒家範圍」；而「忠君愛國之誠」，溢於詞表。其理想，仍為儒家所祖述的「堯舜之世」：「崇尚儉德，以禮樂為治」；「不事征伐，而風俗自淳」。〔註219〕

杜甫亦知「世易事變，不可拘執一端」，故其政治手段，計有多端：一曰

〔註213〕 朱偰：《杜少陵評傳》，重慶：青年書店，1941年6月版，第102頁。

〔註214〕 朱偰：《杜少陵評傳》，重慶：青年書店，1941年6月版，第104頁。

〔註215〕 朱偰：《杜少陵評傳》，重慶：青年書店，1941年6月版，第104～105頁。

〔註216〕 朱偰：《杜少陵評傳》，重慶：青年書店，1941年6月版，第106～107頁。

〔註217〕 朱偰：《杜少陵評傳》，重慶：青年書店，1941年6月版，第109頁。

〔註218〕 朱偰：《杜少陵評傳》，重慶：青年書店，1941年6月版，第111頁。

〔註219〕 朱偰：《杜少陵評傳》，重慶：青年書店，1941年6月版，第113頁。

「復封建，以強幹地〔註220〕而制重鎮」；〔註221〕二曰「息戰伐，以蘇民困而復元氣」；三曰「寓兵於農，以減賦稅而省軍儲」。〔註222〕

2.「杜甫之社會思想」。杜甫的社會思想，「本無一貫體系」，然「天性忠厚，憂濟黎元」，每以平民的福利為念，而有「平均財富」的思想。〔註223〕其「襟抱自闊」，「不以一己之利為利」，而「以大眾之利為利」，此其「所以與眾不同」。〔註224〕

3.「杜甫之個性」。關於杜甫的個性，《舊唐書·文苑傳》言其「性褊躁，無器度」，朱偰認為，若以其詩觀之，「褊躁間或有之」；但少陵詩「哀而不傷，怨而不亂，深得國風之旨」，所謂「無器度」，似難成立。朱偰進而據其一生「行事思想，言論詩詞」，推定杜甫性格當有四端：一曰忠厚，二曰質直，三曰沉鬱，四曰真摯。〔註225〕

（四）「少陵詩學之淵源及其流變」

1.「少陵之論詩」。少陵之詩，「深宏博大」。欲論少陵之詩，當先明其詩學。少陵論詩，凡有《六絕句》，《解悶》十二首，《偶題》一首。其主要內容有六：（1）「總論詩之流變，獨重風騷，兼推漢魏；而代有傳人，亦不抹殺一切」。（2）「論古人，宗法蘇李，推許庾信」。（3）「論近人，推服王楊盧駱」。（4）「論當代，於自許之外，獨重太白；而於孟山人王右丞，雖與少陵詩不同調，亦有公論」。（5）「論為詩，當上攀屈宋，直追漢魏，清詞麗句，必與為鄰，新詩吟成，不厭推敲；而『轉益多師是汝師』，所以成其大」。（6）論詩之外，少陵於宋玉、庾信二子文章，「尤為私淑」。〔註226〕

2.「少陵詩之淵源」。少陵之詩，「瑰奇宏麗」。元稹曾認為，「讀詩至杜子美而知大小之有總萃焉」。但杜詩亦有所不能包者，如阮籍《詠懷詩》，「天馬行空，獨往獨來，神龍莫測」；又如陶潛之詩，「胸次浩然，天真絕俗，氣體風

〔註220〕　語出杜甫《有感五首》之四：「由來強幹地，未有不臣朝。」強幹，強幹弱
　　　　　枝之意。石闥居士曰：「以上四句反覆譬喻，以見建立宗藩，始為此時強幹
　　　　　弱枝之要圖。」參見蕭滌非主編《杜甫全集校注》六，北京：人民文學出版
　　　　　社，2014年1月版，第3068頁。
〔註221〕　朱偰：《杜少陵評傳》，重慶：青年書店，1941年6月版，第114頁。
〔註222〕　朱偰：《杜少陵評傳》，重慶：青年書店，1941年6月版，第115頁。
〔註223〕　朱偰：《杜少陵評傳》，重慶：青年書店，1941年6月版，第116頁。
〔註224〕　朱偰：《杜少陵評傳》，重慶：青年書店，1941年6月版，第118頁。
〔註225〕　朱偰：《杜少陵評傳》，重慶：青年書店，1941年6月版，第118～119頁。
〔註226〕　朱偰：《杜少陵評傳》，重慶：青年書店，1941年6月版，第123～127頁。

神，翛然塵外」。此二者，均少陵所未嘗有。考其淵源，可見諸下端：（1）「少陵之詩，喜論時政得失，蓋得力於風雅」；（2）「少陵五言古詩，蓋接響於蘇李，嗣音夫漢魏」；（3）「少陵七言古詩，蓋拓宇於《離騷》，比肩乎《四愁》」；（4）「少陵近體詩，蓋上承陰何，下接沈宋」。〔註227〕該節末附「少陵所服膺之詩人表」。

3.「少陵詩之流變」。後人宗法少陵者，往往「各以性之所近，得其一面」。孫僅《贈杜工部詩集序》嘗分析其流變云：「孟郊得其氣焰，張籍得其簡麗，姚合得其清雅，賈島得其奇僻，杜牧薛能得其豪健，陸龜蒙得其贍博」。六家之外，猶有李商隱，亦師承少陵，得其「穠麗」。〔註228〕

最後，朱偰綜合杜詩的「淵源流變」，作圖加以表示，從中可「見其體系」，「得其脈絡」。〔註229〕

（五）「少陵詩在詩史上之地位」

1.「各家之批評」。歷來評少陵詩者，莫不推崇備至，列為大家。唐元稹「推少陵在太白之上，而評為獨步千古」。《舊唐書·文苑傳》則「附和元稹之說」。宋孫僅《贈杜工部詩集序》以「真粹之氣」相許，亦「獨具隻眼之論」。宋范正敏（一作陳正敏）《遯齋閒覽》以「體大善變」推許少陵，亦為定論。宋胡宗愈《成都新刻草堂先生詩碑序》獨以「詩史」二字推許杜詩。至清沈德潛編《唐詩別裁集》，「以批評全唐詩之眼光，評論少陵；並各就體裁，分別著論，自較精審」。其後，則選錄韓愈、白居易、杜牧；孫何、歐陽修、王安石、蘇軾、黃庭堅、李綱、陸游、戴復古、元好問；方孝孺、陳獻章、屈大均十五家的有關論述。由此，朱偰斷言，杜甫在中國文學史上的地位，堪稱「中流砥柱，千古不移」。〔註230〕

2.「少陵詩之特色及其在文學史上之地位」。（1）「少陵詩之特色」。朱偰認為，「欲道其特色，必先觀其一生詩學之過程，造詣之深淺，所繼承於以往者為何，所開創於將來者為何」，「然後方可以言其特色」。〔註231〕

杜甫一生詩學，經過兩個階段，首為「復古」時代。入蜀以前，其所作「古

〔註227〕朱偰：《杜少陵評傳》，重慶：青年書店，1941年6月版，第128～129頁。
〔註228〕朱偰：《杜少陵評傳》，重慶：青年書店，1941年6月版，第142頁。
〔註229〕朱偰：《杜少陵評傳》，重慶：青年書店，1941年6月版，第143頁。
〔註230〕朱偰：《杜少陵評傳》，重慶：青年書店，1941年6月版，第145～157頁。
〔註231〕朱偰：《杜少陵評傳》，重慶：青年書店，1941年6月版，第158頁。

風多而近體少」，且「上承風騷，刻意漢魏」。此為杜詩第一階段。入蜀以後，所著詩篇，「近體多於古風」。夔府時代，為律詩的黃金時期。至於五古，則晚年別有一種「累滯寒澀」的筆調。此為第二階段，即「開創」時代。〔註232〕

杜詩的特色，籠統言之：①「中國文人多憂亂傷離，少陵雖多亂離之作，但並不悲觀消極」，即英人所謂「悲而不弱」（Sadness but not weakness）。②「中國文人多頹廢，六朝文人尤甚，少陵則始終積極」，不特對國事政治，常懷更新的希望，「即以其致力於詩而論，兀兀窮年，死而後已」。③「中國文學多帶山林主義，如竹林七賢，以及傅玄何晏之流，常抱遁世之見，而多苟且偷安之思」。少陵雖愛自然，然秉入世的人生觀，即便顛沛流離，也「未嘗忘懷國家大事」。④「中國文人多抱個人主義」，故多數作品，「僅注重陶冶個人性靈，極少發揚團體觀念」。即或有之，「僅至家族為止」；「家族以外，即為天下」。民族與國家觀念，「未嘗顯著」。惟劉琨始有深刻的「民族意識」，惟少陵始有明白的「國家觀念」。〔註233〕以上泛論少陵的精神，亦即杜詩的「一般特色」。

如以詩論詩，純本文藝眼光，則有下列數點：①「體勢大而風格善變」。②「其五言古詩，憲章漢魏，祖述六朝。材力標舉，篇幅恢張，縱橫馳騁，無施不可，集開元之大成」。③其七言古詩、五言律詩、七言律詩，胡應麟均有至論。④其五言排律，高棅嘗有推崇。⑤其七言排律，集中惟《題鄭十八著作丈故居》等一二首而已。此體「自來未能成功」，因其「束縛性靈太深」，而「過於雕鑿」之故。⑥其七言絕句，雖少「歡唱之音」，卻有「沉著大方」之處。〔註234〕

（2）杜詩在文學史上的地位。杜甫於中國文學史，可謂「繼往開來」，堪稱「民族詩人」「千古詩宗」。最後，朱偰引明胡應麟《詩藪》之說，予以總結：「大概杜甫三難：極盛難繼，首創難工，邁衰難挽。子建以至太白，詩家能事都盡，杜後起，集其大成，一也；排律近體，前人未備，伐山道源，為百世師，二也；開元既往，大曆既興，砥柱其間，唐以復振，三也。」〔註235〕

《杜少陵評傳》較早採用「評傳」這一嶄新形式來敘述杜甫生平，功不

〔註232〕朱偰：《杜少陵評傳》，重慶：青年書店，1941 年 6 月版，第 158 頁。
〔註233〕朱偰：《杜少陵評傳》，重慶：青年書店，1941 年 6 月版，第 162～164 頁。
〔註234〕朱偰：《杜少陵評傳》，重慶：青年書店，1941 年 6 月版，第 164～168 頁。
〔註235〕朱偰：《杜少陵評傳》，重慶：青年書店，1941 年 6 月版，第 169 頁。

可沒。再則是引入西方文學作為參照。朱偰以為，少陵詩雖「獨創一格」，但其中「前無古人，後少來者」，厥為「長篇紀事詩」。按中國詩歌，「抒情者多，敘事者少」，求其長篇史詩（Epic Poetry，Heldengedicht），如希臘的《奧迭賽》（Odyssey）及《伊拉特》（Iliad），則「不多覯」。求其民族英雄史歌，如日耳曼的《尼倍龍根》（Nibelungen），亦不多見。中國「既少民族史歌，故民族精神，不易煥發」；而民族詩人，求其如法國的拉馬丁（De Lamartine），英國的擺倫（Byron），德國的哥德（Goethe）、許勒（Schiller）者，幾不可得。中國古詩之中，多個人抒情詩，少民族敘事詩。僅《孔雀東南飛》一首，略近敘事詩，然並非民族詩歌。自少陵出，以其高華的才氣，博大的體勢，「創為長篇紀事」，其中尤著者，如：《自京赴奉先詠懷》《北征》《喜聞官軍已臨賊境二十韻》《洗兵行》《草堂》《夔府書懷四十韻》《往在》《秋日夔府詠懷一百韻》《寄劉峽州伯華使君四十韻》《大曆三年春白帝城放船出瞿塘峽久居夔府將適江陵漂泊有詩凡四十韻》《秋日荊南述懷三十韻》《秋日荊南送石首薛明府辭滿告別奉寄薛尚書頌德敘懷斐然之作三十韻》《送重表姪王砅評事使南海》《入衡州》《風疾舟中伏枕書懷三十六韻奉呈湖南親友》。〔註236〕

對於此傳，朱希祖認為，「傳則考證尚佳，評則尚無獨到之見」〔註237〕。特點在其「論世頗詳」。在他看來，「知人之術，首觀其志，次觀其學，次觀其藝」，此書「雖皆道及，而志與學二端，為藝所掩，不能豁人心目，故於此二者，特表而出之」。〔註238〕

歐陽翥認為，「文學之難，一曰創作，二曰批評」。若「無超邁之才，必無璀皇奇麗之思；無湛深之學，必無磅礴淖發之氣」，故學者當「振其辭」，「養其氣」。明乎此，「始可與言創作」。而創作莫難於詩歌，因為詩歌「有韻有節」，「韻可以害意，節可以害辭」，作詩當「以意就韻，以辭應節」。明乎此，「始可與言批評」。〔註239〕而杜少陵「懷高世之才，遭有唐文學昌盛之世，承先人之休烈，而續其遺緒。寢饋六經，逍遙子史，旁及漢魏六朝文章辭賦」；「弱冠

〔註236〕朱偰：《杜少陵評傳》，重慶：青年書店，1941 年 6 月版，第 159～160 頁。

〔註237〕朱希祖：《朱希祖日記》下冊，朱元曙、朱樂川整理，北京：中華書局，2012 年 8 月版，第 1109 頁。

〔註238〕朱偰：《杜少陵評傳》，重慶：青年書店，1941 年 6 月版，朱希祖《敘》第 1 頁。

〔註239〕朱偰：《杜少陵評傳》，重慶：青年書店，1941 年 6 月版，歐陽翥《序》第 1 ～2 頁。

而後，薄遊吳越齊趙，所至交其賢豪，流覽名山大川，以激發其志氣」，於是
「俯仰興感，一發於詩」。「其奇氣橫溢，雅瞻典重，沉鬱頓挫，光焰萬丈；而
格律謹嚴，無悖於規矩」。「總工部所為詩，無體不備。祖述風騷，祧宗蘇李曹
阮，近取庾鮑之精華，一掃齊梁靡麗之習，卓然自成大家，冠絕千古」。且杜
工部雖流離播遷，窮愁潦倒以終其身，其心則未嘗一日不憂家國民生，故可
諡之曰「民族詩人」。〔註240〕進而指出，「朱子伯商」，「心折工部，反覆玩索，
豁然有得」，「乃根據正史，擷拾載籍舊聞，旁引博徵，參證本集，釐析而條貫
之，成《杜少陵評傳》一書，對工部平生行事，及其所為詩歌時代之先後，莫
不詳加訂正，揭前人之所未發。而於杜詩之淵源，及其抱負與身世之感，尤
三致意焉」。該書「正前人之失誤，為後學之津梁」，實有裨於「文學批評與學
詩」。〔註241〕

　　梁實秋亦有《關於李杜的兩本新書》加以評騭。所謂「兩本」，《杜少陵
評傳》之外，另一本為李長之著《道教徒的詩人李白及其痛苦》。其相關評論，
後文將有述。梁實秋首先贊同朱希祖在《敘》中有關李杜的比較，同時對於
朱偰的部分觀點提出批評。一是朱著將杜甫尊為「民族詩人」，但抗戰時期，
不少人亦將屈原奉為民族詩人，此一榮譽如何歸屬，論者雖不願論列，但問
題卻值得進一步深究。二是朱偰認為，中國古詩「多個人之抒情詩，少民族
之敘事詩」，「自少陵出，以其高華之才氣，博大之體勢，創為長篇記事詩」；
梁實秋則認為，中國過去詩人，鮮少「以創作為終身事業」，並且於一篇作品，
「亦往往不用全部精力去應付」。杜詩雖有長篇紀事之作，但最長者不過千字，
餘則三四百字，「以視西洋偉大之詩篇，幾不能相提並論」。三是朱偰將杜甫
比「如法國之拉馬丁，英之擺倫，德之哥德許勒」，梁實秋認為，這種「強勉」
的比較，「似屬不必要」，而且拉馬丁、擺倫尚不足稱為「民族詩人」。進而指
出，杜詩早有定評，「詩聖」「詩史」均非過譽，「民族詩人」之「洋式徽號亦
可不加」。四是朱著內容雖較豐富，但其「編制排列」卻類似「手冊」式的教
科書，「不甚符合評傳之體裁」。〔註242〕

〔註240〕朱偰：《杜少陵評傳》，重慶：青年書店，1941 年 6 月版，歐陽翥《序》第 2
　　　　～3 頁。
〔註241〕朱偰：《杜少陵評傳》，重慶：青年書店，1941 年 6 月版，歐陽翥《序》第 4
　　　　頁。
〔註242〕梁實秋：《關於李杜的兩本新書》，《星期評論》第 36 期，1941 年 10 月 30
　　　　日，第 14 頁。

　　《杜集書目提要》收錄本書，提要中云：「一九四七年重慶青年書店出版。鉛印本，一冊。」〔註243〕《杜集敘錄》沿襲此說，認為該書是「由重慶青年書店1947年出版」〔註244〕，兩說的初版時間均有誤。《杜集書錄》亦收，但言其「板本」則曰「一九三九年重慶青年書店排印本」，並說明「未見」。〔註245〕其初版時間同樣有誤。

　　此外，抗戰時期，朱偰曾自編詩稿《天風海濤樓詩鈔》，收其詩三百餘首，分為五卷，即感遇集、覽古集、汗漫集、滄桑集、錦瑟集；並有《自序》，末署「民國二十九年三月二十四日浙西朱偰序於巴縣嘉陵江石門」，其中多有涉杜者。詩稿當時未能付印，至2006年，方經其子女朱元春、朱元昌、朱元智、朱元昉整理，朱元智作注，收入《孤雲汗漫──朱偰紀念文集》，於2007年2月正式出版。現將其有關論點，摘述於後。

　　朱偰認為，「詩以言志，亦以抒情」，所以詩應該是「自然之聲」，而「音節格律，尤其餘事」，然「今之為詩者，未就蠻箋，先言格律」，卻因「門戶之見既深，格律之限愈嚴」，致使「真性情掩沒而不露，舊形式束縛而為累」。其具體表現，有如下數端：

　　1. 就五七言律詩而言，「明季以降，篇中不許有復字」，但在唐人律詩中，則「未嘗有此限」。如杜甫《秋興》八首之二有句云「聽猿實下三聲淚，奉使虛隨八月槎」，結則又云「請看石上藤蘿月，已映洲前蘆荻花」，無傷復字；又如《野老》云「野老籬前江岸回，柴門不正逐江開」；再如《吹笛》云「吹笛秋山風月清，誰家巧作斷腸聲。風飄律呂相和切，月傍關山幾處明？胡騎中宵堪北走，武陵一曲想南征。故園楊柳今搖落，何得愁中曲盡生」，其重複不止一字，且「一字改不得」。

　　2. 就對仗而言，應是「對仗為客，立意為主」，「二者得兼，固為上乘」，若「二者不可得兼，則古人寧取立意而捨對仗」，但近人卻「專重對仗，不重立意」。

　　先看第一類，即「立意對仗，兩臻佳勝，盡人而知其工」。此為「活對」，

<hr />

〔註243〕鄭慶篤、焦裕銀、張忠綱、馮建國編著：《杜集書目提要》，濟南：齊魯書社，1986年9月版，第281～282頁。

〔註244〕張忠綱、趙睿才、綦維、孫微編著：《杜集敘錄》，濟南：齊魯書社，2008年10月版，第514頁。

〔註245〕周采泉：《杜集書錄》下，上海：上海古籍出版社，1986年12月版，第815頁。

「往往於無意中得之」。其下又分三種：（1）「二者兼善，神韻盤旋，一氣呵成者」，見諸杜詩，則如「誰憐一片影，相識萬里雲〔註246〕」（《孤雁〔註247〕》）。（2）「對仗極工，上下轉折，相尅相生者」，如「縱被浮雲〔註248〕掩，終能永夜清」（《天河》）；「世人皆欲殺，吾意獨憐才」（《不見》）。（3）「對仗極工，雖成二排，但一意貫注，相輔相成者」，更是比比皆是，如「所向無空闊，真堪託死生」（《房兵曹胡馬詩》）；「生還今日事，間道暫時人」（《喜達行在所三首》其二）；「忽聞哀痛詔，又下聖明朝」（《收京三首》其二）；「聞說真龍種，仍殘老驌驦」（《秦州雜詩二十首》其五）；「已近苦寒月，況經長別心」（《搗衣》）；「今君渡沙磧，累月斷人煙」（《送人從軍》）；「至今勞聖主，何以報皇天」（《有感五首》其一）；「由來強幹地，未有不臣朝」（《有感五首》其四）。

再看第二類，即「專重立意，不事對仗」，然「亦不失為名作者」，如「遙憐小兒女，未解憶長安」（《月夜》）；「吾人淹老病，旅食豈才名」（《入宅三首》其三）。

由上可見，偉大的天才，決不受格律的拘束，「格律愈嚴，拘束愈謹，適足以表現其才氣之高超」，如「李供奉之鞭策海嶽，驅走風霆，杜少陵之沉雄激壯，奔放險幻」，均是通過格律而得以表現。借助上引範例，朱偰再次強調自己的主張：「詩以性情為本，格律為輔，既不可以辭害意，亦不可專重形式而掩滅性情」。只有「發乎情，根乎性，再能出之以格律」，方可成就最佳詩作。〔註249〕

第七節　易君左的《杜甫今論》及其他

易君左（1899～1972），原名家鉞，字君左，號意園、敬齋，筆名右君、花蹊等。湖南漢壽人。1916 年畢業於北京公立第四中學；同年秋，留學日本早稻田大學。1918 年夏，與李大釗、王光祈等在北京發起「少年中國學會」。1919 年加入社會主義研究會、馬克思主義研究會。1921 年 1 月，加入文學研

〔註246〕「萬里雲」，多作「萬重雲」。片影，謂孤雁失群，形影孤單。萬重雲，極言孤雁離群之遠。

〔註247〕一作「後飛雁」。該詩作於大曆二年秋。黃鶴曰：「蓋託孤雁以念兄弟也。」參見蕭滌非主編《杜甫全集校注》九，北京：人民文學出版社，2014 年 1 月版，第 4997 頁。

〔註248〕「浮雲」，多作「微雲」。

〔註249〕徐建榮主編、海鹽縣政協文教衛與文史資料委員會編：《孤雲汗漫——朱偰紀念文集》，上海：學林出版社，2007 年 2 月版，第 444～447 頁。

究會。抗日戰爭爆發後，任湖南《國民日報》主筆、湖南省政府顧問。1938 年秋，赴重慶任國民黨中央宣傳部專員、中央文化運動委員會委員。翌年春，任四川省政府編輯室主任、四川《國民日報》社長。1941 年初，任軍事委員會總政治部設計委員、編審室副主任；4 月，任中央圖書雜誌審查委員會審查專員。1945 年兼《時事與政治》月刊社社長。抗戰勝利後，任《和平日報》上海分社副社長兼《海天》副刊主編。1947 年，任蘭州《和平日報》社長、西北大學師範學院教授。1949 年冬，任珠海學院教授。1954 年至 1955 年，任《星島日報》副刊主編。1957 年至 1967 年，任香港浸會學院專任教授。1967 年 9 月，任教於臺灣政工幹部學校。〔註 250〕其詩文書畫俱臻上乘，堪稱大家。在現代文壇上，圍繞易君左，曾引起過幾場筆訟風波。其特殊的人生經歷和藝術實踐，使許多研究者望而卻步。但時人筆下的易君左，卻具有「與人不同的一種瀟灑的風趣和出言吐語的詩意」〔註 251〕。葛賢寧認為其詩作「顯示了莊嚴，雄俊的自然神姿，與人間公理與正義的呼聲」，「足以打破人間生活的窒悶，恢復民族的麻痺」，「復活」「國民垂死的精神」，且「又頗沾染老杜氣息，家，國，民眾，同為歌吟主體」。〔註 252〕

　　對於杜甫，易君左充滿懷慕和景仰，曾稱譽杜甫「在世界詩壇是一顆大星，在中國詩壇是眾星環拱的北斗」〔註 253〕。1939 年，他在長歌《謁杜工部草堂》（又名《謁杜子美草堂》）中說：「平生心折唯杜陵，其餘紛紛無足稱。有如汪洋大海破浪長風乘，又如摩空嵯峨巨嶽誰能登？」「先生萬古一完人，先生九天一尊神，但有丹心照日月，長留浩氣領群倫。」〔註 254〕同時，自述「來渝二三月，成書十萬言：一寫少陵先生居蜀之梗概，再寫少陵先生思想之根原。」〔註 255〕前者主要見諸四文：《杜甫居蜀》《草堂總檢閱》《杜甫居蜀

〔註 250〕 江蘇省檔案館編：《韓國鈞朋僚函札名人墨蹟》，南京：東南大學出版社，2006年 9 月版，第 279 頁。

〔註 251〕 馬治奎：《我所知的易君左》，《西北風》第 6 期，1936 年 7 月 16 日，第 20頁。

〔註 252〕 葛賢寧：《詩人易君左》，《西北風》第 4 期，1936 年 6 月 16 日，第 36 頁。

〔註 253〕 易君左編著：《中國文學史》，香港：自由出版社，1959 年 1 月版，第 174頁。

〔註 254〕 易君左：《入蜀三歌·謁杜工部草堂》，《新四川月刊》第 1 卷第 1 期，1939年 5 月 31 日，第 127 頁。

〔註 255〕 易君左：《入蜀三歌·謁杜工部草堂》，《新四川月刊》第 1 卷第 1 期，1939年 5 月 31 日，第 127 頁。

第三年》《在閬中》。後者則見於《杜甫今論》和《杜甫的時代精神》，闡明杜詩的精義在於：「國家民族高一切，豈止忠君肝膽熱？能以萬眾之聲為其聲，能以舉國之轍為其轍。反抗割據尊中央，抵抗侵略制胡羌。戰鬥意志最堅強，垂死宗邦永不忘！」〔註256〕兩者的寫作，就其發表時間來看，部分內容似是交錯進行。《中興集》第二部「青城集」收《述杜》一詩，從中可見易君左當時的寫作情形：「遠處猶聞有吠尨，雨餘深夜剔寒缸。孤心述杜窮探討，倦吐煙圈臥小窗。」〔註257〕

一、杜甫居蜀

易君左敘寫杜甫「居蜀之梗概」，若以內容的先後為序，即如前述，應是《杜甫居蜀》《草堂總檢閱》《杜甫居蜀第三年》《在閬中》，但從發表的時間來看，則稍顯錯落，現據此逐一分說：(1)《杜甫居蜀》，題下有注：「序幕——入蜀」。發表於《文藝月刊》第三卷第一、二期合刊〔註258〕（第32～33頁），1939年3月16日出版。(2)《草堂總檢閱》，題下有注：「杜甫居蜀第一年　上元元年成都」。發表於《文藝月刊》第三卷第三、四期合刊（總第63～65頁），1939年4月16日出版。(3)《在閬中》，題下有注：「杜甫居蜀第五年，時為廣德二年。其居處先在閬州，後移成都。」〔註259〕發表於《歐亞文化》第三卷第三期（第35～36頁），「民國二十九年十月三十日出版」〔註260〕。該文失校處頗多。(4)《杜甫居蜀第三年》，題下有注：「飛騰的故人・成都・綿州・梓州」。發表於《精神動員》第2卷第1期〔註261〕（第167～171頁），1941

〔註256〕易君左：《入蜀三歌・謁杜工部草堂》，《新四川月刊》第1卷第1期，1939年5月31日，第127頁。

〔註257〕易君左：《中興集》，重慶：個人刊，〔1945年8月〕版，第58頁。

〔註258〕編輯者兼出版者：中國文藝社（重慶售珠市三十六號）；分銷處：上海雜誌公司、七七書局、生活書店、新生書店。

〔註259〕原文無句讀。

〔註260〕編輯者：歐亞文化月刊社（重慶臨江順城街二十四號），發行者：中法比瑞文化協會（重慶臨江順城街二十四號）。該刊前身為《中國留法比瑞同學會會刊》。據《本會消息：歐亞文化特大號出刊》，《歐亞文化》「原係月刊，於每月中旬出版」（《中法比瑞文化協會會刊》第2號，1940年1月15日，第10頁）。《歐亞文化》第3卷第3期的出版時間，封面作「三十日」，版權頁作「二十日」。

〔註261〕該刊為季刊。編輯者兼發行者：國民精神總動員會秘書處（重慶九道門七號）；印刷者：鴻福印書館（重慶牛角沱對岸江北新村側）；總經售：中國文化服務社（重慶磁器街四十七號）。

年4月1日出版。文中所提示的觀點，多闡發於《杜甫今論》。

四文所述杜甫生平，起自天寶十四載（755），中經天寶十五載（756）、至德二載（757）、乾元元年（758）、乾元二年（759）、上元元年（760）、上元二年（761）、寶應元年（762）、廣德元年（763），止於廣德二年（764）。其行文風格，亦頗類於傳記。

二、《杜甫今論》

《杜甫今論》一名《杜甫及其詩》。《緒論》是綱領，具體的論述，則分四期連載於《民族詩壇》。後匯輯成書，由重慶獨立出版社出版，列入「民族詩壇叢刊」。

（一）《杜甫今論・緒論》

發表於《民族詩壇》第二卷第六輯〔註262〕（第5～8頁），「中華民國廿八年四月出版」。

闡明文章主旨是：甲，通過透視「時代背景、國家環境、社會動態、個性及遺傳經驗，與其文藝上的成就」，「瞭解杜甫的全部及整個的杜詩」，進而「估定其真價」，堅定對杜甫的信念。乙，認識「當前的大時代，需要一種什麼精神，一種什麼力量」，才能「抗戰必勝，建國必成」，明確「發揚光大杜甫思想」的必要性。

研究分三部分：一是杜甫的人生觀，二是杜甫的政治觀，三是杜甫的社會觀，每一部分，則分別從消極與積極兩方面立論。

就人生觀而言，易君左認為，「杜甫是一個革命主義者」。具體說來，首先要打破「杜甫是機會主義者」的謬論，樹立「杜甫是真實革命主義者」的基礎；其次，要取消「杜甫是傳統的儒教信徒」的傳言，闡明杜甫的真正信仰；再次，要糾正「杜甫是完全寫實主義者」的估價，證實「杜甫是藝術最高的綜合批評者」的判斷。

杜甫「革命主義的人生觀」的「堅實的根據」在於「國家至上主義」。其政治上的所有期待，「全是為國家」；對於宗教，根本無信念，認為「各宗教無益且有害於國家」；而其作品，無論寫實或非寫實，都力主「國家利益高於一

〔註262〕 主編人：盧冀野；發行人：項學儒；印行者：獨立出版社；總經售：正中書局服務部（重慶中一路二八〇號），中國文化服務社（重慶磁器街二十三號），拔提書店（重慶武庫街八十三號）。

切」。

　　就政治觀而言，易君左認為，「杜甫是一個民族主義者」。首先，要糾正「杜甫是非戰主義者」的議論，建立「杜甫是抗戰神聖論者」的基礎；其次，要指謫「杜甫是退縮主義或失敗主義者」的誤解，闡明杜甫的「內政澄清論與外交獨立自主論」；再次，要修正杜甫「每飯不忘君」的老話，光大杜甫是「中央集權制的擁護者」的精神。

　　杜甫「民族主義的政治觀」的「堅實的根據」在於「民族至上主義」。其極力鼓吹「正當防禦抵抗外族的戰鬥」，反對「窮兵黷武的開邊」及割據地方「自相殘殺的混戰」；主張「民族的獨立自主為國策的唯一前提」，並以「澄清吏治提高行政效率」為國難時期的政治張本；同時，對「政府的行動」時有規勸，對「驕兵悍將貪官庸吏的禍國殃民」痛加申斥。

　　就社會觀而言，易君左認為，「杜甫是一個民生主義者」。首先，要顯示杜甫「反割據或反分裂主義」的姿態，闡揚杜甫「鞏固統一」的理論；其次，要體諒杜甫「反動亂主義」的心情，維護杜甫「安定社會秩序」的主張；再次，要認識杜甫「反迷信主義」的形象，擁護杜甫「提倡科學」的精神。

　　杜甫「民生主義的社會觀」的「堅實的根據」在於「民生第一主義」。杜甫不但「站在政治觀點反對割據」，而且「站在經濟觀點力主民生」；不但是「動亂的詛咒者」，而且是「承平的熱烈追求者」；不但「反對迷信」，而且要從社會習慣中，殺出「科學的血路」，使民生既「團結安定」又「真實正確」。

　　最後，易君左認為，據此框架和路徑去研究，「可以得到對於杜甫及杜詩的全部認識」。

　　（二）《杜甫今論》

　　題下有「一　革命主義的人生觀」。發表於《民族詩壇》第三卷第二輯（第1～21頁），「中華民國二十八年六月出版」。此一部分，包括「甲　以『國家至上主義』奠定生命的基石」，並開啟「乙　以『國家至上主義』樹立創造的信仰」。

　　1.「甲」部

　　自來研究杜甫，因為缺乏對其「人格」的認識，故多「輕率的批評」。此種「成見」，主要有兩類：第一類，認為杜甫是政治失敗者，即其「求仕之心」雖切，但「官運太不亨通」。第二類，認為杜甫是機會主義者。杜甫並無「一定的主義」和「一貫的思想」，但為求「顯達」而「不擇手段」。

　　易君左針對這兩類說法展開反駁。他認為，杜甫是「真實的革命者」。究其革命性的來源，從先天而言，是基於「祖先的遺傳」；從後天而言，則是基於「家境的窮困」。這在杜甫不同的人生階段，都有所表現：

　　（1）少年時代，杜甫即因遺傳而「伏下革命的根性」，又因窮困而「蔚成革命的心情」。

　　（2）壯年時代，尤其是其長安生活時期，因為種種「難堪的境遇」，得以「建築」「革命的壁壘」；又因對政治不滿，被迫放棄政治，從而「踏上社會革命的大道」。

　　（3）中年時代，則「完全籠罩在安史亂裏」，全家「流為餓莩」，《彭衙行》一詩，直是「一幅難民圖」。其革命精神受到「鼓勵」和「刺激」，於是「彈劾時政，指謫當時軍事、政治、經濟、社會的各種病態」，成為「當代民眾的喉舌，社會制度的詛咒者」，進而成為中國文學史上唯一的「平民的革命詩人」。

　　（4）晚年時代，杜甫的革命精神愈形「激昂」，革命情緒愈見「醇厚」，革命事業愈顯「切實」，主要體現在三個方面：一是代表廣大民眾的「呼籲」乃至「怒吼」，多描寫農村經濟的破產；二是「勞動神聖、艱苦奮鬥求生存的精神」，如其《同谷七歌》；三是大膽提出「對於政治問題的意見」，《入奏行》即其藍本。

　　由上觀之，杜甫是一個「徹頭徹尾的革命主義者」。其原因，「十分二三是由於遺傳，十分七八是由於時代及環境」。時代是「大動亂的時代」，包括「政治不良、軍閥割據、賦稅繁重、人心頹喪等」；環境是「極窮困的環境」，包括「饑荒、疾病、亂離、流亡、死亡等」。

　　杜甫「革命的人生觀」的根據是「國家至上主義」。如要「透視」這一根據，則需「證實」兩點：一是杜甫的一切「政治活動」都是為國家，二是杜甫一切「人事上的批評」也都是為國家。循此理路，易君左分別展開探究。

　　（1）政治活動。杜甫雖「自謂頗挺出，立登要路津」，但並非其「功名思想，英雄主義」，而是為全成「改革社會的志願」，即「致君堯舜上，再使風俗淳」。其所獻諸賦，也並非以此為「獵官的工具」。《朝獻太清宮賦》是一篇「歷代興亡史」，《朝享太廟賦》是「述大唐開國之艱難」，《有事於南郊賦》是「以安內攘外為治國大本」，進《封西嶽賦表》是想有補於「明時」，至於進《雕賦》，是以「雕」喻明「正色立朝」之義與「獨立自拔的人格」。其每飯不忘之

「君」，並非「以個人為單位」，而是「與萬人共休戚」的「國」，所以杜甫不是「天子至高」，而是「國家至上」。

（2）人事批評。如哥舒翰，為當時「名流歸向之人」，嚴武、呂諲、高適、蕭昕等，均由其奏薦而起，同時也是對李林甫、陳希烈「當國忌才斥士的反撥」。杜甫贈哥舒翰詩，稱其「論兵邁古風」「策行遺戰伐」，並不為過。至於《花卿歌》，「雖是紀實，卻含諷刺」。

2.「乙」部

關於杜甫的思想信仰，一般多認定其為「真正的儒教信徒」。其理由，主要有兩點：一是杜甫有「儒教家世的遺傳」；二是儒教最重要的精神，如「排斥自我主義，注重現實、忠恕、同情、尊王攘夷」諸點，均可在杜詩中尋出。其《自京赴奉先縣詠懷五百字》的首段，可稱為「杜甫人生觀的總自白」「總宣言」。

針對這一觀點，易君左提出三個問題：（1）杜甫是不是真正的儒教信徒？（2）對於宗教，杜甫究竟是何種態度？（3）杜甫到底有沒有最高信仰？如其有，是什麼？然後，易君左又基於「杜甫是一個真實的革命主義者」的立場，一一作出解答。

對於第一個問題，易君左的回答是「杜甫不是一個真正的儒教信徒」，並從四個方面加以說明。①杜甫雖不是儒教信徒，但確實受到儒教的不少影響。從杜甫的血統和作品，都可看出「濃厚的儒教色彩」，具體而言，是指「真正的聖君賢相主義」，在「杜甫的生命線上曾經佔據過一點兩點」；「傳統的倫理觀念、宗法意識」，在「杜甫的思想中曾經竄入過三次五次」；「尊王攘夷主義」，在「杜甫的作品裏至少有十篇八篇」。正因為如此，其人生觀，確可代表儒教的若干真正精神。②杜甫雖受到儒教不少影響，但從來沒有受到儒教束縛。所謂「儒教的束縛」，是指「儒教的根本精神」，不在「突變」而在「漸進」，不在「革命」而在「改良」，但杜甫並非改良主義者。易君左同時提醒，要注意杜詩中「安得」「安得」的字樣。③杜甫不但沒有受到儒教束縛，還能衝破儒教腐朽的藩籬。儒教在當日，一面因受其他宗教的影響而「日趨衰頹」，一面因自身不振而「空留軀殼」，其《奉贈韋左丞丈二十二韻》，「無異是宣告儒教的破產」。杜甫是要毀棄「破舊的儒冠」，從而再造新的思想王冠。④杜甫既能衝破儒教藩籬，故能發揚光大儒教的真正精神。「真正儒家的思想」可分為四類：宇宙思想，政治思想，倫理思想和教育思想。其中儒家的宇宙思想

與杜甫根本不同，二者不必「相提並論」；杜甫所能發揚光大者，主要是後三者，尤其是政治思想和倫理思想。就前者而言，杜甫在「大一統主義」之上，還提倡「大一尊主義」；在「王道主義」之上，還提倡「人道主義」，換言之，即從「尊王攘夷主義」伸展到「國家至上主義」，從政治的最高理想擴大到社會的最高理想。就後者而言，儒家倫理思想的核心是「仁」，而杜甫的最高思想是「愛」，是從人類到萬物無差別、無等級的「愛」。因此，與其說杜甫是「真正的儒教信徒」，不如說是「儒家思想的批判者、修正者及發揚光大者」。

對於第二個問題，易君左的回答是：「杜甫對各宗教都沒有信仰，有各宗教的最高精神而無各宗教的世俗的渣滓。」論者首先考察了思想信仰的時代「背影」，即「宗教思想發達的一般情況」。唐時外教的輸入，使國內思潮發生「激變」。回教、景教、摩尼教、祆教等，接踵而來，「各因種種關係而長足發展」；另一方面，中國已有的道教、佛教，則受到外教的「刺戟」，「更從事於振作，以最大的速度而普及」。至於歷史最久的儒教，反而趨於沉滯。

（三）《杜甫今論》（二）

發表於《民族詩壇》第三卷第三輯（第 5～13 頁），「中華民國二十八年七月出版」。

此處接上文。杜甫一生，「躬逢其盛」地捲入「各種各派宗教思想」「激蕩飛揚」的漩渦，但精神卻超拔其上。如對佛教，其詩句，雖偶用相關的「名辭、術語、意理」，但不過是「修辭學的工具」；其交遊，也不乏「方外交」，但並無「一字的崇拜」；即便遊覽各寺廟所作詩歌，也只是「藉其景物以寄家國的感歎」。對於道教，杜甫也僅是「偶話煙霞，或題畫，或哀悼，以盡友誼」。一旦涉及國家大事，其革命精神便「不顧一切」地爆發。

另一方面，杜甫雖無任何宗教的色彩，但卻受到部分宗教思想的影響。首先是道教。其所受影響，即「老莊的革命主義」。如孔子盜跖並舉，是始自莊子的「放語」，杜甫亦有「孔丘盜跖俱塵埃」之句。杜甫與老莊哲學相同的「基點」，即是由於「政治社會的反響」。春秋無義戰已久，此與杜甫當時相同，因而其「心理形態亦屬一致」。杜甫深受道家影響，對此易君左指出，需引起「深切的注意」。其次是杜甫還有「充分的墨家思想」。具體而言，一是「兼愛交利」的精神。杜甫是「寧可自己吃虧，只要於大眾有利，國家有益」。二是「苦行節約」。其苦行精神與「勞動服務的習慣」，允資楷模。此外，對「非戰非攻」，杜甫也不是一般意義的認同，而是認為「自有其界線」。

對於第三個問題，易君左的回答是，杜甫自有最高信仰，此即「國家至上主義」。其原則，簡而言之，便是「國家的出路就是個人的出路，個人離開國家沒有出路」。杜甫在「八表同昏」的時代，從「昏沉的雲霧裏撥出青天白日」，不但發現「國家」的重要，而且認定「國家」「至上」，然後將這種基本信仰，充實其「生活內容」，並「強調其寫作力量」。在此，易君左又有兩點分析：首先，站在杜甫本位上，所謂「忠君愛國」，是忠於「愛國」的「君」，而且「忠君」必與「愛國」相聯。其次，不但君要愛國，凡是國民，都應愛國，盡忠國家。其《八哀詩》，所贈都是名公鉅卿，所記事蹟則是「各人為國效勞的艱苦」。對文官如此，對武官亦常勉其赤心衛國。至於對「自己的鞭策」和對「親族的期勉」，更不待言。其近乎自傳的諸詩，「只有窮愁語，沒有消極語」。甚至與來客、野老農夫攀談，都不忘國家，足見其「一心為國」的精神。

（四）《杜甫今論》（三）

此即其「丙　以『國家至上主義』啟導文藝的機運」部分。發表於《民族詩壇》第三卷第四輯（第1～16頁），「中華民國二十八年八月出版」。

對杜甫文藝造就的批評，易君左將其分為兩派：一是贊成論，一是反對論。

就前者而論，元稹《唐故檢校工部員外郎杜君墓誌銘敘》言其「淵源」，白居易《與元微之書》言其「格律」，韓愈《調張籍詩》言其「氣勢」，蘇軾《東坡詩話》言其「品格」，秦觀《淮海集》言其「內涵」，葛立方《韻語陽秋》言其「特性」，孫僅《杜工部詩集序》言其「影響」，趙翼《甌北詩話》言其「態度」，方以智《通雅》言其「體制」，沈德潛《唐詩別裁》言其「力量」，乾隆帝《唐宋詩醇序》言其「宗旨」。

就後者而論，主要見諸《武夷新集》《中山詩話》《楊升庵外集》《詩辨坻》《李翰林分體全集序》，其中楊億是不滿意杜詩的「大眾化」，歐陽修不滿意其「老樸」，楊慎不滿意其「謹飭」，毛先舒不滿意其「沉雄」，王穉登不滿意其「非由於天才」。

易君左認為，兩派的批評，以第一派較為合理。第二派或只看到杜詩一面，或只抓住杜詩一點，從而「吹毛求疵」，或「責非所宜」。但推崇杜甫的一派，也沒有「搔到癢處」，究其原因：第一是沒有使用「科學的方法」，大多只從「詩」的本質及其關係來「引證鋪述」，而未從「人」的本質及其環境入手。人是詩的主體，不從主體來研究，而只研究客體，結果將犯「數典忘祖」「喧

賓奪主」的毛病，何以能得「真象」？在易君左看來，研究杜甫應從兩方面努力：一方面是「先天的關係」，如「遺傳性、個性、本人的氣質、才能」等；一方面是「後天的關係」，如「教育、環境、遭際、時代」等，包括「氣候、地帶」。第二是沒有站在「客觀的地位」，因此常犯兩種毛病：一是「趣味主義」，即將自己的「情調」與「風範」作為標準來進行批評；二是「比較主義」，即將某位作家和另一個或幾個或許多的作家比擬，但卻不以此位作家為「主體或本位」，而是「東扯西拉」地說長道短，忽視作家的「個性及精神」。此種方法，「辨別」「差異」尚可，但不能「品評」「優劣」。兩者的「病根」都是批評者「完全站在」「自己主觀的立場上」，以致演成「不正確的批評」和「不精細的判斷」。

接著，易君左分「兩大點」來批評杜詩。第一點，杜甫是「鑽到『現實』裏面去創造『理想』」，此即是要研究杜甫「在文藝思潮上」的「立場」。首先，杜甫是「完全現實主義者」嗎？一部杜集，「超現實，非現實，反現實，破現實」的地方，比比皆是，足以證明杜甫並非現實主義者，而有「充分理想主義者的色彩」。然則杜甫是「完全理想主義者」嗎？其作品所表現的人生，主要的「全是實在的人生」，即「民間的實在痛苦，社會的實在問題，國家的實在狀況，人生的實在恐懼與希望」。杜甫明知現實的醜惡，但決不「逃避」與「畏懼」，「反而越發去接觸現實、衝破現實」，這是其「思想的特點」，也是其「藝術生命的立場」。

那麼，杜甫的立場究竟何在？就文藝的本身來說，文藝是人生的反映，而人生的實質，兼有理想與現實的兩面：「現實的人生是指人類的生活動態，理想的人生是指人類的生命定型」；文藝的「根本意義」，在於如何利用生活動態達到生命定型，即如何利用現實的人生去創造理想的人生。因此，判斷杜甫的立場，需要對「整個的杜甫及杜詩」，進行「綜合的觀察」。就文藝的方法來說，是指文藝反映人生所用的「技術」。易君左認為，客觀和主觀的分類，不是「描寫方法的本身」，而是「描寫方法的運用」。對於「實在的外物」的描寫，無論主觀與客觀，合則用之，當視其效果而定。因此，判斷杜甫的立場，還需對「整個杜詩的技巧」，進行「合理的觀察與綜合的判斷」。

基於上述分析，易君左最後認為，杜甫是「站在綜合主義的立場運用巧妙的文學技術」的偉大作家。杜詩實在綜合地包括了「四個原素」，即物與我、現實與理想，典型的詩例有《茅屋為秋風所破歌》《哀江頭》《寫懷》二首和

《聞官軍收河南河北》。

易君左在行文中，對於杜詩及有關評論，多有精彩的發現，亮點紛呈，現擷取一二，以供欣賞。他認為，杜詩為人所不及處，即「對仗之工穩」；然「光是對仗工穩沒有是處，而妙在出之自然而又飽含性情」。〔註 263〕又如，從「後天的關係」出發論杜甫，指出：「他受過清廉家庭的撫育，一生都是逆境，又親自遇到大變亂、大流離、大飢饉的大時代；所以他的作品都是他的心聲，是真情的流露，是力的表現。」杜甫「原籍襄陽後徙鞏縣」，「適位於中原地帶」，「故其詩異常雄渾」；「入蜀以後，瘴癘陰濕，久居巫峽，雲蒸雨湧，影響他的身體，同時也就影響他的作風」。「夔府諸篇，動天地而泣鬼神，為一生寫作的精華的結穴」。〔註 264〕這是較早從地理環境與文學的關係角度，來探討輾轉流徙的生活對杜甫的影響。對《哀江頭》，易君左認為，「只『昭陽殿裡第一人』與『血污遊魂歸不得』，已抵得一篇長恨歌」。〔註 265〕

作者在引述《白話文學史》和《李白與杜甫》之後，也有點評：「胡適的批評，不過是指出杜甫在中國文學史上的地位，但他能從歷代龐雜不堪的關於杜甫的詩話乃至神話裏撥出一條清明的道路，這是他的迥然不凡的見解。」而「傅東華知道運用科學方法來分析杜甫與李白，一洗前此籠統、割裂等毛病，是自有他的卓見與手法」。〔註 266〕

（五）《杜甫今論》（四）

發表於《民族詩壇》第三卷第四輯（第 1～20 頁），「中華民國二十八年九月出版」。

此一部分緊承上文而來。第二點，杜甫是抓住人生的「重要支點開展反攻」。易君左認為，杜甫的人生支點主要有四：

一是「反破滅的求生存」。杜甫的時代，「農村經濟的破產，成為劇烈的流行症」，其一生，也是「極人世之慘淒」，因此，杜甫從「人」的立場，以

〔註 263〕易君左：《杜甫今論》（三），《民族詩壇》第 3 卷第 4 輯，1939 年 8 月，第 6 頁。

〔註 264〕易君左：《杜甫今論》（三），《民族詩壇》第 3 卷第 4 輯，1939 年 8 月，第 7 頁。

〔註 265〕易君左：《杜甫今論》（三），《民族詩壇》第 3 卷第 4 輯，1939 年 8 月，第 16 頁。

〔註 266〕易君左：《杜甫今論》（三），《民族詩壇》第 3 卷第 4 輯，1939 年 8 月，第 11 頁。

「博愛主義者的心襟」,「廣泛地替人類」也就是替自己,猛烈地攻擊「封建階級的不良分子」,攻擊不良的政治制度、經濟制度、社會制度,攻擊「傳統的思想」。「反攻的總目的」,則在於「要求生存權」。

對於「生存權」,杜甫有著「嚴肅的解釋」,認為團體的生存重於個人的生存,因此,應以「整個國家為基點」,而不是以個人或部分為對象。只有為國家求得出路,「個人的嚴重問題,社會的急切問題」,才會因之而解決。

杜甫的博愛心襟,出於「生存被壓制的反撥」。一方面,對於「貧民生存權之被剝削」,表示「極度的悲憤」;另一方面,則對於「國家的總生存」,表示「熱烈的維護」;同時,對於任何生物的「生存」,也表達出關切。

二是「反侵略的重奮鬥」。杜甫認為「威脅人類生存的魔爪是侵略主義」,包括強權主義和窮兵黷武主義兩類,前者是對外而言,後者是對內而言。反強權主義,不但要站在「人道主義的立場」,而且要站在「民族主義的立場」。杜甫一生,外患內亂交迫,既有安史之亂,也有契丹、突厥、吐蕃、回紇等的入寇。其《洗兵馬》就是「反侵略的民族文學」,故王安石選杜詩,以此壓卷。「三吏」「三別」也不是所謂「非戰作品」,其中《新安吏》及《新婚別》,都係「鼓勵子弟入營之作」;《潼關吏》「指示一個『慎重』的戰略」;《垂老別》則暗示逃難不是辦法。《秦州雜詩》中,「為民族生存而鼓吹抗戰的詩句尤多」;而《觀兵》一首,更是「充滿戰鬥意志」。

對於帝王用「英雄主義的方式」窮兵黷武,杜甫也不贊同。其結果,不外三途:「一無所獲,得不償失,慘敗而歸」。易君左認為,最可注意的是「前後出塞詩」。《前出塞》為「征秦隴之兵赴交河」而作,《後出塞》為「征東都之兵赴薊門」而作。前則「主上好武,窮兵開邊」,故以「從軍苦樂」言之;後則「祿山逆節既萌,幽、燕騷動,而人主不悟,卒有陷歿之禍」。《前出塞》九首,主眼在「君已富土境,開邊一何多?」,骨幹是「殺人亦有限,列國自有疆;苟能制侵陵,豈在多殺傷?」,尾閭為「中原有鬥爭,況在狄與戎?丈夫四方志,安可辭固窮?」《後出塞》五首,一面「以窮兵黷武為戒」,一面仍「以民族主義為依歸」。

三是「反動亂的尚安定」。杜甫認為,「破壞國家、危害民族、威脅人類生存」的又一重點,是「地方割據主義」,因此,站在「大一統主義」和「反內亂主義」的立場,開始「反攻」。其目標在於「社會的安定」。大一統主義也就是反分裂主義。杜甫痛斥藩鎮割據,極力主張「中央集權」,其此類詩句甚

多，而《鳳凰臺》一詩，「表示得最明白」。

　　反內亂主義即是「反對軍閥的混戰」。杜甫對於「禍國殃民、無惡不作的軍閥」，不惜用「最嚴厲、最沉痛」的語句，表達其「深惡痛恨」，如「群凶」「盜賊」「狐狸」「豺虎」「賊臣」「孟賊」等，並在詩中一一宣布其罪狀。

　　四是「反勢利的立氣節」。杜甫「人格的不朽」及「杜詩的長垂宇宙」，其主要基礎之一，在於「砥礪氣節」。杜甫一生所處，正值「婦人、權相、藩鎮、宦官交相誤國」的時期，「士以依附為榮，不羞自薦」，故「氣節遠不如漢」。而杜甫作品的「人格主義」價值，「實超李白之上」。其結交亦大都是「當時朝野知名之士」，但「絕不含干謁的意味」，並「不欲自居曳裾之客」。其一生的知己如嚴武、房琯、高適、李白，都是基於「道義的結合」或「政見的相同」，因而全是一種「純摯的友誼」。杜甫對嚴武，雖有「知遇之感與僚屬的關係」，但多從友誼和世誼加以維護，「絕無故意阿諛之語」。杜甫「一生大節」，體現在「疏救房琯」。其所以力爭，不僅因為是「布衣交」，「實具有政策上的共鳴點」。對於高適，「兩人的交誼最濃」，既因「興趣相投」，「風骨相合」，也因「抱有同樣的政治見解」，如杜甫的東西兩川說，將「四川」看作「復興民族的樞紐」，即與高適同調。對於李白，「更開友誼的新紀元」。由上可以證實杜甫的人格是「反勢力，重道義，立氣節」，其「發揮而為詩歌」，足以「轉移風氣」。

　　易君左最後總結說，正是因為杜甫抓住人生的四大支點，對「當時政治制度、軍事制度、經濟制度、社會制度、文化制度、倫理制度」展開反攻，從而創造出文藝上的不朽生命。其唯一立場，即「革命主義的人生觀」上的「國家至上主義」。而要瞭解杜甫的人生觀，則須「洗清誤解杜甫的渣滓」，從其「偉大崇高的生命史」，去認識「杜甫的全部」及「整個的杜詩」。

（六）《杜甫今論》專書

　　據該書版權頁，其著者：易君左；印行者：獨立出版社；總經售：正中書局服務部（重慶中一路二八〇號），中國文化服務社（重慶磁器街二十二號），拔提書店（重慶武庫街八十三號）。「民國二十九年四月初版」。32開。

　　該書基本上就是《民族詩壇》四期的《杜甫今論》（不包括《緒論》）按序疊合而成，只在頁碼上作了變動。不但每一部分保留作者署名，即便連載時因版面而造成的內容割裂，出版時也未加彌縫。其出版的草率，可以想見。

　　關於此書的出版，易君左後來在其回憶錄中也有所記述：

　　　　在國府撤退到漢口時，以于右任老人為首的詩人們，發起了一

個刊物叫做《民族詩壇》，我也列名為發起人之一，實際上負編輯責任的是盧冀野。我到重慶後，謁見于先生，常在右老寓所和冀野見面，于先生見我也趕來陪都了，熱淚盈眶，緊緊握著我的手，頻頻說：「來得好！來得好！」我協助冀野徵選詩料，充實刊物內容。我因初來四川，橫直沒有什麼事，想起了唐代大詩人杜甫身經安史之亂，流離入蜀，我當時的心情和生活，都與杜甫差不多，由此一念，遂草成一本《杜甫今論》，面呈于先生教正，于先生甚為嘉許，介紹獨立出版社印行。〔註267〕

《杜集書目提要》收錄。其提要云：

> 是書易君左著。為《杜甫今論》的第一編，題名「革命的人生觀」。是編共分三章：甲章、以「國家至上主義」奠定生活的基礎；乙章、以「國家至上主義」樹立創造的信仰；丙章、以「國家至上主義」啟導文藝的機運。甲乙兩章，重在研究杜甫的政治思想，丙章主要是討論杜甫的文藝觀。

> 作者認為杜甫的主導思想，就是「革命主義的人生觀」上的「國家至上主義」，他是永遠堅定地站在這一立場上的。要認識杜甫，研究杜甫，必須從杜甫偉大崇高的生命史上入手，方能夠得出正確的結論。

> 是書為《民族論壇叢刊》中的一種，1940年重慶獨立出版社出版。共68頁。〔註268〕

《杜集書錄》附錄二「近人杜學著作舉要」之「詩論雜著之屬」列表收錄，其出版時地云「1940年重慶獨立出版社」〔註269〕。

《杜集敘錄》則以《杜甫傳》之名收錄並云：「《杜甫傳》由重慶獨立出版社1940年出版，為《民族論壇叢刊》之一種。是書重在研究杜甫的政治思想、人生觀及文藝觀。」〔註270〕

〔註267〕易君左：《蘆溝橋號角》，臺北：三民書局股份有限公司，1973年1月版，第79頁。

〔註268〕鄭慶篤、焦裕銀、張忠綱、馮建國編著：《杜集書目提要》，濟南：齊魯書社，1986年9月版，第281～282頁。

〔註269〕周采泉：《杜集書錄》下，上海：上海古籍出版社，1986年12月版，第887頁。

〔註270〕張忠綱、趙睿才、綦維、孫微編著：《杜集敘錄》，濟南：齊魯書社，2008年10月版，第512頁。

需要說明的是，《杜甫今論》未見以《杜甫傳》之名刊行，《杜集敘錄》明顯有誤。《杜集書目提要》和《杜集敘錄》中的「民族論壇叢刊」均應作「民族詩壇叢刊」。三書所提到的出版時間，俱缺月份。

三、《杜甫的時代精神》

發表於《時代精神》第 7 卷第 1 期（第 38～41 頁），1942 年 10 月 31 日出版。全文共分四節，現分別述之。

（一）「『三吏』『三別』的真意義」。「三吏」「三別」常被後人引作「非戰」的鐵證。不過，易君左認為，杜甫誠然「反對軍閥混戰」，但決不是「非戰」，甚至是極力主張「抗戰」。如《新安吏》「完全是鼓勵新兵入營之作」；《潼關吏》「主張『防守戰』，反對『侵略戰』」；《石壕吏》被人「盛稱為非戰代表作」，但確是誤解，詩中雖有「歎息痛恨」，但從反面來看，卻是「鼓勵全民參加神聖的抗戰」。《新安吏》和《石壕吏》都有關「兵役問題」，顯示抗戰勝利必須經過「最痛苦的過程」，「希望政府加意改善政治，人民忍痛報效國家」；《潼關吏》則「純為討論戰略，以免損傷國本」。而「三別」亦含有「最重大，最深遠的真意義」：「新婚」是教人「輕婚」，「垂老」是教人「不老」，「無家」是教人「有家」，詩題雖「消極」，詩義卻「積極」。因此，「『三吏』『三別』不單不是『非戰』的作品，而且確是『抗戰』的巨鐘」。

（二）「引申前節的意義」。于右任曾指出，所謂「每飯不忘中國」，是指「時時刻刻」都抱著「一貫尊君的理論與政策」，即「中央集權」。杜甫詩中，「充滿了反割據反封建的濃厚色彩」。其孤懷苦志，老而彌堅。如夔府時期，是其一生「最艱苦之際」，猶感賦《諸將》五章，重揭此旨。易君左認為，于右任的批評，「一針見血」，指明杜甫「堅實誠篤的中心思想」在於「擁護中央集權制」，擴而大之，即「國家至上，民族至上」。只有實現大一統的局面，才能「奠定國家的基礎，促進民族的開展」，也才能「抗戰」。杜甫對於大一統主義的鼓吹，見之於詩的地方極多。另一方面，「雖有此心，而所以表現此心者，不純在技術而在品性與情感」，如仙才李白有句云「我似鷗鵡鳥，南遷懶北飛」，不獨「褊忮火燥」，亦且「索然寡味」，只有杜詩，「最能將畎畎惓惓之義表達得剛到好處」。蓋因「李白無中心思想，杜甫有中心思想」，故「李白終不如杜甫」。

（三）「革命精神的湧現」。此節主要談及杜詩的政治背景。杜甫生活的年代，正值中國歷史上的「大混亂時期」。貞觀、開元、天寶初年的盛世，已

如「夢裏曇花」，而「激變騷動的趨勢」，卻如暴風雨般襲來。杜甫「描寫軍閥驕橫的代表作」與「敘述貴族奢侈的代表作」，可舉《草堂》和《自京赴奉先縣詠懷》二詩，尤其是後者，「一字一句都有千鈞萬兩，一筆一畫都是斑斑血淚」，可說是杜甫「革命精神的湧現」。

（四）「杜詩時代之經濟背景」。此一時代，封建社會的農村經濟，已到了「山窮水盡、破碎不堪」的狀態。一方面，農民受到「變相的均田法」，即「末期租庸調」稅制的剝削；另一方面，貴族因為「生產上的發展，兼併土地的趨勢日益猛烈」。安史之亂，「更把均田制的基礎徹底破壞」。其對社會經濟的影響，主要有四：一是「因連年不斷的戰亂，使人口喪亡，耕地荒廢，社會生產力受到極大的破壞」；二是官吏貴族乘亂侵佔土地，加速「莊園」的形成；三是「大批農民脫離鄉土，化為籍外流民，盜賊蜂起」；四是「人丁激減」。杜甫不幸捲入這一「浩蕩澎湃的漩渦」，親身體驗到「貧民的艱苦生活」，「目擊封建階級的殘暴」，最終得以成為「鼓吹社會革命的大詩人」。

四、杜裔：《易君左先生論杜甫及其詩》

1943 年 5 月，易君左應政治部編審室邀請，參加第二次學術研究會，講演《杜甫及其詩》。後以《易君左先生論杜甫及其詩——本部編審室第二次學術研究會議紀略》為題〔註271〕，分上、下兩篇，刊載於《政工週報》〔註272〕第 10 卷第 9 期（學校版〔註273〕第十七號）和第 10 卷第 11 期（學校版十八號）。

易君左的講演正文分為三個段落：杜詩鳥瞰（杜詩的特徵及其評判）；「三吏」「三別」的真實意義（杜甫的兵役宣傳）；老杜在安史亂中（李白杜甫的異同）。

首先來看第一部分。易君左指出，杜甫不但是中國而且是世界的「革命

〔註271〕題下有按語一則：「易君左先生是海內知名的詩人，為清末大詩人易實甫（順鼎）先生之哲嗣，對中國文學淵源有自，著述成林。日前應政治部編審室學術研究會之邀，講《杜甫及其詩》。易先生精研杜詩多年，最近有《杜甫今論》刊行，所講頗多創見，足供一般初學及愛好杜詩者之參考，謹將其中最精警的語句摘錄如後，以饗讀者。」

〔註272〕編印者：軍事委員會政治部；通訊處：重慶三聖宮三塘院子。

〔註273〕據該版徵稿簡則，其稿件主要包括五個方面：(1)「研討政治教育理論」；(2)「闡發各種政治教材重點」；(3)「討論各種教材之編纂及教學方法」；(4)「報導教學及訓導經驗」；(5)「報導各校教官員生集體生活」。

詩人」。之所以成為革命詩人，源於三項條件：1. 革命的根性。杜甫一生窮困
潦倒，但「絕不消極悲觀」。其詩中，少見牢騷之詞與怨天尤人之句，「有的只
是反抗和積極奮鬥的精神」。2. 動亂的時代。杜甫所處時代，「政治腐敗，軍
閥割據，貴族奢侈，人心萎靡，一般人民苦於橫征暴斂」。其「不幸」在於，
使杜甫嘗盡「人世間的一切悲苦」；其「大幸」在於，杜甫由此獲得「種種創
作偉大詩篇的題材和靈感」。3. 中心的思想。杜甫的中心思想，是愛國思想，
換言之，即「國家至上主義」。細察杜甫的「頌」或「諷」，均非出自「個人的
私見或好惡」，「而一以國家民族的利益為標準」。即便是「諷」，「也頗能表現
忠君愛國之誠，絲毫不失詩人溫柔敦厚之旨」。

　　易君左又從「文藝理論和技巧」方面，估定杜詩的價值。文藝理論上，
有寫實主義（現實主義）與浪漫主義（理想主義）的劃分，但並非「無法諧調
的兩橛」。描寫方法上，有主觀和客觀的區別，但也只是一物的兩種作用。杜
甫是站在「寫實主義與浪漫主義的綜合立場」，採用主觀與客觀描寫方法的綜
合技巧，「創造革命藝術的大詩人」。杜詩的特徵，主要有四：1.「忠貞純潔，
堅定而不游移」；2.「深沉渾厚，含蘊而不外露」；3.「篤樸真實，淡泊而不纖
巧」；4.「清新生動，活躍而不呆滯」。讀杜詩，當特別注意其中的「拙句、率
句、狠句、質樸〔註 274〕句、生硬句、粗糙句」，而這也正是杜詩別具一格之
處。〔註 275〕

　　其次來看第二部分。易君左以「三吏」「三別」為例，證明杜甫是「擁護
民族戰爭的民族詩人」，是「鼓吹抗戰的號兵」。據其研究的結果，這些名篇，
都是杜甫「兵役宣傳」的作品。技巧上，每篇都各盡其妙。「《新婚別》是婦語
夫，以譬起，以譬結；《垂老別》是夫語婦，直起直結；《無家別》是自語，以
追述起，以點題結。《三吏》都是夾敘述於問答之中，而每篇又各有變化。」

　　又如《兵車行》，其題旨在於反對「開邊未已」，並非反對「爭取國家統
一和民族自衛的戰爭」。詩中的「君不聞」和「君不見」兩段「安排最好」，
「聞」字和「見」字絕難「互相調動」。

　　再如《北征》，易君左認為這篇五古的傑作，「最精彩處」並非在中段，
而在首尾。開頭兩句「皇帝二載秋，閏八月初吉」，即為春秋筆法；尤其「東

〔註 274〕「樸」，原文作「撲」，徑改。
〔註 275〕杜裔：《易君左先生論杜甫及其詩》（上），《政工週報》第 10 卷第 9 期，1943
　　　　年 6 月 1 日，第 18～19 頁。

胡反未已，臣甫憤所切」兩句，堪為全詩靈魂。首段說明《北征》是「以國家作本事，以愛國作本心，為全篇立綱領」；二段描寫「殘敗的風景線」，最為「真切」；三段「於篇法為中腹，於題目為正面，描寫家庭之苦樂，笑中有淚，淚中亦有笑」；四段可見其「政治主張」；五段「主旨與《哀江頭》同」。全詩一氣呵成，包含許多拙句，說明所謂「語不驚人死不休」，並不是在辭藻上苦費推敲。〔註276〕易君左後來更簡捷地認為，《北征》是「杜甫以拙見長的代表作」〔註277〕。

最後來看第三部分。易君左指出，李杜交誼深厚，可謂「通生死，入魂夢」。〔註278〕姚素昉把李白的詩比作「一把野火」，把杜甫的詩比作「烘爐裏面的烈焰」。〔註279〕李白、杜甫並稱，意謂杜甫之才並不遜於李白。如將《贈韓諫議》一類杜詩放入李集，莫難分辨；但若將李詩置於杜集，則一望可知。在易君左看來，李杜優劣的判分，不在「天才和技巧的上下」，而是由於「思想的不同」。較之李白，杜甫是更富「愛國思想的民族詩人」。以安史之亂觀之，二者的表現也截然不同。李詩除《上皇西巡南京詩》之一、四兩首，「略微」反映時代的亂離及個人的國家觀念，其他完全是「歌頌的美文」；而在杜詩中，卻無處不見社會的動態及個人忠君愛國的熱忱。又如李詩《猛虎行》，技巧雖好，但寓有「敗北主義的思想和怨天尤人的意識」，反觀杜詩《北征》，則充滿對「唐代中興的熱望和眷念祖國的真誠」。〔註280〕

易君左的杜甫研究，與「抗戰建國」的時代語境密切關聯，因此盡力標舉杜甫的最高信仰，即「國家至上主義」，以「國家至上主義」奠定生命的基

〔註276〕杜裔：《易君左先生論杜甫及其詩》（下），《政工週報》第 10 卷第 11 期，1943 年 6 月 16 日，第 17～18 頁。

〔註277〕易君左編著：《中國文學史》，香港：自由出版社，1959 年 1 月版，第 175頁。

〔註278〕杜裔：《易君左先生論杜甫及其詩》（下），《政工週報》第 10 卷第 11 期，1943 年 6 月 16 日，第 18 頁。

〔註279〕杜裔：《易君左先生論杜甫及其詩》（下），《政工週報》第 10 卷第 11 期，1943 年 6 月 16 日，第 19 頁。

〔註280〕杜裔：《易君左先生論杜甫及其詩》（下），《政工週報》第 10 卷第 11 期，1943 年 6 月 16 日，第 18 頁。關於李、杜的比較，易君左在其《中國文學史》（自由出版社，1959 年 1 月）曾有總括的評價：「李與杜，一為樂觀派，一為悲觀派；一為浪漫主義的詩人，一為寫實主義的詩人；一為出世的人生觀，一為入世的人生觀；一以韻盛，一以氣勝；一主復古，一主獨創；而各有千秋！」（第 177 頁）

石,以「國家至上主義」樹立創造的信仰。從某種意義上講,易君左論杜,還談不上客觀的研究,更多的是因勢利導的政治性解讀。之所以題名「今論」與「時代精神」,足以說明其強烈的當下性和即時性,個中的現實指向一目了然,故易君左的論點,前後牴牾者並不少見,如對「三吏」「三別」的解讀。另一方面,則是借題發揮,刻意比附。如他認為,杜甫生活的時代,是一個八表同昏,找不著「國家」的天下,但杜甫就是要從這昏沉的雲霧裏撥出青天白日,替人生尋到一條光明而有意義的道路;個人、團體、黨派、階級、宗教、學派,都應竭誠擁護整個的國家利益。〔註281〕這與其說是杜甫的觀點,不如說是易君左自己的看法。或許正因為如此,朱偰在其後撰寫《杜少陵評傳》時,曾在《自序》中申明:至若以現代口號,加諸千餘年前的少陵之身,如時流所謂「杜甫為抗戰主義者,民生主義者」,「徒求其適合現代」,而有失「本來面目」,且「穿鑿附會」,足以「貽笑大方」,皆不足取。〔註282〕其說雖未明言,但所指當亦在《杜甫今論》。

〔註281〕易君左:《杜甫今論》(二),《民族詩壇》第 3 卷第 3 輯,1939 年 7 月,第 10 頁。

〔註282〕朱偰:《杜少陵評傳》,重慶:青年書店,1941 年 6 月版,《自序》第 3 頁。

第二章　抗戰大後方新文學作家的杜甫研究

　　抗戰時期，無論新舊文學陣營，無不對杜甫表示極大的尊崇。如被稱為「大後方抗戰文帥」〔註1〕的老舍，就曾對杜甫再三致意。1939年1月2日，馮玉祥在討汪（精衛）大會結束之後，出發督練新兵，約請老舍同往，並代表「文協」總會去成都，參加「文協」分會成立大會。途經內江時，應沱江中學校長李子奇、教導主任李仲權之邀，於1月8日，在上南街禹王宮沱江女子中學發表演講。演講題為《抗戰以來的中國文藝》，總結了抗戰以來小說、戲劇、詩歌、小品文等的成績與不足，其中引用杜詩「烽火連三月，家書抵萬金」，來表達自己從河北離家至四川的一切情緒。〔註2〕1940年7月7日，老舍又在《三年來的文藝運動》〔註3〕一文中表示：「抗戰文藝是民族的心聲。

〔註1〕源自重慶作家檜子（羅傳會）紀實文學《大後方抗戰文帥老舍》的書名。
〔註2〕演講由碭叔、梅英記錄。碭叔即木風、夏陽，本名劉石夷；梅英（梅曉初），詩人、國畫家。記錄稿發表於《文化動員》月刊第1卷第3期，1939年2月出版。或言劉碭叔的記錄稿《抗戰以來的中國文藝》，發表於1939年2月16日的《流火》第四、五期合刊，梅英的記錄稿《抗戰文藝新動向》則投寄《抗戰文藝》和《救亡日報》。參見郝長海、吳懷斌編《老舍年譜》，合肥：黃山書社，1988年9月版，第51～52頁；甘海嵐撰《老舍年譜》，北京：書目文獻出版社，1989年7月版，第117頁；劉石夷《抗戰時期老舍四過內江──在抗日民族統一戰線旗幟下》，中國人民政治協商會議內江市委員會文史和學習委員會編《內江文史資料選輯》第十二輯「紀念抗日戰爭勝利五十週年專輯」，1995年12月版，第102頁；吳中勝《抗戰時期的「杜甫熱」》，《光明日報》2015年11月30日第016版。
〔註3〕發表於「中華民國二十九年七月七日，大公報七七紀念特刊（星期日）（第三版）重慶」。

抗戰文藝的創造者還沒有一個杜甫，卻有一師筆兵。杜甫躲著戰爭走，筆兵敢上前線。」其「言外之意」在於，這支「浩浩蕩蕩的『筆兵』，雖然『敢上前線』，熱情可感，勇氣可嘉」，「創作的數量」「驚人」，但作品的藝術感染力，「還沒有達到」杜甫「反映安史之亂的作品的高度」。〔註4〕

此外，尚有不少新文學作家，受時代的感召，憑藉深厚的舊學根底，對杜甫及杜詩作出新的評價與解說，不少觀點，令人耳目一新。本章將選取章衣萍、王亞平、黃芝岡、徐中玉、李廣田為代表，對其有關著述，初步展開系統性地考察。

第一節　章衣萍的《杜甫》及其他

章衣萍（1901～1947），原名鴻熙，一名洪熙，齋名看月樓。安徽績溪人。自幼在家鄉就讀。1917 年到南京一家學校當書記。1919 年前往北京，在北京大學旁聽。1924 年秋與魯迅、周作人等相識，參與籌辦《語絲》週刊，並成為《語絲》的經常撰稿人。1927 年夏去上海，任暨南大學校長秘長〔註5〕，同時兼授修辭學和國學概論等課。抗日戰爭爆發後，在四川成都一帶經營書店。1947 年底，因腦溢血於上海逝世。夫人吳曙天，亦為知名女作家。〔註6〕

《杜甫》封面作「章衣萍著」，內封作「章衣萍編」，版權頁則為「編著者：章衣萍」。「中華民國二十四年二月初版，中華民國二十九年四月八版」。1945 年 10 月 10 版。發行者：張一渠；印刷者：兒童書局；發行所：兒童書局總店（上海四馬路四二四號）。「中國名人故事叢書之一」。《杜集書目提要》云：「一九四一年上海兒童書局出版。鉛印本，一冊」，「為兒童讀物」。〔註7〕

〔註4〕廖仲安：《記抗戰時期三位熱愛杜詩的現代作家和學者》，《杜甫研究學刊》1997
年第 1 期，第 50 頁。

〔註5〕「秘長」，原文如此。或作「秘書」。

〔註6〕參見中國現代文學館編《中國現代作家大辭典》，北京：新世界出版社，1992
年 2 月版，第 600 頁，該詞條為於潤琦撰；張高寬、王玉哲、王連生、孟繁
森主編《宋詞大辭典》，瀋陽：遼寧人民出版社，1990 年 6 月版，第 861 頁。
關於章衣萍生平，眾說紛紜。其生年，或云 1900 年，或云 1901 年，或云 1902
年；其卒年，一說是 1946 年 3 月，因腦溢血逝於成都。其在成都，或云曾任
華西大學講師，或云為成都大學教授。其所開書店，與孫俍工合股，名「西
南書店」。

〔註7〕鄭慶篤、焦裕銀、張忠綱、馮建國編著：《杜集書目提要》，濟南：齊魯書社，
1986 年 9 月版，第 282 頁。

其初版時間顯然有誤。《杜集敘錄》增加了章衣萍的簡介，其餘信息，則與《杜集書目提要》無異。〔註8〕

　　本書有《序》，「績溪章衣萍，二十四年十月二十七日」〔註9〕。首先說明本書的寫作對象為「小朋友」，所介紹的，則是「中國的最偉大詩人杜甫」。究其原因，杜甫既是「平民詩人」，又是「寫實詩人」。同時，談及李杜的分別：李白是「天上的詩人」，杜甫是「地上的詩人」；較之李白，杜甫更「容易同我們接近」。

　　次則詳列寫作此書的參考書目：1.《杜詩鏡銓》；2. 汪靜之《李杜研究》；3. 謝一葦《杜甫生活》；4.《情聖杜甫》，見《梁任公學術講演集》。

　　最後闡明此書的目的。孔子云：「小子，何莫學乎詩？」要多學詩，《詩經》《楚辭》、杜詩，都是「中國詩中的寶貝」，而杜詩，則是「中國最好的詩」，「千古不朽」。另一方面，要研究杜甫，也「非多讀他的詩不可」。〔註10〕

　　全書分六章。（一）杜甫的家庭。杜甫有「榮耀的家庭歷史」。其「遠年祖宗」，為晉朝大將杜預，杜陵人。距杜陵十餘里，有少陵，杜甫曾居於此，故號少陵。祖父杜審言，父杜閒，曾任奉天縣令，杜甫或在奉天出生。又號杜陵野老、杜陵野客、杜陵布衣。

　　杜甫的少年生活，可見諸其北遊詩。從中亦可窺見其性格：豪爽、任俠、好事；喜結交老朋友；愛喝酒，討厭惡人。至於其所處時代，卻是一個「大混亂的時代」。政治上，藩鎮割據，各霸一方，最終釀成安史之亂；文化方面，佛教和儒教並興，而儒教受到壓迫，「內容非常空虛」。杜甫同情貧民，詛咒戰爭。自弱冠之年，即浪跡各處，曾東遊吳越，又遊齊趙。舉進士不第，獻賦卻不被看重，恨不得志，故「字裏行間，都顯出一種無聊神氣」，最顯著者，如《官定後戲贈》。覺悟後的杜甫，「回轉頭來，同情貧民的生活」，「與田夫野老為伍，觀察他們的疾苦」，最終成為「中國最偉大的社會詩人」和「寫實的文學家」。〔註11〕

〔註8〕 張忠綱、趙睿才、綦維、孫微編著：《杜集敘錄》，濟南：齊魯書社，2008 年 10 月版，第 513～514 頁。

〔註9〕 據該書版權頁，其初版時間為 1935 年 2 月，但《序》的寫作時間卻是 1935 年 10 月 27 日，從時間順序上看，《序》是在書已出版後，方才補入，這顯然有悖常理。不過，類似情況，在民國時期的出版物中並不鮮見。

〔註10〕 章衣萍：《杜甫》，上海：兒童書局，1940 年 4 月版，《序》第 1～2 頁。

〔註11〕 章衣萍：《杜甫》，上海：兒童書局，1940 年 4 月版，第 1～8 頁。

（二）杜甫的「北遊」生活。早年杜甫南北奔波：「騎驢三十載，旅食京華春。朝扣富兒門，暮隨肥馬塵。殘杯與冷炙，到處潛苦辛。」〔註12〕雖然可憐，也很有趣，既增加了閱歷，又增添了詩料。而幼子的餓卒，則加深了他的「博愛思想」。安史之亂帶來的兵禍，也常見其詩中，如《新安吏》，說白如話，堪稱一篇描寫「拉夫」的「悲慘小說」。因為兵亂，杜甫由奉天逃到白水，又攜眷至鄜州。後肅宗即位，杜甫往奔靈武，途中被安祿山所拘。逃出後至鳳翔，官拜左拾遺，卻因疏救房琯遭罷。乾元元年六月，貶為華州司功。次年，到秦州，又到同谷。由於饑荒，杜甫「三年饑走荒山道」。〔註13〕

（三）杜甫窮苦的一生。杜甫後投奔劍南節度使嚴武，居成都浣花里，「結廬枕江」，過上「無拘無束的生活」，其詩風亦有所改變。如《江畔獨步尋花七絕句》之三、四、五，《絕句漫興九首》之四、五，「多有點飄飄然」。汪靜之以為，杜甫此一時期的詩作，「充滿了清靜閒逸之氣」，「音調又極柔和輕緩，使人讀了輕鬆疏快」。及西川兵馬使徐知道反，杜甫避難梓州，旋至射洪、通泉等處，不久又回梓州。嚴武二鎮成都，杜甫再依，因其「褊燥傲慢」，幾致被殺〔註14〕。後四川大亂，杜甫南下，流寓戎州、滁州、忠州、江陵等地。大曆三年晚冬，往岳州。次年正月，到潭州。次年夏，再到衡州。至耒陽，遊岳祠，啖牛炙白肉，醉中死去。其晚年病體，詩多可見，如「三年奔走空皮骨」「肉黃皮皺命如線」「屍臥病腳廢〔註15〕」「右臂偏枯半耳聾」「衰年肺病唯高枕」「肺枯渴太甚」「肺痿屬久戰，骨出熱中腸」〔註16〕。杜甫的一生，「是一幕悲劇」。〔註17〕

（四）杜甫的嗜好，主要有五：1.「喜歡吟詩」。如李白所嘲：「借問別來太瘦生，總謂〔註18〕從前作詩苦。」2.「喜歡飲酒騎馬」。先看飲酒。杜

〔註12〕語出杜甫《奉贈韋左丞丈二十二韻》。「苦辛」應作「悲辛」。

〔註13〕章衣萍：《杜甫》，上海：兒童書局，1940 年 4 月版，第 9～17 頁。

〔註14〕關於杜甫醉登嚴武之床、幾為嚴武所殺的傳說，其事雖見於《新唐書》，但自宋人洪芻、洪邁以來，多人指出《新唐書》依據的是《雲溪友議》，不足置信。參見趙睿才《蓽路藍縷，以啟山林——馮至先生的杜甫研究》，《杜甫研究學刊》2006 年第 3 期，第 43 頁。

〔註15〕語出杜甫《客居》，應作「臥愁病腳廢」。病腳，腳疾。

〔註16〕語出杜甫《又上後園山腳》。「痿」，應作「萎」。張潛曰：「肺萎，公有肺病，以時經久戰，憂思而成。」

〔註17〕章衣萍：《杜甫》，上海：兒童書局，1940 年 4 月版，第 18～24 頁。

〔註18〕語出李白《戲贈杜甫》。「謂」，或作「為」。

甫非常喜歡喝酒：「飲酒視八極，俗物都茫茫」，且酒量極好：「酒盡沙頭雙玉瓶，眾賓皆醉我獨醒。」又喜騎馬、擊劍。3.「夫婦感情很好」。常和夫人下棋，「老妻畫紙為棋局」；喜歡坐船，「晝引老妻乘小艇」。4.「善於修辭造句」。「為人性僻耽佳句，語不驚人死不休」，可見其氣魄；「陶冶性靈存底物，新詩改罷自長吟」，可見其態度。5.「老實爽快」，反對「虛偽相疑」。如：「晚將末契託年少，當面輸心背面笑。寄語悠悠世上兒〔註19〕，不爭好惡莫相疑。」〔註20〕

　　（五）杜甫的平民思想。章衣萍認為，李白是貴族詩人，杜甫是平民詩人，「吃盡飢寒之苦」，《彭衙行》可見其慘況，所以同情貧民，大罵「貴賊」：「朱門酒肉臭，路有凍死骨。」杜甫窮得不堪：「不爨井晨凍，無衣床夜寒。囊空恐羞澀，留得一錢看」（《空囊》），更有「可憐又可笑」之句：「入門依舊四壁空，老妻睹我顏色同。癡兒未知父子禮，叫怒索飯啼門東。」（《百憂集行》）茅屋雖為秋風所破，但卻希望能有「廣廈千萬間」，「大庇天下寒士俱歡顏」。其生活的時代，「戰雲彌漫」，故詩中描寫戰爭苦況者亦多，如「哀哉兩決絕，不復同苦辛」（《前出塞》九首之四）；又如《兵車行》，一片哭聲，透紙而出。杜甫的同情心，「不但對於人，並且推到雞、蟲、鳥的生物」，如《又觀打魚》《縛雞行》。而其家庭感情，「當然更親切」，也「非常真摯」，如「客睡何曾著？秋天不肯明。捲簾殘月影，高枕遠江聲。計拙無衣食，途窮仗友生。老妻書數紙，應悉未歸情」（《客夜》）；「老妻寄異縣，十口隔風雪。誰能久不顧，庶往共饑渴」（《自京赴奉先詠懷五百字》）。對於兒女，同樣「一往情深」：「遙憐小兒女，未解憶長安」（《月夜》）。〔註21〕

　　（六）杜甫的紀事詩歌。中國的詩歌，以抒情詩居多；杜甫卻是「一個偉大的紀事詩人」。其詩多記載實際情形，故稱「詩史」。杜甫描寫「戰爭時代的悲慘情形」，最好的是《石壕吏》；其他描寫「當時殺人社會」的作品，還有《三絕句》。第一首「罵士兵」，第二首寫「逃難的可憐」，第三首說「官兵同外兵一樣壞」。《負薪行》則是對貧民婦女的同情。杜甫與田夫野老的交情亦好，《羌村三首》之三，可說是「一幅亂世野老聚會圖」。

〔註19〕語出杜甫《莫相疑行》。「寄語」，應作「寄謝」。寄謝，寄告。《字彙》：「以辭相告曰謝。」
〔註20〕章衣萍：《杜甫》，上海：兒童書局，1940 年 4 月版，第 25～29 頁。
〔註21〕章衣萍：《杜甫》，上海：兒童書局，1940 年 4 月版，第 30～41 頁。

　　杜甫的寫景詩同樣不乏佳品。如《絕句漫興九首》之三，即是「很有風趣的白話詩」。土語方言，在杜詩中到處可見。胡適曾說：「杜甫的好處，都在那些白話化了的詩裏。」「隔戶楊柳弱嫋嫋，恰似十五女兒腰」（《絕句漫興九首》之一）便是好詩好句。

　　杜甫也有悲歌慷慨之詩，如《登高》。汪靜之評價說，「一字一句，鏤出他的肺肝。苦音哀調，含有無限淒涼」，千載以下，讀之「還為魂銷淚下」。又如《屏跡三首》之二：「百年渾一醉〔註22〕，一月不梳頭」，足見其窮困潦倒形態。其憂國憂民之心，《新婚別》亦有反映。

　　杜甫的詩，「一字不能更改」。如「身輕一鳥過」，「過」之不可易，見於歐陽修《六一詩話》。正因杜詩乃千錘百鍊而成，故後人尊杜為「詩聖」。〔註23〕

　　章衣萍的《杜甫》，是「民國唯一一部」針對少年兒童編著的杜甫普及讀物。〔註24〕其文字雖較簡易，但卻涉及杜甫的方方面面，可謂體系周全。此外，還有兩個顯著特點。一是圖文並茂。該書有插圖四幅，分別為：1.「他七歲學做詩，九歲愛寫大字」（第3頁）；2.「他每天，赤著腳，到各處去掘草根樹皮」（第17頁）；3.「武〔註25〕將出來，把冠鉤於簾上」（第22頁）；4.「老妻的顏色還是一樣，兒子倒鬧起來了」（第33頁）。二是白話譯詩。為便於理解，章衣萍還將所引部分杜詩，譯成白話，或在詩句之下，一一對譯，如《北征》選段（第14～15頁）、《新婚別》選段（第51～52頁），更多的則是隨引隨釋。這在當時，應是較早的一種嘗試。

　　正因為如此，該書自問世之後，多次再版，足見其廣受歡迎。

　　章衣萍另有《草堂寺弔杜甫》一詩，係其《蜀遊雜詩》之四。詩前有小序：「時傷兵滿院，古寺蕭條。余早歲喜李白，近年愛杜甫。殿拜遺容，不知淚之何從也。」詩云：「幾株喬木掩荒祠，此是詩壇萬代師。歎息傷氓遍草寺，空餘熱淚拜遺姿。風流李白貪杯酒，憔悴杜陵甘自思。自古才人多淺語，我生應悔識公遲。」〔註26〕「詩壇萬代師」，極言杜甫在中國詩歌史上地位之隆

〔註22〕「一醉」，應作「得醉」。王嗣奭曰：「兒從其懶，婦任其愁。百年了於一醉，頭亦可以不梳，正言無營如此，以發用拙之旨。」

〔註23〕章衣萍：《杜甫》，上海：兒童書局，1940年4月版，第41～54頁。

〔註24〕孔令環：《現代杜詩學文獻述要》，《中州學刊》2016年第10期，第139頁。該文將章衣萍《杜甫》的初版時間定為「1938年」，同樣有誤。

〔註25〕「武」指嚴武。

〔註26〕章衣萍：《蜀遊雜詩》，《統一評論》第1卷第13期，1936年3月21日，第20頁。

崇。而「風流李白」與「憔悴杜陵」的比較，也說明了作者由「喜李」到「愛杜」思想變遷的緣由。詩中更多的則是觸景生情、感時傷懷。

該詩又見於《磨刀新集》。此集多係作者寓居成都之作。何謂「磨刀」？《序一》曾闡發其中「三義」。作者有詩句云：「悲歌痛哭傷時事，午夜磨刀念舊仇」，言其年來「頗學佛」，但卻「不能忘情於家國舊仇」。〔註27〕而此處的「家國舊仇」，《序二》有分陳：「余來成都，忽已七載。飲酒賦詩，無補時艱；慷慨悲歌，聊當痛哭。」「杜工部空有草堂，干戈遍地；諸葛公獨留古廟，國破家亡。」其「內人曙天，遠道來蜀，一病不起。念載夫妻，忽然永訣。」〔註28〕又何謂「新集」？其《跋》云：「磨刀集初印於二十六年」，「數年以來，戰雲迷漫，國破家亡，妻死妾散」，「因將新作加入，名『磨刀新集』」。〔註29〕

該詩在集中改題為「浣花草堂弔杜工部」，文字變動亦多：「幾株喬木掩荒祠，此是詩壇百代師。歎息傷氓遍古寺，空餘熱淚拜遺姿。聰明李白耽杯酒，憔悴杜陵甘苦思。自古才人多淺語，我生應悔識公遲。」〔註30〕「百代師」，原作「萬代師」；「古寺」，原作「草寺」；「聰明」，原作「風流」；「耽」，原作「貪」；「苦思」，則原作「自思」。

第二節　王亞平《杜甫論》敘錄

王亞平（1905～1983），河北威縣人。1939年11月，偕妻子劉克頓，由長沙經武漢到重慶。初，參與「新村籌備處」工作。後任《新蜀報》文藝副刊編輯。1944年，與臧雲遠、柳倩發起成立「春草詩社」，被譽為「詩人之友」。1945年3月，重慶文化界為之舉辦「王亞平四十壽辰和創作十五週年」的慶祝活動，郭沫若主持。3月17日，《新蜀報》出版「紀念王亞平創作十五週年專輯」。在渝期間，王亞平積極參加「中華全國文藝界抗敵協會」的相關活動，

〔註27〕章衣萍：《磨刀新集》，成都：社會生活出版社，1942年10月，《序一》第1a頁。

〔註28〕章衣萍：《磨刀新集》，成都：社會生活出版社，1942年10月，《序二》第2a頁。末署「章衣萍序於臨流小室，卅一年十一月」。

〔註29〕章衣萍：《磨刀新集》，成都：社會生活出版社，1942年10月，《跋》第1a頁。末署「三十一年十一月二十三日，衣萍自記」。此處又再次出現跋語的寫作時間晚於出版時間的情況。

〔註30〕章衣萍：《磨刀新集》，成都：社會生活出版社，1942年10月，第2a～2b頁。

並通過《新華日報》的戈茅，與中共中央南方局聯繫密切。中華人民共和國成立後，曾任中國曲藝研究會副主席兼秘書長。

王亞平雖以新詩聞名於世，但對舊體詩詞亦頗喜好。早年就讀於縣立高級小學時，受國文老師王伯廉和康亨庵的影響，曾廣泛涉獵古典文學。1926年夏末，自邢臺省立第四師範學校畢業後，因其與袁勃等人共同創辦的「友聲社」被取締，王亞平離開家鄉，流浪於南和、沙邱、開封、正定等地，以教書謀生。其間，曾仔細研讀《詩經》《楚辭》、「陶潛的詩」、《杜甫全集》《李太白集》等，寫出包括《反戰詩人杜甫》在內的十五萬字的研究論文。1934年8月1日，王亞平受聘為青島黃臺路小學教務主任，後任校長；同時致力於詩歌運動，曾精讀大量中外名著，特別是杜甫、李白、白居易、普希金、拜倫等人的詩作。〔註31〕正是在此基礎上，乃有《杜甫論》的撰作與出版。

《杜甫論》，著作者：王亞平；發行人：王雲五（重慶白象街）；印刷所：商務印書館印刷廠；發行所：各地商務印書館。「中華民國三十三年九月初版」。渝版手工紙。二加二三八頁。按其子王渭所述，全書共「十五萬字」，費時「半年」。〔註32〕但該書每一章節，均附注寫作時間，分別是：《杜甫的創作生活》，「八、十二、渝」；《關於杜甫創作研究的觀點》，「一九四二，七，八日午」；《杜詩的現實性》，「一九四三，三，六」；《杜甫的用字和造句》，「一九四二、十三〔註33〕、渝」；《杜詩的百韻詩——杜甫創作藝術之一段》，「一九四二，十二、十三日夜」；《杜詩的形象美》，「一九四二、十、十九、夜」；《杜詩的疊字語》，「一四九二〔註34〕、六、廿六、夜」；《杜詩的情感》，「一九四三、一、十三」；《杜甫的諷刺詩——杜甫創作藝術之十六》，「一九四三、一、五、夜」；《近體的完成者》，「一九四二，八，七，夜」；《杜詩的社會價值》，「一九四三、二、八、夜」；《杜詩的地方色彩》，「一九四三、二、七、渝」；《杜甫的戰爭詩》，「八月五日」；《杜甫與李白》，「七月廿九日渝」；《杜詩的流派》，「一九四三、一、廿九、夜」。據此可知，《杜甫論》的成書，起於1942年7月8日，迄於1943年3月6日。

書中章節，多曾發表，計有：

〔註31〕王渭：《王亞平傳略》，《新文學史料》1989年第1期，第155～166頁。
〔註32〕王渭：《王亞平傳略》，《新文學史料》1989年第1期，第161頁。
〔註33〕「十三」，據《大公報》，當作「七，十三」。
〔註34〕「一四九二」，應作「一九四二」。

1.《杜甫的創作淵源》，刊《新華日報》1942 年 7 月 25 日第四版，末署「七月〔四〕日渝」。

2.《杜詩的雙音對仗語——〈杜甫創作藝術〉之十二》，刊《新蜀報》1942 年 7 月 26 日第四頁，《七天文藝》第 66 期，末署「一九四二、六、廿六、夜渝初稿。七、十七日夜改抄」。有「注」云：「拙作《杜甫創作藝術》共二十章，十萬餘字，為了篇幅，先擇字數較少者〔發表〕。」《七天文藝》為國民政府軍事委員會政治部文化工作委員會所編副刊。

3.《近體詩的完成者——杜甫創作藝術之六》，刊《新蜀報》1942 年 8 月 11 日第四頁，《七天文藝》第 67 期，末署「一九四二、八、七日寄」。

4.《杜甫的用字和造句——杜甫創作藝術之五》，刊「（第二張）中華民國三十一年八月十六日，大公報，（星期日）（第六版），重慶」，副刊《戰線》第九三五號，末署「一九四二，七，十三初稿。七，二十九改抄」。

5.《杜甫的創作生活》（未完），刊《新蜀報》1942 年 9 月 8 日第四頁，《七天文藝》第 71 期。

6.《杜甫的創作生活》（續），刊《新蜀報》1942 年 9 月 16 日第四頁，《七天文藝》第 72 期。

7.《杜甫的創作主題——杜甫創作藝術之七》，刊《新蜀報》1942 年 11 月 11 日第四頁，《七天文藝》第 80 期。

8.《杜甫的百韻詩——杜甫創作藝術之一段》，刊《新蜀報》1942 年 12 月 21 日第四頁，《七天文藝》第 86 期，末署「一九四二，十二，十三日夜渝」。

9.《杜詩的形象性》（上），刊《新蜀報》1943 年 1 月 31 日第四頁，《七天文藝》第 89 期。

10.《杜詩的形象性》（下），刊《新蜀報》1943 年 2 月 1 日第四頁，《七天文藝》第 90 期，末署「一九四二，十二，十九，夜」。

11.《杜甫的諷刺詩——杜甫創作藝術之十六》（未完），刊《新蜀報》1943 年 3 月 4 日第四頁，《七天文藝》第 92 期。

12.《杜甫的諷刺詩》（續），刊《新蜀報》1943 年 3 月 10 日第四頁，《七天文藝》第 93 期。

13.《杜甫的諷刺詩》（完），刊《新蜀報》1943 年 6 月 6 日第四頁，《七天文藝》第 99 期，末署「一九四三、一、五、夜」。

14.《杜詩的流派》，發表於《天下文章》第 1 卷第 6 期（第 5～8 頁），

1943 年 11 月出版。

15.《杜甫與李白》，載《文學修養》第 2 卷第 2 期（第 17～22 頁），1943 年 12 月 20 日出版。

關於此書，《杜集書目提要》入收，其提要云：「一九四九年重慶商務印書館出版。鉛印本，一冊。」〔註35〕所述出版時間有誤。《杜集書錄》附錄二「近人杜學著作舉要」之「詩論雜著之屬」列表收錄，其出版時地云「1944 年重慶商務印書館」。〔註36〕《杜集敘錄》則失收。《20 世紀中國古代文學研究史：總論卷》（黃霖主編，周興陸著，東方出版中心，2006 年 1 月），在第三章「古代文學研究領域的空前拓展」中，將其歸入斷代專論之屬。但並無具體評述。此外，則鮮見有人提及。

《杜甫論》共分三部。上部五節，中部七節，下部六節。現據其初版本，略作抉發。

一、上部：「杜甫的創作思想及其生活」

（一）杜甫的創作生活

杜甫是「田野之子」，「從生到死，從思想到行動，都充滿了田野的氣息」。其一生的理想，也「扎根在農民的希望裏」。杜甫活似一個「頑悍的農民」，「忠實於自己，忠實於耕耘，也忠實於收穫」。〔註37〕

考其生平，杜甫生於讀書世家。少時即操弄翰墨，聰穎過人。長學干祿，未遇擢用。中年丁國家喪亂，備嘗顛沛流離之苦。入蜀以還，吟詠益工。暮年出峽遊湘，老病侵尋，詩格亦更蒼勁。〔註38〕

（二）杜甫的創作淵源

對於杜甫的創作淵源，或以為其宗法鮑（照）謝（脁），或以為其傾心於庾信，且受杜審言的家教祖傳與耳濡目染，但多是「零零碎碎的意見」，不足為憑。那麼，杜詩偉大成功的因素，究竟根源何處？王亞平以為，解答這一

〔註35〕鄭慶篤、焦裕銀、張忠綱、馮建國編著：《杜集書目提要》，濟南：齊魯書社，1986 年 9 月版，第 284 頁。

〔註36〕周采泉：《杜集書錄》下，上海：上海古籍出版社，1986 年 12 月版，第 887 頁。

〔註37〕王亞平：《杜甫論》，重慶：商務印書館，1944 年 9 月版，第 1 頁。

〔註38〕《圖書介紹：杜甫論（王亞平著）》，《圖書季刊》新第 6 卷第 1、2 期合刊，1945 年 6 月，第 83 頁。

問題，必須從中國文學發展史，尤其是詩歌發展史上來研究。首先是《詩經》。一部《詩經》，便是「古代韻文的寶庫」，「民間歌謠藝術的淵藪」，也即是「中國文學的啟蒙藝術」。而屈原的作品，不但是「詞賦之祖」，抑且開創了「敘事詩的前例」。漢魏樂府、賦和古詩，則是《詩經》與《離騷》的「變體與演進」。杜甫的詩，作為「中國詩歌藝術發展的頂點」，深受在他之前的「全部詩歌遺產的影響」。其「優點的結晶」，方造成杜甫的偉大，也完成了他的藝術。

　　由此，可以得出結論：第一，杜甫不但發展了詩騷樂府古體詩的形式，創造出「多樣性的新形式」；而且，在詩的內容方面，更由「朝廟的歌頌，個人情性的抒發」，進而表現人生的複雜形象，社會的動盪變亂，與「歷史上的許多人物事蹟」。第二，杜甫創作力的豐盛，藝術源泉的深長，技藝的高絕，為「古今詩人之冠」，實是由於吸收了先前「所有豐美的詩歌遺產」，陶冶於「金光燦爛」的詩歌之海，從而「壯大培養了自己的詩思」，以及「驚絕千代的表現手法」。第三，杜甫不但是「詩藝的鑒賞者」，也是「生活的鑒賞者」。〔註39〕

（三）關於杜甫創作研究的觀點

　　要瞭解一個詩人的創作藝術，必須從其「全部作品創作的過程」上去研究，始能全面而深刻地認識其「藝術的發展，與作品成功的基因」。

　　關於杜甫生活的分期，王亞平以為，較為合理者，當分為三個時期：1. 到安史之亂起為第一時期，是為「宦遊時期」；2. 到離蜀出峽為第二時期，是為「亂離時期」；3. 到死於湖南為第三時期，是為「暮年時期」。與此相關的是，其創作分作三個時期，較為恰當。

　　杜甫第一期的作品，是在安史亂前。其作品特色為：（1）「生活反抗的呼聲」；（2）「熱心政治的希望」；（3）「對人生追求的幻象」。寫作藝術方面：（1）「多是第一人稱的表現手法」；（2）「字句中含有火熱的情感，不夠洗練」；（3）「富於主觀的謳歌，缺少客觀的描寫」。代表作有：《自京赴奉先縣詠懷五百字》，這是杜甫「最優秀沉痛的生活自白詩」，「氣韻充沛，筆法樸實，確是古風之上乘」。《奉贈韋左丞丈二十二韻》，也是「跡近自述自誇」的作品。《贈衛八處士》同是這一時期的名作。

　　第二期的作品，則盡在「亂離困苦中完成」。杜甫「最成功最有社會價值」

〔註39〕王亞平：《杜甫論》，重慶：商務印書館，1944 年 9 月版，第 11～16 頁。

的作品，都寫於這一階段。從作品性質來看，（1）多是描寫戰爭的痛苦。如《北征》、「三吏」「三別」。在表現技巧上，也達到「爐火純青」的地步。這些詩的特色，第一，創作範圍更加寬廣，「從個人的抒情走到社會的表現」；第二，作品多描寫當時史事，較之史冊的記述，更加「真實，詳盡，生動」；第三，由抒情詩進展到敘事詩；第四，其創作氣魄更加雄厚，造成「悲壯沉鬱的作風」，「增添了時代的色彩」。（2）是描寫「流離顛困」的生活，如《述懷》《遣興》《羌村》《秦州雜詩》《江村》《江畔獨步尋花》《茅屋為秋風所破歌》等，而以《羌村》《遣興》最為後人欣賞。其特色在於：第一，杜甫「鬱鬱不得志」，「藉物述懷」，故這些作品都是「生活的縮影，現實的素描」，其古樸處，可與「《古詩十九首》及陶潛的田園詩相比美」。第二，杜甫有「懷鄉深情」，詩中孕含著「摯真強烈的情感」，具有「撼人心魂的力量」。第三，其表現手法，已達「渾然如一的境界」，「內容與形式密密吻合」，成為「最優異的詩篇」。

此外，杜甫還創作不少詠物詩、風俗詩和賞景詩。這些小詩，第一，都是「從現實中抓取的題材」，故能「寫得樸素，沒有空虛的華美」。第二，其表現手法都是「由淺入深，能以比較淺顯的語句，寫出高深的意思」。第三，其風格已經形成。杜甫的長詩雖多悲壯沉鬱，小詩卻「極清新自然，有時寫得入情入微」。

第三期，是離蜀後飄零湘鄂的作品。此時的杜甫已際暮年，壯志豪氣早已消沉，「只有把自己的熱情寄託給創作，寄託給酒，寄託在回憶裏」。如《詠懷古蹟》《八哀詩》等。形式方面，則更加精警，甚至到了「琢字磨句」的地步。《秋興》是這一時期的代表作，不但「氣宇軒昂，意境愴涼」，其「表現手腕也已登峰造極」。

綜觀杜甫的一生，正如屈原一樣，「在人格上，保留了一代詩聖的豪氣；在作品上，完成了藝術的典範」。唐代的社會，曾「鼓蕩杜甫的靈感，促使他不息地創造」；而杜甫的作品，也為唐代「增添了光輝，蔚成蓬勃豐盛的一代時潮」，並給新詩「開闢了更寬闊的道路」。〔註40〕

（四）杜詩的現實性

作品的現實性，包括「作者的觀點，處理題材，表現手法等是否現實」。

〔註40〕王亞平：《杜甫論》，重慶：商務印書館，1944 年 9 月版，第 17～26 頁。

研究杜甫詩作的現實性，必須首先認識其「宇宙觀，人生觀以及他的生活」。杜甫的宇宙觀是什麼呢？「漠漠世界黑，驅驅爭奪繁」。「物蟲無鉅細，自適固其常」，則是其世界觀或人生觀。從「萬方同一慨，吾道竟何之？」「無貴賤不悲，無富貧亦足」，可以窺見杜甫思想的邏輯。簡言之，其思想方法，是「入世的，現實的，進步的」。

　　至於如何開展研究，王亞平認為，一是從作品出發，可知其能夠部分正確地以「客觀的方法」去理解現實。杜甫的作品，幾乎都從「複雜的現實情景裏」，通過「深沉而精密的觀察」，發現其所要「表現的題材」。二是從「作品的內容」出發，可見其廣泛描寫現實生活的傾向。杜甫在「忠實地表現」自己生活的同時，也給作品塗上「強烈的時代色彩」。三是從表現藝術出發，可知其正確描寫了「歷史的題材」。杜詩「茹古涵今，無有端涯」（王彥輔），而且「萬景皆實」，究其因，則在於歷史性，能「有當於人心」（李綱）。四是從其敘事詩出發，可見其能「從社會萬象中」，發掘典型性故事，並予以「典型的表現」。杜甫雖不能擺脫「宿命的觀點」以及「生活的矛盾」，卻是中國詩歌史上「最有寫實才能」的一位詩人。〔註41〕

（五）杜甫的創作思想

　　杜甫的作品，便是其「創作思想的自我表白」。杜甫所處的時代，是「最有朝氣」，也「最擾亂動盪」的年代。「半生的太平，半生的戰亂生活」。這使他看見了兩個不同的社會：「一邊是富貴荒淫，一邊是飢餓窮困」；而自己卻是這個「社會矛盾中的生活的苦鬥者」。唐時的宗教文化很盛。佛教具有龐大的力量。杜甫晚年的作品，「失意於官場後的思想」，已多少接近於佛教。但杜甫是「儒教之子」，「處處以三代聖世來作標榜，並以仁義忠孝屬望皇帝臣民」。對自己，「持身很嚴」，有意「做出儒家的風度」。杜甫慨歎自己的理想不能實現，但並未絕望。「文章一小技，於道未為尊」。寫詩對他而言，不過是「抒情達意，洩憤遂志的工具」而已。

　　由於上述條件，形成了杜甫的創作思想。首先是他的生活，更接近現實，更接近人生，逐漸使他的創作，把握住「現實的主題」與「現實的手法」。於是，杜甫「詛咒變亂，痛詆權貴，諷刺惡吏，記述史實，歌詠人民疾苦」。只有「洶若溟渤寬」，方能「下筆如有神」。杜甫是一位現實主義詩人，同時，也

〔註41〕王亞平：《杜甫論》，重慶：商務印書館，1944年9月版，第27～32頁。

可算是唐代的一個「學術思想家」。他「用詩主宰了一代的思想，渲染了一代的歷史，描繪了一代的動態」。杜甫最大的成就，在於其思想，「能夠從生活的經驗中，時代的影響下，得到不斷的發展」。從「醉心求仕」，演變成「恨世諷時」，再進而為「同情人民」，培育出「接近平民的思想」。但也「止於同情人民，終不能更高的發展，變成民眾的歌人」。這是杜甫的限度。

不過，杜甫並未在「矛盾的枷鎖下」窒息，反而藉助「矛盾力量的鞭策」，求得「生活的改造，思想的發展，理想的實現」。這使他的詩，有一種「盤錯迂迴，縱橫跌宕的氣勢」；有「高凌鴻濛，氣吞山河」的威力；有「洪大沉重，奔騰如潮的音響」。為發展「矛盾的思想」，表達深厚熱烈的同情，杜甫「在創造上」「尋求多樣性的主題」，在表現上「運用各種形式」。一方面，「精於運思，慎於造句，達成表現的絕好技藝」；另一方面，卻「一任情性的奔放」。「用險韻，創拗體」，正是杜甫「創作力的迸發」和瑰異才能的表現。唐詩還有一個特色，即「詩與歌的合流」。杜甫的詩，在當時便已「名動四夷」，未始不賴這種「互相傳唱」的力量。〔註42〕

二、中部：「杜甫的創作藝術」

（一）杜甫的用字和造句

杜甫用字造句的技術，主要體現在：第一，就用字而言，「最為奇妙，工穩，自然」。杜甫「生活的律動」與「藝術的激動」渾然一體，故能收功在不知不覺間。其用字，「極求樸實」，並在樸實中求清新與驚奇。第二，就造句而言，（1）「句意雄渾」，（2）「構詞緊嚴」，（3）「氣勢充邁」，（4）「樸素而多變化」，（5）「韻律清朗」，是杜甫「措詞構句的五大特色」。在這一點上，杜甫可稱為「語言的革命家」。第三，就章句的構成而言，其組織「有次序，有結構」。〔註43〕

（二）杜詩的創作形式

杜甫能運用五七古、五七律、絕句、排律等形式來寫作。但詩人在寫作時，卻用「奔嘯飛揚的情感」，突破固定格律的限制，「用抒情詩盡情地歌頌，用諷刺詩辛辣的諷刺，用敘事詩記述史事，用寓言詩隱示自己的心意」。杜甫「不愛用絕句寫詩，卻往往以律詩寫絕句」，且能「以絕句記事」。而最擅長者，則是排律。

〔註42〕王亞平：《杜甫論》，重慶：商務印書館，1944年9月版，第33～48頁。
〔註43〕王亞平：《杜甫論》，重慶：商務印書館，1944年9月版，第49～56頁。

值得提及的是，杜甫往往在詩中寫狀「自己的居住，姓氏，以及宦場升遷的情形」，敘事工切。韻律方面，不但「善於變化」，而且「變化多奇」。其聲律，「深沉綿遠，鏗鏘響朗」。杜甫在創作上，採取各種各樣的表現形式，而且，力求「表現的自由」，最後又將這些表現形式歸納到「現實的創作方法」中。所謂「晚節漸於詩律細」是其遠大藝術企圖的「自訴」，並非只想「在韻律上下力氣」。〔註44〕

（三）杜甫的百韻詩

百韻詩為杜甫首創。其題目是《秋日夔府詠懷奉寄鄭監李賓客（之芳）一百韻》。所謂「百韻詩」，是指「以同樣的韻，連用一百次，每隔句押一次韻腳」。這在詩的創作上，堪稱「奇蹟」。該詩是杜甫藝術上「最美滿的成果」，何以見得？第一，從這首詩，可以看出杜甫「思想的雄渾，藝術的博大」。他用「整個時代的生活情景」，作為「形象的內容，表現的主題」，可說是其「個人生活」和「亂離年代的畫圖」。第二，表現手法上，抒情與敘事並用。其中的抒情，是以詩人「主觀的情感」灌溉「作品的靈魂」，使敘述不流於平板；兼用敘事的手法，則「使詩人的情感不落空處，從記事裏揮揚詩人的情性」。第三，語言運用「十分勁健」。百韻詩是杜詩造詣的頂點。除此之外，尚有二十韻、三十韻、四十韻、五十韻等長詩，足見杜甫是在韻律上，有意開闢新天地，「加添新氣象」。〔註45〕

（四）杜詩的形象美

杜甫之所以能夠反映現實，是因為他「有真實的生活」，並「從生活的感受中，創造藝術的形象」。杜甫「長於抒情，尤善寫景」，且「最愛，也最妙於寫象江水」。與此同時，杜甫也善於創造人物形象。杜詩之為「詩史」，就在於創造出「許多歷史中的人物」與「一些代表時代的故事」。杜甫的詠物詩，「藉物相形」，有如下特點：（1）能「詳縷地觀察」「『物』的習性，形狀，特點」，然後「列為寫作的題材」，並從「物的生機」中，「悟解到人的生活，生命」，進行「概括而藝術」的表現。（2）多半是「信手寫來」，語言「自然，樸素，通俗」。（3）善用誇大、比喻、諷刺的手法，或通過重複，以「加重詩的語氣與情感」。此外，杜甫善用一二字，「挑起全句或全篇的形象」。其起句，也多

〔註44〕王亞平：《杜甫論》，重慶：商務印書館，1944年9月版，第57～71頁。
〔註45〕王亞平：《杜甫論》，重慶：商務印書館，1944年9月版，第72～78頁。

「奇突，響朗，新鮮」，能「有力地抓住讀者心靈」。「一讀起首，就能掀起全篇的情象」。〔註46〕

（五）杜詩的疊字語

杜甫最喜用疊字，尤愛講求對仗。句首、句中、句末均可得見。其特點在於：第一，對仗工致，能達妙處。第二，能奇能壯，如「野日荒荒白」，「納納乾坤大」。第三，所用疊字，多是「沉重」或「愴涼」的音聲，字義則多取「悲哀憂鬱」者。〔註47〕

（六）杜詩的情感

杜詩氣魄偉大，究其因，則在其「深厚磅礡的情感」。進一步說，是因其博大雄深的思想。杜甫不是「為文而造情」，而是「為情而造文」的詩人。因其有深情，故能寫出「真實的情，真美的詩」。其寫史事、社會和人民的痛苦，常用謳歌、詛咒、諷喻、敘述等手法，以表達自己的情感。和尼克拉索夫一樣，杜甫的詩神也是「悲哀與復仇的詩神」。其中，「瘡痍」「群凶」「盜賊」「干戈」「血淚」「烽煙」「荒穢」「寂寞」「飢餓」「漂泊」「窮途」「亂離」「豺狼」「殺戮」等語彙，觸目皆是。從中可以看出「詩人的心境」與「時代的面貌」。

杜甫多情，人或稱「情聖」。政治理想的破滅，使他將感情移注到「友人和骨肉」兩方面。其贈答唱和詩，或訴苦，或陳情，或懷思，或感喟，「深刻、真實而有意義」。另一方面，杜甫的情，又發於「懸念妻子眷族」，多「感而富至情」。杜甫抒情，而「情有含蓄」；杜甫寫愛，但「不露骨，不卑俗」。

總之，杜甫是具有「深湛、崇高、廣闊、火熱情感」的詩人。但其詩情，隨著客觀環境而有所變移。其「初期的詩，是對做官報國追求的狂熱；中期的作品，是對安史戰亂的憤恨，與困苦生活的控訴；末期的作品，是對友人的懷念，家鄉的懷念，往事的追憶」。〔註48〕

（七）杜甫的諷刺詩

諷刺詩的形成，是由於作者的理想和所處的時代發生「劇烈的矛盾」。矛盾的焦點，是「客觀現實多樣性的刺激」和「詩人主觀熱情的感應」。但詩人

〔註46〕王亞平：《杜甫論》，重慶：商務印書館，1944 年 9 月版，第 79～90 頁。
〔註47〕王亞平：《杜甫論》，重慶：商務印書館，1944 年 9 月版，第 91～100 頁。
〔註48〕王亞平：《杜甫論》，重慶：商務印書館，1944 年 9 月版，第 101～127 頁。

情感的創造、表現與「洩發」，又須採用「側攻」或「迂迴」的方法，此即「詩的諷刺」。

　　杜甫最痛恨的是安史之亂。他不但諷刺「動亂的禍首」，也諷刺「朝內的小人」。如《螢火》，全篇雖像描寫螢火，但句句卻在諷刺閹人。對於君王，「更不放鬆」。惡吏，貪官，以及當時黑暗的政權，都在杜甫譏刺之列。其最多使用的手法，是「藉物寓諷」，如《病橘》《枯椶》等。有時也「從側面，從自己出發」進行諷刺。〔註49〕

三、下部：「杜詩的評價及其流派」

（一）近體詩的完成者

　　日人兒島獻吉郎〔註50〕在其《中國文學》曾云：「詩學上之所謂古體與今體，可於隋、唐之間，劃一鴻溝：隋以前可視為古詩之原地；唐以後可視為律詩絕句之原地。」〔註51〕因此，近體詩的形成，實「肇始於初唐，而大成於李杜」。其胚胎，則是遠在南北朝的五言詩。近體詩包括排律、律詩和絕句。

　　杜甫從「生活中，社會上，田園間」，學到許多鮮活的詞彙，創造出「新的典型風格」。他的詩，上承詩騷典則，融匯古詩樂府優點，「挽六朝之頹靡，抑初唐之雕浮，使中國詩歌返璞歸真」。其律詩，實為唐詩的頂點。五律「縱橫變化，韻調響朗」，語言尤為清麗，樸素工致。七律「變幻闊深，高遠博大」。杜甫不愧為「近體詩的完成者」。〔註52〕

（二）杜詩的社會價值

　　詩人的作品之所以不朽，是因為作品不但賦有「藝術的真實與美」，而且

〔註49〕王亞平：《杜甫論》，重慶：商務印書館，1944 年 9 月版，第 128～146 頁。

〔註50〕兒島獻吉郎（1866～1931），字子文，號星江、一枝巢。文學博士，1888 年畢業於東京帝國大學文科大學古典科，先後任職於第五高等學校、東京高等師範學校、東京帝國大學、二松學舍大學，曾任東京帝國大學漢文科主任、二松學舍大學文學部部長，主要從事楚辭學研究與中國文學史編寫工作。其詩學著作有：《支那大文學史（古代編）》（富山房書店，1909 年）、《支那文學史綱》（富山房書店，1912 年 7 月）、《支那文學考‧第 1 編》（目黑書店，1922 年 9 月）、《支那文學概論》（京文社，1928 年 3 月）、《支那文學雜考》（關書院，1933 年 10 月）。參見胡建次、邱美瓊編著《日本中國古典詩學研究者簡介與成果概覽》，南昌：江西人民出版社，2010 年 2 月版，第 149 頁。

〔註51〕〔日〕兒島獻吉郎：《中國文學》，隋樹森譯述，上海：世界書局，1931 年 2 月版，第 219 頁。該書又於 1932 年 6 月再版。

〔註52〕王亞平：《杜甫論》，重慶：商務印書館，1944 年 9 月版，第 147～154 頁。

表現了現實中「種種形象的情景」。杜甫的全部作品，都是「由現實出發」。其創作生命，在「現實的養育中更加蔥蘢，更加輝耀」。通過「矛盾生活的奮鬥」，杜甫由個人生活，認識到社會生活；由「狹小的個人」，走進「廣大的社會」。其大部分作品，含育著平民色彩。杜甫的詩，不但是「大眾的心聲」，而且是「時代的畫像」。他進而吸取古人和人民大眾的語言，經過洗煉，創造出能夠「恰切表達詩情、詩景的語言」，在此意義上，可以說：杜甫是「中國語言的創造者」。〔註53〕

（三）杜詩的地方色彩

杜甫是一個民族詩人。他的足跡，曾遍及九省，因此，其作品，充滿「富麗芬芳的民間色彩」，也充滿「濃烈的地方色彩」。這是老杜「最成功的地方」。撇開藝術成就不談，單就唐代風俗文物的研究，杜詩便提供了不少「珍異的材料」。當然，最可貴的，還是杜甫把各地的景物與自己的情感，一起鎔鑄於詩境。〔註54〕

（四）杜甫的戰爭詩

杜甫的作品，有二分之一是描寫戰亂，「用語樸素，深刻」，手法純熟。但杜甫何以能成為積極反對戰亂的詩人？首先是戰亂阻礙其理想的實現；其次，戰爭使他的生活困苦；再次，戰爭中「遭殃受害者」，多為「一般良善的平民」。

杜甫又是怎樣認識到戰爭的主題？第一，「四海十年不解兵」（《釋悶》），是杜甫對於唐代戰亂整個的控訴；「憂世心力弱」（《西閣曝日》），是杜甫心靈深處對戰亂的憎惡。第二，杜甫有「憂國愛民的深厚思想」。就其戰爭詩的內容，或是歷史性的，或是有關生活方面，一小部分則是批評性的。

在此基礎上，杜甫如何表現戰爭的主題？首先，「善於用字造句」。杜甫能以字句「有力的組合」，「寫狀出戰爭的恐怖」；用「平凡的詞彙」，描寫戰爭的罪惡；以「通俗的語言」，表達百姓「心感身受的痛苦」。其次，表現手法的「優異」。如其《兵車行》，結構完美，音節響朗，技巧圓熟。杜甫尤善於使用「問答的表現手法」。「在平靜的敘述中，忽然插入一句問話」，使詩情頓起波動。第三，多用五古七古。二者均宜於表達豐富的內容，用韻用

〔註53〕王亞平：《杜甫論》，重慶：商務印書館，1944年9月版，第155～164頁。
〔註54〕王亞平：《杜甫論》，重慶：商務印書館，1944年9月版，第165～182頁。

字，也較自由。〔註55〕

（五）杜甫與李白

唐代之所以能產生李白和杜甫，主要原因是：第一，「時至唐代，封建勢力幾已全部形成，封建制度也相當完密」。一切藝術文物，呈現出「燦爛光華的景象」，文學特別興盛，「詩人簇簇爭出，努力創造」，既挽六朝頹風，又造盛唐始基。第二，商業經濟的刺激，促進雕刻、繪畫、詩歌等藝術「飛躍的進步」。第三，政治的開明，「對文化不加嚴格的統馭」，兼「以詩賦取士」，容易蔚成風氣。詩人「生息於民間」，作為「社會的先驅者、代言人」，「各自發為時代的音響」。李杜就是這種「社會形態下的歌手」。

李杜雖然「思想的出發點不同，生活的遭遇不同，創作的路線不同」，但兩人的友誼密切，尤其是精神上的交往深入。關於李杜的作品，《韻語陽秋》曾云：「杜詩思苦而語奇，李詩思疾而語豪」，王亞平認為「比較深刻而適當」。二者的差異與「創作藝術的判別」，體現在：1. 就創作思想而言，杜甫以儒教「入世的哲學」為基點，其作品賦有「強烈的歷史意義，人生意義，與社會價值」。李白以佛道「出世的哲學」為基點，其作品賦有「強烈的超人思想」，與「仙風道骨式隱者的憧憬」。2. 從創作手法來看，杜甫寫實，偏於「客觀的敘寫」，開闢了「史詩」及「敘事詩」的「豐美園地與光明途徑」。李白浪漫，近於象徵，偏於「主觀的抒情」與「意象的幻化」。3. 表現技巧上，杜甫「工於用字造句，寫象繪聲」。李白則「善於揮使靈感，駕馭語言」。〔註56〕

1975 年 7 月 15 日，王亞平作《一代清風百代騷──歌李白》，再次指出李詩「颯爽不群，縱橫古今」，「情趣天成，自然和諧」〔註57〕。又有《語不驚人死不休──歌杜甫》，刊《綠野》1981 年一、二期合刊，強調「語不驚人死不休」，包括「句的創造，詩的創作」，以及「短時期的尋求，長時期的探索」。〔註58〕

〔註55〕王亞平：《杜甫論》，重慶：商務印書館，1944 年 9 月版，第 183～196 頁。

〔註56〕王亞平：《杜甫論》，重慶：商務印書館，1944 年 9 月版，第 197～212 頁。

〔註57〕王亞平、王渭：《兩代書》，北京：人民文學出版社，2004 年 5 月版，第 277 頁。

〔註58〕王亞平、王渭：《兩代書》，北京：人民文學出版社，2004 年 5 月版，第 280 頁。

（六）杜詩的流派

李杜身後，唐代詩歌由「繁花繽紛的景象」，變為「綠葉淒迷的顏色」。所幸杜甫的詩風被韓愈、白居易繼承並發揚。白居易的新樂府，韓愈的南山詩，都是這種影響的產物。

韓派偏於形式方面，注重字句的加工；白派注重思想方面，力求以通俗的語言表達自己的懷抱。韓愈雖苦學杜甫，但只學到「老杜的間架」，卻未學到杜甫的「善於變化，用語樸素和表現自然」。其創作，有「聯句唱和」一體，堪稱對「唐詩的推進」。受其影響者，有賈島、盧仝、馬異等人。白居易的詩，「溫厚和平」，變杜甫的「沉鬱雄渾」為「流麗安詳」。其新樂府，不但打破「律絕的拘縛」，而且改進了「樂府的規律」。其長篇歌行，感情強烈，布局精密。白詩因其通俗易懂，故能風行一時，深入人心。元稹、張籍、李紳、劉禹錫、王建等，都可歸入此派。〔註59〕

對杜詩的繼承，簡單地說，「韓得其氣魄，白取其諷刺；韓重表現形式，白重神韻；韓守藝術至上主義，白主功利」〔註60〕。另有李商隱的詩作，也多宗杜學杜。總之，得杜之一體，則足可為名家。

王亞平研究杜甫，目的是「繼承中國詩歌的優良傳統」〔註61〕，其論述，詩情洶湧，文采爛然。蔡鎮楚認為，杜詩學研究至二十世紀下半葉，方有新的突破，主要標誌是系統性的加強，出現了一批頗有見解的專著，其中首舉王亞平的《杜甫論》〔註62〕，不過，其排列是以出版先後為序，而且，將1944年的著作闌入20世紀下半葉，也許是此書的研究方法，更接近於後一時期的作品。

但該著之不傳久矣，考其緣由，自有內在的缺失。首先，作者雖有推倒一切之概，但對於前人研究與評注杜詩者，未免指責過甚。如其所說，「一是概念的稱頌，沒有具體的意見；二是呆板的注釋，只限於詞句的考證；三是片面的杜詩優劣的爭論，詞意多近於浮誇」〔註63〕。又謂古人研究杜詩者

〔註59〕王亞平：《杜甫論》，重慶：商務印書館，1944年9月版，第213～238頁。

〔註60〕《圖書介紹：杜甫論（王亞平著）》，《圖書季刊》新第6卷第1、2期合刊，1945年6月，第84頁。

〔註61〕王渭：《王亞平傳略》，《新文學史料》1989年第1期，第161頁。

〔註62〕蔡鎮楚：《中國古代文學批評史》，長沙：嶽麓書社，1999年4月版，第313頁。

〔註63〕王亞平：《杜甫論》，重慶：商務印書館，1944年9月版，第33頁。

「多有偏見，不是無條件的稱頌，便是蓄意的攻訐」；「斷章摘句的妄加評語，不能窺視他藝術的全部」；「專注意杜詩的忠君愛國以及儒者襟懷，而忽視他的創作藝術」；「專在章句形式上作膚淺的研究，未能作深刻而客觀的批判」。〔註64〕1945 年《圖書季刊》第 6 卷第 1、2 期合刊，在其「圖書介紹」中，對《杜甫論》曾有書評，指出：「王君此種說法，似覺前人研究杜詩者，毫無可取之處，輕輕抹殺前人成績，其自負大抵如此」，但作者「並未臚舉前人研究未當之證據，其言雖自負，似不足令讀者置信」。因此，可以說：「若前人以舊名詞恭維杜氏」，則王著不過是「以新名詞恭維杜氏」。〔註65〕其次，王著云：唐代儒教經由孔穎達等的重新解釋，更加合乎地主及統治者的需要，故佛教勢力終不能湮滅儒教，但儒佛不斷紛爭，安史亂後，才形和緩。〔註66〕又云：「唐代的戰爭，可以說是一種農民的暴動，並不是爭權奪利的內戰性質」〔註67〕，則不知有何所據。作者的史學工夫，在很大程度上影響了他對杜詩的瞭解〔註68〕。此外，該著的論述，重疊雜沓處，也並不少見。

第三節　黃芝岡論杜

黃芝岡（1895～1971），原名崇璞，別號德修，又名衍仁、伯鈞、黃素，湖南長沙人。畢業於長沙縣立師範學校。1929 年，蟄居上海田漢〔註69〕家中，參加南國社活動，同時任左翼作家聯盟執行委員和中國自由大同盟常務委員。1932 年居北平。後去廣西南寧，任《國民日報》副刊《銅鼓》編輯，兼編《謠俗週刊》。1937 年後，供職於國民黨中央通訊社徵集室（即資料室），常為新華社撰稿。同一時期，被推選為中華全國文藝界抗敵協會和中華全國戲劇界抗敵協會理事、監事、常務理事。後相繼在重慶復旦大學、社會大學以及南京戲劇專科學校任教。與田漢、陽翰笙、翦伯贊、齊燕銘等，發起組織地方戲

〔註64〕王亞平：《杜甫論》，重慶：商務印書館，1944 年 9 月版，第 51 頁。
〔註65〕《圖書介紹：杜甫論（王亞平著）》，《圖書季刊》新第 6 卷第 1、2 期合刊，1945 年 6 月，第 84 頁。
〔註66〕王亞平：《杜甫論》，重慶：商務印書館，1944 年 9 月版，第 37 頁。
〔註67〕王亞平：《杜甫論》，重慶：商務印書館，1944 年 9 月版，第 184 頁。
〔註68〕《圖書介紹：杜甫論（王亞平著）》，《圖書季刊》新第 6 卷第 1、2 期合刊，1945 年 6 月，第 84 頁。
〔註69〕田漢是黃芝岡在長沙師範學校的同窗、摯友。參見范正明《〈黃芝岡日記選錄〉前言》，《藝海》2014 年第 1 期，第 20 頁。

曲研究會。〔註 70〕

　　抗戰時期，黃芝岡論杜的文章主要有兩篇。

一、《論杜甫詩的儒家精神》

　　該文發表於《學術雜誌》第一卷第一期〔註 71〕（第 29～36 頁），1943年 9 月 1 日出版。文章從忠君、愛民、愛妻兒弟妹、愛朋友及至雞、鳥、魚、蟲等物類幾個方面，論述杜甫詩中所體現的儒家思想；同時指出，杜甫由人而及於物的仁愛之心，與佛理憫生戒殺不同，是儒家仁民愛物思想的體現。〔註 72〕

　　抗戰時期，部分論者從杜甫「兵戈猶在眼，儒術豈謀身」（《獨酌成詩》）出發，認為杜甫是在慨歎儒術無濟於戰亂時代。有感於此，黃芝岡發出呼籲：「請刊落旁枝來體味杜甫詩的儒家精神。」所謂「刊落旁枝」，是指砍削側生的枝條，其目的，則在於「現露真身」。

　　《醉時歌》似乎也是杜甫「唾棄儒術」的「鐵證」。王嗣奭的《杜臆》卻說：「此篇總屬不平之鳴，無可奈何之辭；非真謂垂名無用，非真謂儒術可廢，亦非真欲孔跖齊觀，又非真欲同尋醉鄉也。」詩人的情理，自有其「歌和哭，自誇和撝謙」，不可一概而論。對「先生早賦歸去來，石田茅屋荒蒼苔，儒術於我何有哉？孔丘盜跖俱塵埃。不須聞此意慘愴，生前相遇且含杯」，只能從「沉醉聊自遣，放歌破愁絕」來理解詩人當時的心情。

　　杜甫求仕心切，目的是為了「致君澤民」，施展儒術。然而杜甫的「儒術」究竟是什麼？黃芝岡認為，可以《奉贈韋左丞》所述的儒冠事業，為杜甫的「儒術」做一具體說明。「致君堯舜上，再使風俗淳」，或說是「腐詞」，或說是「大話」，但若體味全詩，則到處能感其「真率誠至」。

　　再看《自京赴奉先詠懷》。《庚溪詩話》稱此詩為杜甫的心跡論。詩的開端，便以「周復婉曲的筆調」，說明自己「惓惓不忘君國黎元的純一精神」，以

〔註 70〕王風野主編：《湖南省長沙師範學校校志（1912～1992）》，長沙：湖南教育出版社，1993 年 4 月版，第 139～140 頁。

〔註 71〕主編者：常任俠（常務），潘菽；編輯委員：李士豪、商承祚、宗白華、黃國璋、梁希、黃正銘、徐悲鴻、傅抱石、陳之佛、盧於道；發行者：學術雜誌社（重慶民生路七十九號樓上、重慶沙坪壩十八號信箱）；總經售：正誼書店（重慶民生路七十九號）；印刷者：中心印書局（江北董家溪）。

〔註 72〕焦裕銀：《杜甫研究論文綜述（1911～1949 年）》，《文史哲》1986 年第 6 期，第 101 頁。

及自己「忠貞性成，忠肝如火」的情懷。「窮年憂黎元，歎息腸內熱」，「和盤托出」詩人「饑溺由己的胸襟」。但儒家「安民必從得君入手，得君必由恩相結託」，所以「葵藿傾太陽，物性固難奪」，深切說明儒者效忠於君，是超於「擁護」的一種「愛戴」；而且，儒者「皇皇慕君」，也自與介士不同。

再看《喜達行在所》。第一章寫「和親知相見」，第二章寫「達行在所」，第三章寫「覲覯朝班」，可見杜甫頗能致力於「大倫大法」。唯有「大者既立」，而後「節概之高，語言之妙」，乃有可得。又如《述懷》寫「一時君臣草草」，雖「平平說去」，卻「有聲有淚」，而儒者「忠愛出於至性」，也更皎然愈明。

杜甫竄歸鳳翔一年，曾寫「送樊侍御」「送從弟亞」「送韋評事」三詩，對三人「反覆勖勉，極意鼓舞，深望他們負起匡復重任」。究其原因，黃芝岡認為，是杜甫「躬遇中興，自謂時有可為，所以筆下神來，丹心灼見」。

再看《悲往事》。楊西河〔註73〕說：「首四句述己忠心苦節，妙在不露」。「移官豈至尊」，不敢歸怨於君；「又以無才自解，更見深厚」（顧宸〔註74〕）。合全詩以觀，「進思盡忠，退思補過」，儒者以孝事君，杜甫無不躬行。即便遭貶謫後，也終身無一言怨懟君上。如其《江上》《客居》《客堂》《續得觀書》，均「含蓄無限忠愛」，雖「衰謝不能自休」。

杜甫以稷契為心，實是其「軫念民生疾苦」的出發點。對君與民的關係，其見解和孟子七篇初無二致。《赴奉先詠懷》述及幼子餓卒，曲折傾吐他的悲憤，再曲折推想其他平民的處境，當比自己更為悲慘，並因此「憂如山積」。可見杜甫的「憂以天下」，不似螻蟻求穴，單從自身打算。《茅屋為秋風所破歌》更見此種情懷。以「能近取譬」為仁之方，進於「博施濟眾」，是儒家精神的實踐。杜甫以稷契自比，其「真切的解答」，即在於此。

〔註73〕楊倫（1747～1803），字西河，或作西和，又字敦五，號西禾、羅峰，常州府陽湖縣人。歷官廣西蒼梧、荔浦，江西貴溪等縣知縣。創辦正誼書院。曾主講湖北江漢書院、江西白鹿洞書院等。與洪亮吉、孫星衍、黃仲則、趙懷玉、呂星垣、徐書受並稱「毗陵七子」。著有《杜工部年譜》《杜詩鏡銓》《九柏山房詩抄》及《九柏山房集》等。

〔註74〕顧宸（1607～1674），字修遠，號荃宜，因其所居名「辟疆園」，人稱顧辟疆。南直隸無錫（今屬江蘇）人。明末藏書家。崇禎十年（1637）在無錫結「聽社」，與錢陸燦、華時亨、黃家舒、唐德亮等並稱「聽社十七子」。崇禎十二年（1639）中鄉舉。工詩文，好藏書，順治十八年（1661）出其所藏，輯刊《宋文選》30卷。喜杜詩，曾注釋杜詩為《杜律注解》。著有《辟疆園杜詩注解》。

從天下黎元到雞鳥蟲魚，杜甫懷有痌瘝一體的愛心。其廣大的胸宇，對妻兒弟妹朋友君上，無不蘊蓄著「深情厚愛」，君臣大體與兒女私情並非兩不相謀。首先來看他對妻兒的顧愛。「荒歲兒女瘦」（《橋陵》），「所愧為人父」（《詠懷》），「家貧仰母慈」（《遣興》），「生還對童稚，似欲忘饑渴」（《北征》），既有「難堪的窮餓」，也有「至情的愛撫」。一旦苦定甘回，即用妻兒並舉的詩句來表達他的快慰。《秦州雜詩》《江邨》《進艇》等，均可見之。

再看杜甫對待弟妹，也是一往情真。得到妻兒音信，杜甫尚能「蒼茫問家」，得到兄弟音信，卻只能慨歎：「浪傳烏鵲喜，深負鶺鴒誇。」（《得舍弟消息》）觀其《遣興》《月夜憶舍弟》《送韓十四江東省覲》《九月登梓州城》，凡是想念弟妹前後各詩，「無非一片至情流露」；而《同谷七歌》之「有弟有弟在遠方」和「有妹有妹在鍾離」兩首，「嗚咽悱惻，心傷意苦」，最為「沉痛」。

再看杜甫的待友之道。杜甫對知友和對兄弟，「情蘊同樣愷至」，如《天末懷李白》和《月夜懷舍弟》，兩詩幾乎是「同調共鳴」。更具體的表現，則是杜甫「對知友處境孤危」，「如身歷身受」。《有懷台州鄭司戶》和《夢李白二首》，便有知友的隱痛「從肺腑中流出」。如其對房琯，也「始終保持公道友道」。

對待僕人、鄰人，杜甫也能表現其「仁者用心」，人己一視，一體待物。如《信行遠修水筒》，申涵光稱許其「驚愧相對」，與陶淵明「此亦人子」如出一轍。又如《課伐木》，雖是「處家常瑣事」，但亦有「滿腔化工，全副王政」。又如《秋野》《呈吳郎》《瀼西所作張望補稻畦水歸》《居東屯所作張望督促東渚耗稻》，語淡意厚，雖「百種千層」，「莫非仁音」。所謂「藹然之心，藹如之言」，「含孕無涯卻又無處不在」，「自能處其廣大也能見其細微」。杜甫從體恤身邊僕人，到哀憐鄰居窮婦，「從某一人到多數人，到任何人，到人類全體」，一視同仁，「絕不懷自私自利之心」。正因為如此，杜甫「廣廈大庇寒士」的熱望，決非偶感，也非迂詞，而是其「觸處仁心發露所歸納而成的廣大願海」。

杜甫的仁心，不止及於人類，「還有及於物類的哀矜」。但若單論「愛物」，則極易將其「第一義」牽至佛理。黃芝岡認為「杜甫終是儒流，決非佛子」，其立論的理據，有如下數端。

首先，杜甫對佛法「極具信念」，見於詩的論證，如《秋日夔府詠懷奉寄鄭監李賓客》《寫懷》等，都是「很顯然的憑據」。

但杜甫終有不能「刊落之處」。如其《別李秘書始興寺所居》《謁真諦寺

禪師》，雖能「刊落詩酒」，但「妻子難割」，於是「妻兒待米且歸去」，由此可見一個「活脫的儒流」。其與佛子立場的不同，在於楊西河所謂「不免黏帶，正復灑然」。「不免黏帶」，乃「儒所以為儒」；「正復灑然」，因其黏帶中自有儒者安心立命之所在。明乎此，便不會將杜甫對雞、鳥、蟲、魚的泛愛，與佛家戒殺等量齊觀。其《秋野》《觀打魚歌》《又觀打魚》，看似和佛家教義多有相類，但杜甫並不「純以消極戒殺物命為愛物基點」，「所著重的是盈城盈野的生民塗炭有損天和」。「這卻純是儒家見地，究與佛子慈悲意趣有別。」《縛雞行》一詩，既能說明佛家的「一切眾生平等」，但更能說明「杜甫用心於物類只是一種儒家精神」。

　　最後，黃芝岡得出結論：望江依閣，杜甫在佛家的不圓滿中，求到了「儒家的更切實的圓滿」，此即儒家對愛的基本說明「親親而仁民，仁民而愛物」的推衍；「與其惜蟲，孰若縛雞」，也即是孟子所謂「急先務也」的確切解答。

　　查正賢認為，「近代以來，對傳統社會的懷疑與批評形成了一種整體思潮」，「杜甫是否有儒家思想以及該思想在其詩文中體現於何處，就成為現代學術工作所要面對的重要問題」。〔註75〕從《杜甫研究論文集》所輯錄的文章來看，黃芝岡此文「最早專論」這一問題。「它相當成功地實現了杜詩從其情感傾向的自然流露之產物向可資以證明其思想傾向之材料的轉換。整體上說，黃芝岡在行文論述中的立與破，都堪稱嚴謹、周密，很好地體現出現代學術的基本特徵。」〔註76〕

二、《杜甫詩論國民義務》

　　該文最初發表於重慶《中央日報》1944 年 4 月 23 日第六版，後又刊於《民族正氣》〔註77〕第三卷第三期（第 61～63 頁），1945 年 3 月 1 日出版。其《編後》中云：「前武大教授黃芝岡先生，現供職中央社，蒙允為敝社在渝

〔註75〕　查正賢：《論夏承燾〈杜詩札叢·儒學與文學〉的學術意義》，《北京大學學報》
　　　　　 2016 年第 2 期，第 131 頁。

〔註76〕　查正賢：《論夏承燾〈杜詩札叢·儒學與文學〉的學術意義》，《北京大學學報》
　　　　　 2016 年第 2 期，第 132 頁。

〔註77〕　《民族正氣》（月刊），民族正氣編委會主辦。政治類刊物。1943 年 7 月在江
　　　　　 西鉛山創刊（社址設永平石亭子 33 號），第 1 至第 4 卷每卷出版 6 期，第 4
　　　　　 卷第 3、4 期在杭州出版，至 1946 年 1 月出至第 5 卷第 1 期終刊。參見黃日
　　　　　 星、張德意《江西期刊綜錄》，南昌：江西人民出版社，1994 年 8 月版，第
　　　　　 39～40 頁。

徵求稿件，實為同人及各讀者一大喜訊」。〔註78〕《黃芝岡先生學術年表》將該文繫於 1945 年之下〔註79〕，當因未見《中央日報》之故。

　　黃芝岡認為，若單從「某一點」看詩人，是「頗為危險的事」。杜甫曾憑醉而登嚴武之床，瞪眎武曰：「嚴挺之乃有此兒！」但杜甫與嚴武之間，並未「依此一事為斷」。從《賓至》《嚴公仲夏枉駕草堂兼攜酒饌》，杜甫對待嚴武，「謙謹而不失其直率、殷勤，既替朋友留身份，也替自己留身價」。如其「自識將軍禮數寬」，可與「身老時危思會面，一生襟抱為誰開」（《奉待嚴大夫》）同讀，更可感其對嚴武的「誠懇」和「客氣」溶合為一。由此可見，杜甫並非「褊躁傲誕，不知進退，不分皂白」之人。但另一方面，如從《遣悶奉呈嚴公》《百憂集行》觀之，杜甫也是牢騷滿腹。不過，「將心裏懷著的都叫出來是詩人的公道」，所以，葉芝（Yeats）說：「恨是一種消極的痛苦，不平之鳴卻是一種快樂。」黃芝岡進而禮讚道：「褊躁是詩人的真摯處，它只如瓷的胎骨；謙謹是詩人的情美，它只如瓷的彩繪，所謂英華髮外。褊躁謙謹是都不足以盡之的。而識大禮才真是時人心安理得所在，它是瓷的光與色。」

　　「詩人用真摯擔承人世間一切苦痛」，便一一叫出，但怎樣叫出才「更得體，更有力」，卻是「應探討的問題」。如孤立看「朝廷所分帛，本自寒女出」，「朱門酒肉臭，路有凍死骨」，而不統觀「赴奉先詠懷」全詩，便斷言杜甫「不忠」，這種看法顯然失當。究竟如何看待杜甫的「褊躁」，黃芝岡接著舉數例以觀。

　　先看《甘林》。里老向杜甫訴說戰時負擔問題，雖「勢懣情苦」，但「忍痛負重的精神」也充滿其中。杜甫「屈指數賊圍」，是「答問」也是「安慰」，同時勸其「死王命」，「莫逃亡」，卻是「正告里老以國民義務」，讀來讓人感到「詞嚴義正」。

　　次看《遭田父泥飲美嚴中丞》。只要兒子能放回「營農」，「則長番以外的雜色差科誓不規避」。「死則已」和「死王命」，「誓不走」和「莫遠飛」，用意全同。

　　再看《垂老別》中的「老戰士」。如用「屈指數賊圍」「勸其死王命」的詩人用心來體會，便能親切理解「土門」四句，「人生」四句和「萬國」六句。

〔註78〕《編後》，《民族正氣》第 3 卷第 3 期，1945 年 3 月 1 日，第 73 頁。
〔註79〕張國強：《黃芝岡先生學術年表》，《藝海》2019 年第 3 期，第 30 頁。

因此，「子孫陣亡盡，焉用身獨完」，「幸有牙齒存，所悲骨髓乾」，「男兒既介
冑，長揖別上官」之類的詩句，「無一不以責任姿態凸出紙上」。老戰士「對於
國民義務的明確認識」，實「不減其他忠君愛國之士」。

杜甫的「三吏三別」，或認為專寫「黑暗面」。對於時政措施，杜甫自不
免有其「異議」，但決不「以旁觀態度譏評時政」。杜甫雖不謀其政，但對於時
政不良，卻敢於正面負責，乃至於分擔「時政的罪惡」。因此，他的專寫「黑
暗面」，自有「懇至的用心」，並不只是「惡意看險」，而是其「國家責任心的
另一面的開展」。

因此，所謂「褊躁」，無非是詩人「對一己的真摯」，進而擴大為「對國家
的忠貞」。

抗戰時期，民族危亡，前線將士自當奮勇殺敵，而後方百姓也應克己奉
公。黃芝岡獨拈「國民義務」申而論之，一面自是為杜甫辯誣，而其更深的用
意，則在於呼籲國民在國事艱難之際，勿忘一己之責。

第四節　徐中玉論杜甫的寫作觀

徐中玉（1915～2019），江蘇江陰人。筆名宗越、王卓、令狐青。1932 年
畢業於無錫高中師範科。後在江陰澄南小學任教。1934 年就讀於山東大學中
文系，曾為天津《益世報》副刊編《益世小品》。抗日戰爭爆發後，隨校內遷
四川，並轉入中央大學中文系。1939～1941 年在雲南澄江中山大學研究院文
科研究所學習。後留校任中文系講師、副教授。1946 年任山東大學中文系副
教授，因編輯《文學週刊》《每週文學》揭露國民黨的統治而被解聘。1947 年
任上海滬江大學中文系教授。1952 年後任華東師範大學中文系教授、系主任，
全國高等學校文藝理論學會副會長、中國古代文學理論學會副會長，《語文教
學》《中國語文》《文藝理論研究》主編等職。〔註 80〕抗戰時期，曾在重慶出
版論著《抗戰中的文學》（國民圖書出版社，1941 年 1 月）、《學術研究與國家
建設》（國民圖書出版社，1942 年 1 月）、《民族文學論文初集》（國民圖書出
版社，1944 年 2 月）等。

徐中玉論杜甫的寫作觀，見諸其輯譯的《偉大作家論寫作》。該書「中華

〔註 80〕上海辭書出版社編：《中國現代文學詞典》，上海：上海辭書出版社，1990 年
　　　　12 月版，第 309 頁。

民國三十三年四月初版」。發行者：天地出版社（重慶民生路一九二號）；印刷所：中心印書局（江北董家溪）；經售處：全國各大書店。有《輯譯小記》，徐中玉，「一九四三年六月一日在國立中山大學」。

　　本書的取材，主要源自輯譯者個人積存的讀書卡片。書中共選輯26位作家的相關言論251則。其中外國作家與中國作家各13位，分別為：亞里士多德（Aristotle）六則，卡萊爾（Thomas Carlyle）十二則，渥次渥斯（William Wordsworth）四則，雪萊（Percy Bysshe Shelley）二則，巴爾札克（Honoré de Balzac）一則，雨果（Victor Hugo）一則，法朗士（Anatole France）三則，羅曼羅蘭（Romain Rolland）十則，哥德（Johann Wolfgang von Goethe）四十一則，普式庚（Alexander Pushkin）十三則，果戈理（Nikolay Gogol）十一則，托爾斯泰（Lev Tolstoy）九則，高爾基（Maksim Gorky）四十二則；孔子九則，孟子五則，莊子七則，曹丕二則，曹植二則，李白二則，杜甫八則，韓愈三則，柳宗元四則，白居易六則，歐陽修九則，蘇東坡十九則，魯迅二十則。之所以選輯本國作家的言論，目的是「藉此引起大家注意研究本國文學理論的興趣」。本國文學理論中「精密正確的見解」，「不但和外國的若合符節，而且還有許多新的啟示」，因為「偉大的心靈在類似的經驗下」之所得，不會因為「國家的不同而有大的差別」。所以，「我們應該尊敬外國的創造」，「也應該尊敬本國的創造，研究自己，發揚自己；決不該妄自菲薄，失卻對自己的信仰」。〔註81〕這實際上也是在民族危亡的時代背景下，重拾、重建文化自信的一種努力。

　　「杜甫八則」首言杜甫：「論詩主張沿襲齊梁，喜用其藻麗，而加以變化，可說是一個空前明達的包羅萬象，集大成的人物。」

　　次言八則：1.「接受前代的優秀遺產，勿一筆抹殺」。如《戲為六絕句》之一、二、三、五、六首。

　　2.「接受遺產，自有創造」。如《偶題》：「文章千古事，得失寸心知。作者皆殊列，名聲豈浪垂。騷人嗟不見，漢道盛於斯。前輩飛騰入，餘波綺麗為。後賢兼舊列，歷代各清規。」

　　3.「神境的極詣由辛苦中來」。舉如《獨酌成詩》：「醉裏從為客，詩成覺有神。」《觀安西兵過赴關中待命二首》：「臨危經久戰，用急始如神。」《奉贈

〔註81〕徐中玉輯譯：《偉大作家論寫作》，重慶：天地出版社，1944年4月版，《輯譯小記》第3頁。

韋左丞丈二十二韻》：「讀書破萬卷，下筆如有神。」《寄薛三郎中據〔註82〕》：
「乃知蓋代手，才力老益神。」

　　4.「詩以清新，自然，簡潔為貴」。如《寄高適岑參三十韻〔註83〕》：「更
得清新否？遙知對屬忙。」《春日憶李白》：「清新庾開府，俊逸鮑參軍。」《八
哀詩・張九齡〔註84〕》：「詩罷地有餘，篇終語清省。」《秋日夔府詠懷一百韻
〔註85〕》：「陰何尚清省，沈宋欻〔註86〕聯翩。」《奉和嚴中丞西城晚眺十韻》：
「政簡移風速，詩清立意新。」《解悶十二首・稱孟浩然〔註87〕》：「新〔註88〕
詩句句盡堪傳。」《奉贈嚴八閣老》：「新詩句句好，應任老夫傳。」

　　5.「清而不薄，新而不尖，則清新與老成相反相成」。如《春日憶李白》：
「清新庾開府。」《戲為六絕句》：「庾信文章老更成。」《敬贈鄭諫議》：「毫髮
無遺恨，波瀾獨老成。」《追酬故高蜀州人日見寄》：「文章曹植波瀾闊。」《別
李義》：「子建文筆壯。」

　　6.「辛苦經營」。如《江上值水如海勢聊短述》：「為人性癖〔註89〕耽佳句，
語不驚人死不休。」《解悶十二首》：「陶冶性靈緣〔註90〕底物，新詩改罷自長
吟。」〔註91〕《長吟》：「賦詩新句穩，不覺自長吟。」《白鹽山》：「詞人取佳
句，刻畫竟誰傳。」《解悶十二首》：「頗學陰何苦用心。」〔註92〕《偶題》：
「文章千古事，得失寸心知。」《寄峽州劉伯華四十韻〔註93〕》：「雕刻初誰料，

〔註82〕「據」，宋九家本、宋百家本、宋千家本、宋分門本、元千家本、元分類本無。
　　　　蔡甲本、趙本、範本作大字入正文。或為題注。
〔註83〕詩題全名「寄彭州高三十五使君適、虢州岑二十七長史參三十韻」，或有題注
　　　　「時患瘧病」。
〔註84〕詩題全名「故右僕射相國張公九齡」。「相國」，宋分門本誤作「國相」。
〔註85〕詩題全名「秋日夔府詠懷奉寄鄭監審李賓客之芳一百韻」。宋九家本無「奉」
　　　　字；宋百家本、宋千家本、元千家本「之芳」作大字併入詩題，題末又有校
　　　　語：「一云千字」。
〔註86〕欻，忽然。
〔註87〕此係《解悶十二首》之六，原詩無題。
〔註88〕「新」，多作「清」。
〔註89〕杜詩原文作「僻」，顧宸《杜律注解》作「癖」。「性僻」成「癖」，亦通。參
　　　　見蕭滌非主編《杜甫全集校注》四，北京：人民文學出版社，2014年1月版，
　　　　第2166頁。
〔註90〕「緣」，多作「在」。南宋殘本、宋九家本、宋百家本、宋分門本、蔡丙本、
　　　　元分類本、趙本作「存」。
〔註91〕此為《解悶十二首》之七語。
〔註92〕此亦為《解悶十二首》之七語。
〔註93〕詩題全名「寄劉峽州伯華使君四十韻」。

纖毫欲自矜。」

7.「詩在與人商論以求進步」。如《春日憶李白》:「何時一尊〔註94〕酒,重與細論文。」《贈畢四曜》:「同調嗟誰惜,論文笑自知。」《寄高適岑參〔註95〕》:「會待妖氛靜,論文暫裹糧。」《寄范遐吳郁〔註96〕》:「論文或不愧,肯重款柴扉。」《遣悶》:「自從失詞伯,不復更論文。」《贈蜀僧閭丘師兄》:「晚看作者意,妙絕與誰論。」《贈高式顏》:「自失論文友,空知賣酒壚。」《敝廬遣興奉寄嚴公》:「把酒宜深酌,題詩好細論。」《別崔潩因寄薛據孟雲卿》:「荊州過薛孟,為報欲論詩。」《奉贈盧琚》:「說詩能累夜,醉酒或連朝。」

8.「詩與音樂」。如《遣悶戲呈路十九曹長》:「晚節漸於詩律細。」《又示宗武》:「覓句新知律,攤書解滿床。」《橋陵詩三十韻〔註97〕》:「遣詞〔註98〕必中律,利物常發硎。」《敬贈鄭諫議十韻》:「思飄雲物動,律中鬼神驚。」《秋日夔府奉寄鄭審李之芳〔註99〕》:「律比崑崙竹,音知燥濕弦。」《醉時歌》:「但覺高歌有鬼神,焉知餓死填溝壑。」《夜聽許十一誦詩〔註100〕》:「誦詩渾遊衍,四座皆辟易。應手看捶鉤,清心聽鳴鏑。精微穿溟涬,飛動摧霹靂。陶謝不枝梧,風騷共推激。紫燕自超詣,翠駁誰翦剔?君意人莫知,人間夜寥闃。」〔註101〕

上輯八則,並非雜亂堆砌,而是層層推進,環環相扣,互證互釋,互相發明,頗能成一體系。其中一、二兩則,談遺產的承繼與創新;四、五則談藝術標準與藝術特色,重在「清新」的闡釋;三、六、七則,主要是談作詩之法;最後一則,是對詩與音樂關係的考察。此種寫法,看似尋章摘句,卻能提綱挈領,與羅庸《少陵詩論》略類。

〔註94〕「尊」,原詩作「樽」。

〔註95〕參見「寄高適岑參三十韻」之注。

〔註96〕原詩題作「范二員外邈、吳十侍御郁特枉駕闕展待,聊寄此」。「邈」「郁」,宋百家本、宋千家本、宋分門本、元千家本、元分類本作小字注。宋九家本、宋百家本、宋千家本、宋分門本、元千家本、元分類本「此」下有「作」字。「邈」,「邈」之誤。

〔註97〕詩題全名「橋陵詩三十韻因呈縣內諸官」。「詩」「因」,三蔡本無。

〔註98〕「詞」,或作「辭」。

〔註99〕參見「秋日夔府詠懷一百韻」注。

〔註100〕詩題全名「夜聽許十誦詩愛而有作」。「許十」,三蔡本作「許十一」。錢箋作「許十損」,校語云:「一本作『許十一』,一本作『許十』,無『損』字。」

〔註101〕徐中玉輯譯:《偉大作家論寫作》,重慶:天地出版社,1944 年 4 月版,第94~97 頁。

第五節　李廣田論杜甫的創作態度

李廣田（1906～1968），號洗岑，筆名黎地、曦晨等。山東鄒平人。1935年畢業於北京大學外文系，後任教於濟南省立第一中學。抗戰爆發後，隨學校遷往泰安。12 月，離開泰安，開始流亡。1938 年上半年，由山東經河南入湖北。6 月，抵鄖陽。12 月，赴安康，後入四川。1939 年 1 月，抵四川羅江，任教於國立六中四分校。1941 年被學校當局解聘。4 月，由卞之琳介紹到西南聯大敘永分校任教。秋，分校撤銷，遷西南聯大昆明總校。1944 年11 月，參加《國文月刊》編輯工作。1946 年 8 月，西南聯大復員北上。秋，到天津南開大學中文系任教。1947 年 5 月，經朱自清介紹，任教於清華大學中文系。〔註 102〕

1946 年 6 月 21 日，李廣田曾為昆明青年會做過「文學系統演講」，《杜甫的創作態度》即其講稿，後刊於《國文月刊》第 51 期（第 28～31、27 頁），1947 年 1 月出版。此時的出版者國文月刊社，已遷至上海福州路開明書店。「昆明青年會」，應即云南基督教青年會。1912 年由李全本、董雨蒼、王仰之、王竹村等二十餘人發起。1935 年 8 月 1 日，遷會所於鼎新街 4 號。抗戰時期，其主要工作是社會服務，開辦文體活動，開設技術訓練班，為學生（主要是對聯大學生的救濟）、軍人服務。〔註 103〕「文學系統演講」即該會主辦的活動之一。

針對「杜甫的創作態度」，李廣田首先是進行「概括的說明」，然後再加以「比較的說明」，進而闡明兩個問題：1.「為人生而藝術」與「為藝術而藝術」的問題；2. 文藝的「時代性」與「永久性」的問題。

（一）概括的說明

對於創作態度，杜甫的有關論述較多，例如：「讀書破萬卷，下筆如有神」；「為人性僻耽佳句，語不驚人死不休」；「賦詩新句穩，不覺自長吟」；「陶冶性靈存底物，新詩改罷自長吟。熟知二謝將能事，頗學陰何苦用心」等等。

李廣田認為，從「讀書破萬卷」，可見其「學力之厚」；從「語不驚人死不休」，可見其「力求警策，脫棄凡近」。而所謂「新句穩」「自長吟」「苦用心」，

〔註 102〕 張獻青、閆永利：《遺忘的綠陰：李廣田論》，濟南：山東人民出版社，2002年 4 月版，第 387～389 頁。

〔註 103〕 中國人民政治協商會議雲南省昆明市委員會文史資料委員會編：《昆明文史資料選輯》第 17 輯，1991 年 7 月版，第 239～240 頁。

則可見其「用力之勤」。而上述說法，都是杜甫在反覆體察中有所完成。

此外，杜詩「大有事在」，其一歌一詠，「皆非無所為者」，故曰「文章千古事，得失寸心知」。同時，杜甫惟清麗是尚，不以古今定優劣；主張「轉益多師」，不事模仿，故而能在詩的創作方法上別開生面。李廣田引蘇雪林《唐詩概論》，認為杜甫對於新體詩的創造有三項：一是新樂府的創造；二是雜體詩的創造；三是句法的創造，主要體現為倒裝。

在此基礎上，李廣田總結出杜甫的創作態度是：「博學，苦修，不浪作，不模擬，重獨創，尚清新，忠實於人生，忠實於藝術，以全生命為藝術，而終以藝術服務於人生。」

（二）比較的說明

前述所作的概括說明，是著眼於「杜甫的整個創作活動」。而杜詩最有價值的部分，在於其思想內容。若將杜甫和李白進行「比較的觀察」，則更容易顯見杜詩的思想特點。

歷來關於李、杜的比較，可大致分為三派：一是「右杜而黜李」；二是「推李而抑杜」；三是在李、杜之間，「無所軒輊」，認為兩人各有所長，不能因其不同而強分高下。

上述觀點，李廣田認為，都只就「風格」立論，如從思想內容來加以考察，則高下判然。具體而言，主要兩個方面：一方面，杜甫的思想「非常現實」，「無時不為人民說話」；李白雖偶有此類作品，但其主導思想並不「現實」，也「並不熱心為人民說話」。另一方面，李白的思想「非常浪漫」「消極」；杜甫雖偶有類似作品，但其主導思想並不在此。

李白之志，在於「揚眉吐氣，激昂青雲」，一旦不得志，則曰：「處世若大夢，胡為勞其生，所以終日醉，頹然臥前楹。」（《春日醉起言志》）杜甫之志，在於「致君堯舜上，再使風俗淳」，雖不得志，仍不變初心。

兩人思想的不同，考其原因，則在於「生活與性格」的「殊異」。杜甫是「少貧不自振」（《新唐書》），李白則「東遊維揚，不逾一年，嘗散金三十餘萬，有落魄公子，悉皆濟之」（《與李長史書》）。故二人時代雖同，但作品迥異。因此，玄宗末年的「荒怠放侈」及安史之亂，反映在李白詩中，是為《宮中行樂詞八首》《上皇西巡南京歌十首》，對於亂事，「幾無一語道及」；而《猛虎行》與《永王東巡歌》，則盡顯其「乘亂以圖功名」之心。而此一時代，反映在杜甫筆下，是為《麗人行》《哀江頭》《哀王孫》、「三吏」「三別」等作品，

充盈著「愛國憂民」的情懷。羅大經《鶴林玉露》曾說，「李白當王室多難、海宇橫潰之日，作為詩歌，不過豪俠使氣，狂醉於花月之間」，「社稷蒼生，曾不繫其心膂」，「視少陵之愛國愛民」，不可同年而語。對此評價，李廣田認為堪作「李杜優劣的定論」。

（三）從杜甫的創作態度說明兩個問題

通過李、杜比較，李廣田大致判定：「李白比較重主觀，重個人；而杜甫則比較重視客觀、現實，關心社會民生。」在此基礎上，李廣田進一步闡明了兩個問題。

首先是「為藝術而藝術」與「為人生而藝術」的問題。普列哈諾夫〔註104〕的《藝術與社會生活》認為，「為藝術而藝術」的傾向，是因藝術家與其社會環境之間不能調和而發生；「為人生而藝術」的傾向，則是藝術家與社會大多數人之間相互同情時產生。李廣田借用這一觀點，指出：當時的「社會環境」以及「社會大多數人」，均處於「水深火熱、痛苦厭亂」之中。對李白而言，「顯然並不調和」；但對杜甫而言，則「處處是同情之心，隨時灑悲辛之淚」。若從風格觀之，「李或有勝杜處」；倘以思想內容來論，「杜實勝李百倍」。

其次是「時代性」與「永久性」的問題。一部好的文學作品，要兼具時代性與永久性。如何處理二者的關係？李廣田認為，「時代性實為永久性的基礎」，二者並不衝突。正確的態度應該是：「要忠實於自己的時代」，並且和「時代的主導潮流成為一體」。而杜甫的創作，則是這一問題的「愜當」例證。杜詩具有「高度的時代性」，故被稱作「詩史」；與此同時，其作品也具有永久性，原因在於杜甫「忠實於人生，忠實於藝術，以全生命為藝術，而終以藝術服務於人生」。

上述兩個問題，在杜詩中得到很好的統一，可以說「杜甫是為人生而藝術的詩人」，也可以說「杜甫的詩是具有高度時代性的藝術」，而這也正是杜甫的詩比其他詩人的詩「更有價值、更較偉大」的主要原因。

最後，李廣田也未忽視杜甫的時代限制，對此亦有一二點的說明。

〔註104〕普列哈諾夫，今譯作「普列漢諾夫」。

第三章　抗戰大後方歷史學者的杜甫
　　　　研究

　　杜詩素來有「詩史」之譽。論者以為，杜甫通過其詩歌創作，為其所生活的時代，刻畫出一幅生動、逼真的長卷。杜詩不但為唐朝社會保留下豐富而鮮活的細節，同時還可為正史糾偏補闕，尤其是對安史之亂的狀寫，對苦難眾生的描摹，歷歷如繪，足可讓後世人們如臨其境，感同身受。

　　杜詩的「詩史」品格，受到歷史學家的高度重視。學者們通過解讀杜詩，釋放其中的歷史信息，捕捉其中的歷史元素，進而重構、再現當時的社會面貌，一方面可以得到「詩史互證」的效果，另一方面則可達到「以史為鑒」的目的。抗戰時期，亦有不少學者致力於此項工作，其中較為突出者，有賀昌群、杜呈祥等人。本章的論述，將以此二位為主，同時附論朱希祖、翦伯贊的有關研究。

第一節　朱希祖論杜

　　朱希祖（1879～1944），字逷先，又作迪先、逖先。浙江海鹽人。1905年官費留學日本早稻田大學，攻史學專業。1908年在東京與魯迅同隨章太炎學習《說文解字》。1918年任北京大學中國文學系主任，教授中國文學史。不久兼任史學系主任，其間積極參與推行白話文。1920年，聯合北大六教授上書教育部，要求推行新式標點，中國新式標點自此始。是年底，和沈雁冰、鄭振鐸、葉聖陶等12人共同發起成立文學研究會。1923年夏，應陝西督軍劉鎮華之請，

入關中講學，摹拓漢唐石刻。1926 年夏，改任清華、輔仁兩大學教授。1928 年重返北大，任史學系主任，並發起成立中國史學會。1930 年入中央研究院，任研究員。1932 年任廣州中山大學教授兼文史研究所所長。1934 年受聘為南京中央大學歷史系主任，同年任古物保管委員會主任。1935 年、1936 年任高等考試典試委員。1937 年 11 月，隨校西遷入蜀。1938 年，曾就大學課程標準問題，覆議教育部。1940 年任國史館籌備委員會總幹事，不久即辭國史館職；3 月，由重慶中央大學歷史系主任改任考試院考選委員會委員，後兼任考試院公職候選人檢核委員會主任。1944 年 7 月 5 日因肺氣腫病發，逝於重慶。

朱希祖論杜，並無專文專著，生前亦較少文字公開發表，但在日記中，多有記載，尤其是集中於 1939 年 9 月至 1940 年 1 月。

首先來看朱希祖對杜詩的閱讀情況：

1939 年 9 月 26 日，「夜閱《杜工部詩》」〔註 1〕。

10 月 22 日，「午後及夜閱杜工部詩及全集序、跋、題詞」〔註 2〕。

10 月 27 日，「閱《杜集》《昔遊》《壯遊》《遣懷》等篇」〔註 3〕。

10 月 28 日，「閱《杜集》《八哀詩》《三吏》《三別》諸詩」〔註 4〕。

10 月 29 日，「閱《杜集》」〔註 5〕。

11 月 8 日，「夜閱《杜集》七古」〔註 6〕。

11 月 21 日，「閱《杜工部詩》」〔註 7〕。

11 月 22 日，「本日仍讀杜詩，摘句」〔註 8〕。

〔註 1〕 朱希祖：《朱希祖日記》下冊，朱元曙、朱樂川整理，北京：中華書局，2012 年 8 月版，第 1099 頁。

〔註 2〕 朱希祖：《朱希祖日記》下冊，朱元曙、朱樂川整理，北京：中華書局，2012 年 8 月版，第 1107 頁。

〔註 3〕 朱希祖：《朱希祖日記》下冊，朱元曙、朱樂川整理，北京：中華書局，2012 年 8 月版，第 1109 頁。

〔註 4〕 朱希祖：《朱希祖日記》下冊，朱元曙、朱樂川整理，北京：中華書局，2012 年 8 月版，第 1109 頁。

〔註 5〕 朱希祖：《朱希祖日記》下冊，朱元曙、朱樂川整理，北京：中華書局，2012 年 8 月版，第 1109 頁。

〔註 6〕 朱希祖：《朱希祖日記》下冊，朱元曙、朱樂川整理，北京：中華書局，2012 年 8 月版，第 1112 頁。

〔註 7〕 朱希祖：《朱希祖日記》下冊，朱元曙、朱樂川整理，北京：中華書局，2012 年 8 月版，第 1119 頁。

〔註 8〕 朱希祖：《朱希祖日記》下冊，朱元曙、朱樂川整理，北京：中華書局，2012 年 8 月版，第 1119 頁。

11 月 23 日，「仍讀杜詩，摘句」〔註9〕。

11 月 24 日，「夜閱杜詩，沐浴」〔註10〕。

11 月 25 日，「八時至十時閱杜詩」〔註11〕。

11 月 27 日，「仍閱杜詩。本日閱完」〔註12〕。

11 月 28 日，「綜閱杜詩，並閱吳梅村詩」〔註13〕。

12 月 4 日，「閱《十八家詩鈔》中李白、杜甫二家七絕」〔註14〕。

12 月 25 日，「午後讀李太白七古，夜讀杜少陵七古」〔註15〕。

1940 年 1 月 3 日，「閱杜詩」〔註16〕。

1 月 14 日，「上午閱杜詩」〔註17〕。

朱希祖讀杜，目的或在於提高詩藝。朱希祖不善屬文，時人亦有所耳聞，如朱祖延即有箚記「朱希祖（一九四五年十月七日）」一則，云：「季剛與朱希祖同門友善。希祖勤於記誦，然拙於為文。嘗撰《中國文學史要略》未就，季剛為釐定而足成之。書出，洛陽紙貴，朱氏之名噪甚，殊不知季剛實捉刀者也。」〔註18〕1939 年 9 月 28 日，朱希祖在日記中也曾感慨：「余本不能作詩，今始學作，聊以遣愁，膚淺庸陋不足言詩也」〔註19〕，故早在 8 月 6 日，便

〔註9〕 朱希祖：《朱希祖日記》下冊，朱元曙、朱樂川整理，北京：中華書局，2012 年 8 月版，第 1121 頁。

〔註10〕 朱希祖：《朱希祖日記》下冊，朱元曙、朱樂川整理，北京：中華書局，2012 年 8 月版，第 1121 頁。

〔註11〕 朱希祖：《朱希祖日記》下冊，朱元曙、朱樂川整理，北京：中華書局，2012 年 8 月版，第 1122 頁。

〔註12〕 朱希祖：《朱希祖日記》下冊，朱元曙、朱樂川整理，北京：中華書局，2012 年 8 月版，第 1123 頁。

〔註13〕 朱希祖：《朱希祖日記》下冊，朱元曙、朱樂川整理，北京：中華書局，2012 年 8 月版，第 1123 頁。

〔註14〕 朱希祖：《朱希祖日記》下冊，朱元曙、朱樂川整理，北京：中華書局，2012 年 8 月版，第 1125 頁。

〔註15〕 朱希祖：《朱希祖日記》下冊，朱元曙、朱樂川整理，北京：中華書局，2012 年 8 月版，第 1134 頁。

〔註16〕 朱希祖：《朱希祖日記》下冊，朱元曙、朱樂川整理，北京：中華書局，2012 年 8 月版，第 1138 頁。

〔註17〕 朱希祖：《朱希祖日記》下冊，朱元曙、朱樂川整理，北京：中華書局，2012 年 8 月版，第 1143 頁。

〔註18〕 朱祖延：《朱祖延集》，武漢：崇文書局，2011 年 9 月版，第 592 頁。

〔註19〕 朱希祖：《朱希祖日記》下冊，朱元曙、朱樂川整理，北京：中華書局，2012 年 8 月版，第 1100 頁。

訂立「學年工作計劃」，其一為「藝術」，計劃「多作藝術文章，少作考據文章、碑誌傳狀」〔註20〕。

對杜詩，朱希祖有一個整體看法，認為「《八哀詩》如頌，《自京赴奉先詠懷》《北征》等篇以及《前出塞》《後出塞》《兵車行》《麗人行》《哀江頭》《哀王孫》等如大小雅，《三吏》《三別》等如風，而鄰於雅之作特多」〔註21〕。朱希祖研杜，有「摘句」一法，通過「摘錄其詩學有關之句，以窺其造詣及作詩之法」，進而主張「如此讀杜詩，庶可以窺見其堂奧」。〔註22〕現將其摘句所得，錄之於後：

第一則：

「讀書破萬卷，下筆如有神」可見其根底之深；「許身一何愚，竊比稷與契」可見其志趣之高；「竊攀屈宋宜方駕，恐與齊梁作後塵」，「別裁偽〔註23〕體親風雅，轉益多師是汝師」，可見其規模之大；「或看翡翠蘭苕上，未掣鯨魚碧海中」，「為人性僻耽佳句，語不驚人死不休」，可見其筆力之健；「毫髮無遺憾，波瀾獨老成」，「賦詩新句穩，不覺自長吟」，「新詩改罷自長吟」，「題詩好細論」，可見其工夫之密；「但覺高歌有鬼神，不知餓死填溝壑」，可見其精神之專；「豈有文章驚海內，詩卷長留天地間」，可見其自期之遠；「文章千古事，得失寸心知」，可見其辨別之精。〔註24〕

第二則：

李侯有佳句，往往似陰鏗。（《與李十二白同尋范十隱居》，卷一）

案：陰鏗《安樂宮詩》云：「新宮實壯哉，雲裏望樓臺。迢遞翔鷦仰，聯翩賀燕來。重簷寒霧宿，丹井夏蓮開。砌石披新錦，雕梁

〔註20〕朱希祖：《朱希祖日記》下冊，朱元曙、朱樂川整理，北京：中華書局，2012年8月版，第1075頁。

〔註21〕朱希祖：《朱希祖日記》下冊，朱元曙、朱樂川整理，北京：中華書局，2012年8月版，第1109頁。

〔註22〕朱希祖：《朱希祖日記》下冊，朱元曙、朱樂川整理，北京：中華書局，2012年8月版，第1119頁。

〔註23〕原引文作「為」，徑改。何謂「偽體」？趙次公曰：「公今指言浮華者謂之偽體，欲裁約之，以近風雅。」黃生曰：「但其中有真有偽，作者須自具鑒裁：其親風雅者，真也；其悖風雅者，偽也。」參見蕭滌非主編《杜甫全集校注》五，北京：人民文學出版社，2014年1月版，第2512頁。

〔註24〕朱希祖：《朱希祖日記》下冊，朱元曙、朱樂川整理，北京：中華書局，2012年8月版，第1119頁。

畫早梅。欲知安樂盛，歌管雜塵埃。」昔人謂：「此十句律詩，氣象莊嚴，格調鴻整，實百代近體之祖。五言律詩之有陰鏗，猶五言古詩之始蘇、李矣。」然則杜公所謂「李侯有佳句，往往似陰鏗」，實指其五言律詩言耳，今陰鏗詩流傳甚少，不能窺其全豹之美，昧者有不察，謂杜菲薄李白比之陰鏗，然杜亦自有句云「頗學陰何苦用心」，豈亦自行菲薄邪？

第三則：

白也詩無敵，飄然思不群。清新庾開府，俊逸鮑參軍。（《春日憶李白》，卷一）

案：杜公生平服膺庾信，所謂「庾信文章老更成」是也。明楊慎云：「庾信之詩，為梁之冠絕，啟唐之先鞭。史評其詩曰綺麗，杜子美稱之曰清新，又曰老成。綺麗、清新人皆知之，而其老成獨子美能發其妙。予嘗合而衍之曰綺多傷質，豔多傷骨，清易近薄，新易近尖。子山之詩，綺而有質，豔而有骨，清而不薄，新而不尖，所以為老成也。若元人之詩，非不綺豔，非不清新，而乏老成。宋人詩則強作老成態度，而綺豔、清新概未之有，若子山者可謂兼之矣。不然，則子美何以服之如此？」楊氏謂「清易近薄，新易近尖」，頗亦有見，然謂「老更成」為「老成」，則實曲解。杜所謂「老更成」，實謂其「老更成家」耳，即下文所謂「凌雲健筆氣縱橫」也，老則筆愈健而氣愈縱橫耳，與「波瀾獨老成」及「歌辭自作風格老」稍異。蓋清新，未必皆老成也，杜句云「詩清立意新」，又云「清新近道要」，然則，清在修辭，新在立意。辭不清則近於堆垛，意不新則近於陳腐。李白詩云「覽君荊山作，江鮑堪動色」，「清水出芙蓉，天然去雕飾」，此所謂清也；韓愈云「惟古於詞必己出」，此所謂新也。造此境界，自不易易。

又案，杜公《蘇端薛復筵簡薛華醉歌》云：「歌辭自作風格老，近來海內為長句，汝與山東李白好，何劉沈謝力未上，才兼鮑照愁絕倒。」然則，李之長句乃近於鮑之俊逸也。

昔年有狂客，號為謫仙人，筆落驚風雨，詩成泣鬼神。（《寄李十二白二十韻》，卷八）

敏捷詩千首，飄零酒一杯。(《不見》注：近無李白消息。卷十)

杜公之稱李白如此。〔註25〕

第四則：

所謂「閱書百氏盡，落筆四座驚」，與「讀書破萬卷，下筆如有神」可以互相發明。蓋學詩而僅在詩集中求詩學，不過僅得其布篇成章、造句用字之法而已，進一步言，亦不過使藝術盡美而已，至其思想學問品格則不專在此也。〔註26〕

朱希祖嘗編《中國文學史》，謂「李白結古風之局，杜甫開新體之端」。《杜少陵評傳敍》重申此旨，認為：「自李杜之後，吾國古今詩體大定，不能越其範圍。」就五言古詩而言，人言至杜甫始有長篇，朱希祖則指出，李之五古，「更有長於杜者」；只有「五言排律長篇」，係杜獨創，可謂「前無古人」；至於「七言古詩長篇」，則李與杜「相伯仲」。總的說來，「杜之詩體，較李尤能自開境界。杜不效四言，不仿離騷，不用樂府舊題。」〔註27〕

《敍》進而從三個維度，展開李杜比較。首觀其「志」。「李杜為詩家軌範，全在其志不凡，李自擬管葛，杜竊比稷契。惟其志高百世，故其詩能光焰萬丈」。〔註28〕「然李之志稍近功利，不忘榮遇，不如杜之己饑己渴，志切民生，尤為純正」。〔註29〕

次觀其「學」。杜謂「讀書萬卷，下筆有神」，學詩不但要以「所宗之詩為經典」，且當多讀書「以峻其學，以伸其志」，方能下筆有神。嚴羽所謂「詩有別才，非關學也」，純屬「讕言」，不過「啟空疏而導浮華，實乖風雅」。「不學則無識」，「多讀書則其識自高」。如李杜「同值天寶之亂」，李白「比永王於文皇，有追隨其反之嫌」，同時又「比當世時局於楚漢，而欲啟內亂以博功名」；杜甫則「深斥亂臣惡子干紀」，同時有感於「諸將乘亂跋扈」，「欲洗兵馬以重

〔註25〕朱希祖：《朱希祖日記》下冊，朱元曙、朱樂川整理，北京：中華書局，2012年8月版，第1119～1121頁。

〔註26〕朱希祖：《朱希祖日記》下冊，朱元曙、朱樂川整理，北京：中華書局，2012年8月版，第1121頁。

〔註27〕朱偰：《杜少陵評傳》，重慶：青年書店，1941年6月版，朱希祖《敍》第1頁。

〔註28〕朱偰：《杜少陵評傳》，重慶：青年書店，1941年6月版，朱希祖《敍》第1～2頁。

〔註29〕朱偰：《杜少陵評傳》，重慶：青年書店，1941年6月版，朱希祖《敍》第2頁。

見天日」。即此一端，便可見二人「識之高下」。〔註30〕

再觀其「藝」。李與杜同時，李不過「戲翡翠於蘭苕」，而杜則「挐鯨魚於碧海」。杜「貴清麗，而尤貴沉雄」，李詩「多粗豪，杜譏其飛揚跋扈，且欲重與細論文，可知其未臻沉雄之境」。「李富天才，而杜富學力，至其成就，則李實不如杜：李少變化，多怨懟失意，以美人旨酒消愁，百篇之中，十之八九如此。杜甫則尠其病」。〔註31〕

最後，針對「當今詩人，類多不立志，不讀書，無遠識，而誤入歧途者，頗不乏人」，朱希祖表明其目的在於「舉此大者以箴」。〔註32〕

第二節　賀昌群論杜

賀昌群（1903～1973），字藏雲，四川馬邊人。1921 年成都聯合中學（即今之成都石室中學）畢業，得堂兄賀昌溪資助，考入滬江大學。一學期後輟學。後入商務印書館編譯所，並參加文學研究會（會號 169）。1928 年 6 月，完成首部學術專著《元曲概論》。1930 年 2 月，東渡日本考察，6 月返館。1932 年 4 月，由杭州遷北平。1933 年，到北平圖書館任編纂委員，參與居延漢簡的整理和釋讀。蘆溝橋事變爆發後，舉家南遷至浙江大學史地系任教，後隨校遷浙江建德、江西泰和、廣西宜山。1939 年 5 月，自宜山經重慶抵樂山，至復性書院供職。1940 年夏，回鄉創辦小涼山第一所中學——馬邊中學，並任校長。1941 年 2 月，到四川三臺東北大學，為蒙文通代課至 7 月。10 月，改任中央大學歷史系教授。1946 年 5 月，隨中央大學復員南京，受聘為文學院歷史系主任兼研究院歷史學部主任。1950 年 3 月，經鄭振鐸推薦，出任國立南京圖書館館長。1954 年，調任中國科學院歷史研究所研究員，兼任中國科學院圖書館副館長。1958 年回歷史研究二所專心治學。〔註33〕

〔註30〕朱偰：《杜少陵評傳》，重慶：青年書店，1941 年 6 月版，朱希祖《敘》第 2 ～3 頁。

〔註31〕朱偰：《杜少陵評傳》，重慶：青年書店，1941 年 6 月版，朱希祖《敘》第 3 頁。

〔註32〕朱偰：《杜少陵評傳》，重慶：青年書店，1941 年 6 月版，朱希祖《敘》第 3 頁。

〔註33〕賀齡華：《賀昌群（藏雲）生平及著述年表》，《賀昌群文集》第三卷，北京：商務印書館，2003 年 12 月版，第 647～680 頁。「年表」中「復性書院」作「復興書院」（第 658、659 頁），有誤，徑改。

　　賀昌群對唐代詩歌，特別是杜甫詩歌素有研究。早年曾立下三願：廣《世說新語》劉孝標注，集釋《大唐西域記》，集注杜詩。〔註34〕又曾在南北各舊書坊，盡力搜集杜詩各種注本，惜在抗戰時期，因四處流離而大多散失。〔註35〕任教重慶中央大學期間，曾開設「杜詩與盛唐時代」課程。1944年3月，在沙坪壩松林坡講授選修課「杜詩與盛唐時代」即將結束之際，於課堂賦詩，贈諸位同學：「讀史才情付與誰，為君苦說杜陵詩。蘭臺詞調親風雅，庾信高文重典儀。三蜀煙花勞想像，一川夢雨點靈旗。蕭條異代傷時淚，灑向江山只自悲。」〔註36〕傷時感世，其中化用杜詩詩句、嵌入杜詩詩題甚多。並即席為中文系同學周綏章書寫條幅。〔註37〕

　　需要補充說明的是，上引一詩，其相關信息，均取自《賀昌群文集》。該詩另題「講杜詩與其時代將畢示諸同學」，發表於《隴鐸》〔註38〕新2卷第2期（第23頁），1948年5月1日出版，但最後兩句作「蕭條異代哀時淚，灑向江頭只自悲」。後又收入馬驦程〔註39〕編著《蠶叢鴻爪》一書（第94頁），中國文學社發行，國民印刷廠印刷，1948年6月6日出版。詩題則又作「三十四年春講杜詩與其時代將畢示諸同學」，文字與《隴鐸》無異。不過，據此可知，該詩的寫作時間當在「1945年春」，是則《賀昌群（藏雲）生平及著述年表》或又有誤。

〔註34〕賀昌群：《讀杜詩》，《賀昌群文集》第三卷，北京：商務印書館，2003年12月版，第54頁。

〔註35〕賀昌群：《賀昌群文集》第一卷，北京：商務印書館，2003年12月版，林甘泉《總序》第8頁。

〔註36〕賀昌群：《在松林坡講杜詩與盛唐之時代（選課）將畢寫示諸同學》，《賀昌群文集》第三卷，北京：商務印書館，2003年12月版，第622頁。

〔註37〕賀齡華：《賀昌群（藏雲）生平及著述年表》，《賀昌群文集》第三卷，北京：商務印書館，2003年12月版，第662頁。

〔註38〕《隴鐸》：1939年10月創刊，月刊，甘肅旅渝同學會編行，會址在重慶沙坪壩中央大學內，編輯部在重慶南溫泉中央政治學校內，發行部在重慶界石場邊疆學校內。出版至第4卷第3期（1946年3月）停刊。1947年2月在南京復刊，重新編號。1948年12月終刊。參見王綠萍編著《四川報刊五十年集成（1897～1949）》，成都：四川大學出版社，2011年11月版，第529頁。

〔註39〕馬驦程，1920年6月生，字北空，甘肅民勤人。1944年畢業於國立中央大學文學院中文系。在校期間，與汪辟疆主編《中國文學》月刊，主編《國立中央大學概況》與《隴鐸》雜誌。畢業後留校任教。抗戰勝利後，調任國史館編輯。後任西北師範大學中文系教授。著有《中國詩人小傳》《蠶叢鴻爪》《藝文叢話》《馬驦程詩文選》。參見王鵬善編著《鍾山詩文集》，南京：東南大學出版社，2013年1月版，第356頁。

賀昌群論杜，主要見於下述論文：

（一）《論唐代的邊塞詩》

該文發表於《文學》第 2 卷第 2 號〔註40〕（總第 1067～1075 頁），「民國二十三年六月一日出版」。論者認為，「唐詩風華綽約，聲情並茂，尤以征戍邊情之詩，最能表現其時代之美」〔註41〕，故別有此文以述。文章主要論及唐邊塞詩與漢樂府的異同、邊塞詩興起的背景以及邊塞詩在唐時不同階段的表現與特徵等。其大旨如下：

中國民族不是向海上發展，而是向大陸三面擴張，故西洋民族多詠海之作，而中國則有獨標一格的邊塞文學。唐代的邊塞詩和漢樂府的興起，同是對於異族征伐的反映。不同之處在於，漢代較多「武力」的接觸，唐代較多「精神」的接觸。而唐代因「內部文化的成熟與西域文化的參和」，更顯其「雄偉瑰麗」，所以唐代的詩歌，一半是「綺麗溫柔」，一半是「干戈殺伐」，從而展開「一幅從來未有的千秋壯觀」。與此同時，漢樂府中，音樂的成分多於詩的成分，而唐樂府則非音樂而全是詩。

唐代詩壇，除以武功為背景外，「出塞」詩也曾充取士的試題之一，故唐朝作者，幾乎每人都有邊塞詩。其潮流的起伏，與唐代詩壇的盛衰和對外關係相照應，且與唐代文化的升降成正比例。唐樂府雖存樂府之名，實是一種長短句或五言的自由詩，而邊塞詩即在其中佔有重要位置。

初唐的政治社會充滿「進取」精神，努力於「向外開拓」。「當時的詩人大都是鼓舞著一片雄心，情願以身許國」，故其詩也是「前進的」而「反纖巧」。但此一時期的作者和作品都相對較少。盛唐一方面以武力對付吐蕃、突厥等民族，一方面又採取和親與懷柔兩種政策，儘量吸收西域文化。一般詩人，或因欣賞而融合，或因反對而激蕩。此時的邊塞詩，逐漸開始瞻前顧後，不

〔註40〕 編輯人：傅東華、鄭振鐸（上海拉都路敦和里十二號）；發行人：徐伯昕；發行所：生活書店。

〔註41〕 賀昌群：《漢唐精神》（續完），《讀書通訊》第 86 期，1944 年 3 月 15 日，第 10 頁。按：《漢唐精神》分三期連載於《讀書通訊》，分別為：第 84 期，1944 年 2 月 15 日出版；第 85 期，1944 年 3 月 1 日出版；以及第 86 期。《賀昌群文集》第三卷將其出版時間籠統歸為「1948 年」（第 162 頁），有誤。不過，《賀昌群（藏雲）生平及著述年表》又云：1944 年「2 月，《漢唐精神》載《讀書通訊》84～86 期」（第 662 頁）。同一部書，竟前後牴牾。另外，文集的編排，在同一體裁之下，是按時間先後排列，該文的發表時間既已明確，其順序也應有所調整。

如初唐勇往直前的氣概，而自然流露一種纏綿婉轉的「邊情」。此一時期的詩人，或親自到過邊極的窮荒絕域，或與這些憂患巨深者聲息相通，其邊塞詩大都有著一致的情調。中唐以後，至於晚唐，內亂不息，外族勢力日漸孳長。此兩期的邊塞詩，雖是承著盛唐的流風，但是豪情壯志，已大減當年，甚至只剩得「一套空疏的感情」。〔註42〕

值得注意的是，唐代前有突厥、吐蕃、契丹的侵擾，後有回紇驕橫，仍不得不採用傳統的和親與羈縻之策，如太宗嫁文成公主於吐蕃，憲宗嫁太和公主於回紇。同時，安史之亂以來，兵連禍結，盛唐與中唐詩人，均徘徊於內憂外患的情緒之間，國仇家恨，無可宣洩，乃盡情付之於詩。因此，盛唐之詩，與初唐不同，很難將其邊塞詩與流亡述苦的感時詩劃出分明的界線。

單就杜甫而論，其《前出塞》《後出塞》《喜聞官軍已臨賊寇》《洗兵馬》《留花門》可以為例。據徐元正《全唐詩人年表》，開元十四年，置安西都護於龜茲，唐兵三萬戍守，百姓甚苦其役。《前出塞》即為此而作。天寶十年，安祿山將幽州、平盧、河東三道兵，討契丹。《後出塞》即為此而作。至德二年，廣平王俶統朔方、回紇、安西眾收西京，安慶緒發洛陽兵拒官軍，郭子儀與回紇夾擊之，復東京。《喜聞官軍已臨賊寇》三首，即詠此事。

杜甫一面「彷彿高撐著熊熊的火炬，振臂疾呼」，號召「青年們為國家為民族的光榮而戰」。可見諸《後出塞》第一。另一方面，卻「依違於傳統的保守政策，以為對外征伐，足以使國病民窮」。國土既已廣大，「何必重苦人民去開邊闢土」；邊雖開，而內地早成「闃無人煙的荒土」。如《前出塞》第一、《兵車行》等。杜詩處處含著兩種矛盾的情調：既悲天憫人，又極富愛國愛家熱情。〔註43〕杜甫思想的這一悖論，賀昌群在其後的《讀杜詩》中也有所揭示。他認為，大凡情意深遠之人，生當戰亂殺伐的時代，一面「深感戰爭的殘酷與人類的愚蠢」，一面又為「民族國家的圖存」，「不能不謳歌戰爭，打疊起一番勇氣」。因此，「一部杜詩的感情，就徘徊於這二者之間，不能自己」。〔註44〕

〔註42〕《雜誌論文分類摘要——文藝：九、論唐代的邊塞詩》，《圖書評論》第 2 卷第 11 期，1934 年 7 月 1 日，第 85～86 頁。

〔註43〕賀昌群：《論唐代的邊塞詩》，《文學》第 2 卷第 2 號，1934 年 6 月 1 日，總第 1073 頁。

〔註44〕賀昌群：《讀杜詩（二）》，《中國青年》第 7 卷第 4、5 期合刊，1942 年 11 月 1 日，第 34 頁。

（二）《讀杜詩》

收入《賀昌群文集》第三卷（第 54～76 頁），分兩節：一、安史之亂的流亡；二、入蜀歲月。該文最初發表時，無小標題。其中（一），即「安史之亂的流亡」，刊《中國青年》第七卷第一期〔註45〕（第 119～123 頁），「中華民國卅一年七月一日出版」；（二）即「入蜀歲月」，刊《中國青年》第七卷第四、五期合刊（第 29～37 頁），1942 年 11 月出版。《賀昌群（藏雲）生平及著述年表》逕作「7 月，《讀杜詩》在《中國青年》七卷一、四、五期連載」〔註46〕，顯然不妥。

文章開篇談到杜詩的「包羅萬有」，具體而言，有：「詩家常用以託意的香草美人」；「經學義理中陶溶出的見道之語」；「每飯不忘君國的忠義之心」；「兒女情長的家庭恩愛」；「山長水遠的朋友交情」；「天機活潑的齊物觀」；「不與社會妥協的革命性」。在這許多要素中，古往今來的詩家倘能「得其一體」，便可「自成一格」。正是由於其「淵博的學力」與「雄渾的詩才」，杜詩得以充分地代表他的時代。

首先來看其遊蹤。杜甫在四川以外的蹤跡，遍及江河南北，冬至齊魯，南至衡山，北至陝北。其足跡正可與「司馬遷的遊蹤等量齊觀」。正如太史公之文得山水之助，故有奇氣，杜工部之詩，也得力於山水之助，而成其「雄渾之格，變化無窮」。

次則言及杜甫生平。作者的敘述，迭有卓見，其可稱道者，一是《哀江頭》，「更當一篇《長恨歌》讀」，以之為代表，杜詩在唐時便已稱為詩史；二是《北征》，首二句「皇帝二載秋，閏八月初吉」，與陶淵明的「結廬在人境，而無車馬喧」，同是以散文格調入詩，堪稱「曠古未有的創格」。三是《春望》。引司馬溫公《迂叟詩話》的解釋，由安祿山叛軍糜爛後的長安，聯想到被日軍攻陷的南京。

安史亂中，杜甫「心力所寄」，主要在三個方面：一是對其「所忠愛的朝廷」，「永遠每飯不忘」，「無時無地不流露著」。二是「熱切地吶喊著社會的痛苦」。《新安吏》《石壕吏》《垂老別》《無家別》是其代表作。詩人擔荷著人間

〔註45〕編輯兼發行者：中國青年月刊社（重慶兩浮支路八十號附一號）；總經售：中國文化服務社（重慶磁器街）；印刷者：巴渝印刷所（重慶中一路八二號）。
〔註46〕賀昌群：《賀昌群文集》第三卷，北京：商務印書館，2003 年 12 月版，第 661 頁。

世的一切痛苦，不平則鳴，慷慨激烈。三是「懷念著亂離中朋友的生死之情」，夢李白，送鄭虔，懷高適、岑參，對所敬愛憐惜的朋友，一往情深，死心塌地。而「最苦的是室家之累，最傷心的是兒女骨肉之情」，所謂「骨肉」，亦包括弟妹。其《乾元中寓同谷作歌七首》，略仿蔡琰《胡笳十八拍》，千載後讀之，猶極哀痛。

關於杜甫居蜀，賀昌群首先證實「少陵入蜀，明是投依嚴武」，至於《韻語陽秋》以為裴冕，則明顯有誤。倒是後來移居夔府，「必為裴冕所招無疑」。其次是有關杜甫的成都生活。成都「沃野千里，人物殷阜」，更無戰爭之苦，自是「風亭水樹，歌舞升平」。杜甫到成都第一事，是尋找棲身之所。初寄居草堂寺，其後則是卜築草堂。草堂的修造，大約是各方友好東拼西湊而成。寶應元年，草堂成。其間到處移花植木，計有桃、綿竹、松樹、榿木；又覓瓷碗植盆景，覓果（綠李、黃梅）栽。草堂初成，少陵曾作《為農》一詩，以見其意。其悠然自得的心情，亦可見於《江村》《南鄰》二詩。詩人投身新的環境，第一是吟味自然之美，緊接著便是《有客》《客至》。不過「詩人取境」，則是一種「脫去凡近，以遊高明」的態度。少陵居草堂，「雖說幽靜無塵詩」，「內心卻充滿著對朋友、對社會、對人生的萬千熱情」。與此同時，其「去國懷鄉之思，憂時感世之意，無時或已」。因此，「時時想到雲山萬里外的弟妹」，「朋友的離別，也能觸動他的哀思」。

（三）《記杜少陵浪跡西川》

該文發表於《說文月刊》第四卷合刊〔註47〕（第 269～274 頁），「中華民國三十三年五月初版」。《賀昌群文集》收入此文時，末署「《說文月刊》第 4 卷（1944 年 6 月）」〔註48〕，月份有誤。文字亦多有不同。

作者行文時，不時旁逸斜出，故其文理較為雜亂，現略作梳理。

題中的「西川」，主要指兩地：一是梓州，一是閬州。

先看梓州。肅宗寶應元年七月，杜甫送嚴武還朝，曾到綿州，不久遭徐知道之亂，因入梓州（今之三臺）。是年冬，復歸成都。梓州是當時西川的文

〔註47〕編輯者：說文社編輯部；發行者：衛聚賢；出版者：說文社（重慶陝西路十三號）；印刷者：說文社出版部（重慶中一路八十六號）；經售者：說文社門市部（重慶中一路八十六號）、鐵風出版社（成都祠堂街一〇〇號）。

〔註48〕賀昌群：《賀昌群文集》第三卷，北京：商務印書館，2003 年 12 月版，第 585 頁。

明昌盛之區，風物清麗，開盛唐詩學的大宗師陳子昂，即是梓州射洪人。同時，梓州也是川陝間的衝要之地。少陵在梓州，盤桓約一年。一方面，此地有不少新交故舊，自然有一番詩酒優游，如《奉贈射洪李四丈》《陪王侍御同登東山晚攜酒泛江》《將適吳楚留別章使君兼幕府諸公》《涪州泛江送韋班歸京》《鄲城西原送李判官兄武判官弟赴成都府》《泛江送魏十八還京》《數陪李梓州泛江有女樂在諸舫戲為豔曲二首贈李》《送何侍御歸朝》《江亭送眉州辛別駕升之》《送王十五判官扶侍還黔中》《送元二適江左》《贈韋贊善》《送李卿曄》。其相與交遊的人物，大都是從中原避難或宦遊蜀中的人，「常南北東西地流動著」。值得注意的是，酒與女人常是李白詩料，而少陵集中，提到女人，除妻子之外，簡直絕無僅有。杜詩特別提到女伎的只有《數陪李梓州泛江有女樂在諸舫戲為豔曲二首贈李》，「算是老杜一生難得的雅興」，而所謂「豔曲」，亦不過「使君自有婦，莫學野鴛鴦」。另一方面，梓州名勝很多，梵刹林立，如牛頭寺、兜率寺、香積寺、惠義寺，均是少陵當日詩酒流連之所。

再看閬州。代宗廣德元年，少陵一度攜眷往閬州，有《王閬州筵奉酬十一舅惜別之作》。其到閬州，原因有三：或為探親，或是特地去祭房琯墓，或是準備沿嘉陵江東下出川。賀昌群認為「當以最後一種為有力」。但不久，廣德二年春，嚴武再鎮成都。是年春晚，少陵亦歸。

賀昌群在此文中，對杜甫入蜀後的詩作，有一總結，認為「經過重重的憂患，跋涉了萬水千山」，其「詩的意境」「更廣大」，「詩的技術更老練精細」，「詩的題材更加豐富」。此中有兩個基本觀念，一是「對於過去承平時代的追念，和切迫的感到日就衰謝，渴望著事平後還鄉的日子」。其「入蜀後的詩幾乎一切以此為詩情的出發點，雖有變化而不離其宗」。〔註49〕二是「感時傷世，撫今思昔」，如開元盛世的國力充實、民康物阜，可見於《憶昔》；又如士大夫的遊觀之樂，可見於《樂遊園歌》。不過，「少陵雖然懷念著過去」，「卻不是貪戀著過去」。貪戀過去，往往沒有勇氣「對付現實，開闢將來」；「懷念的意味，大有不同」，「對於過去的優劣得失，是非善惡，心中都有一番估價」，然發而為詩，其詞旨卻「分外婉約」。〔註50〕

〔註49〕賀昌群：《記杜少陵浪跡西川》，《說文月刊》第四卷合刊，1944 年 5 月，第270 頁。

〔註50〕賀昌群：《記杜少陵浪跡西川》，《說文月刊》第四卷合刊，1944 年 5 月，第272 頁。

（四）《詩中之史》

文章末署「1962 年 7 月 15 日完稿，12 月 8 日寫清」。發表於《文史》第三輯（第 259～286 頁），新建設編輯部編，中華書局 1963 年 10 月出版。《賀昌群（藏雲）生平及著述年表》作「12 月，《詩中之史》載《文史》第三輯」〔註51〕，時間有誤。

該文「可以說是賀昌群研究杜詩的一篇總結之作」〔註52〕。共分六節。論者指出，「在中國古典文學史上，杜詩所以冠絕一時」，「在於他的詩能密切聯繫著社會生活，聯繫著時代，聯繫著自己的思想感情，聯繫到一切」。〔註53〕「作為一個偉大的詩人，杜甫具有濃厚的史學素養和高遠的史識」，論者因此特別強調，研究杜甫的詩，還須從「詩人之外」的角度出發，「才能盡其詩所表現的現實主義的精神實質」。〔註54〕

賀昌群論杜，亦散見於其他篇章。如其《漢唐精神》指出，「大抵詩的生活，多少富於浪漫性，人生必具有適當之浪漫性，心有憧憬，始不至過於枯燥嚴肅，乏生人之趣，墨學苦行，使人憂，使人悲，終成絕學」。「杜少陵詩，號為有醇醇儒者之風，而當其與李白、高適春歌叢臺，秋獵青丘，『放蕩齊趙間，裘馬頗清狂』（《壯遊》），少陵猶如此，他之詩人可想而知」。與此同時，「自來詩酒相連，酒可激動浪漫之情緒」，故「少陵酒債尋常隨處有，李白斗酒詩百篇」。〔註55〕關於杜甫及杜詩的浪漫性，賀昌群早有發現，《記杜少陵浪跡西川》即已指出，杜甫的「性情雖然溫柔敦厚，得風人詩教之正」，但也難逃「那個時代特別富有的浪漫色彩」，如其自白「我生性放誕，難欲逃自然」，故其「又有一種悠然意遠的山林之心」，「雖在流離轉徙之中，每到一地，總想尋一個怡情遣興之所」。〔註56〕

〔註51〕賀昌群：《賀昌群文集》第三卷，北京：商務印書館，2003 年 12 月版，第 677 頁。

〔註52〕賀昌群：《賀昌群文集》第一卷，北京：商務印書館，2003 年 12 月版，林甘泉《總序》第 10 頁。該頁序文云「1962 年《文史》」，亦有誤。

〔註53〕賀昌群：《賀昌群文集》第三卷，北京：商務印書館，2003 年 12 月版，第 80 頁。

〔註54〕賀昌群：《賀昌群文集》第三卷，北京：商務印書館，2003 年 12 月版，第 82 頁。

〔註55〕賀昌群：《漢唐精神》（續完），《讀書通訊》第 86 期，1944 年 3 月 15 日，第 10 頁。引文「杜少陵詩」，《賀昌群文集》第三卷作「杜少陵」（第 161 頁）。

〔註56〕賀昌群：《記杜少陵浪跡西川》，《說文月刊》第四卷合刊，1944 年 5 月，第 269 頁。

　　總的說來，賀昌群對杜甫的關注與研究，貫其一生。其有關論述，具有
朶實的文獻工夫、深切的時代體驗和獨特的史家眼光，如其曾較早敏銳地認
識到戰爭、民族遷徙、文化傳播三者之間的互動：「從前永嘉之亂，中原板蕩，
晉室播遷」，因此，衣冠文物也「南流江左」。而唐明皇幸蜀，其扈從之中，也
多有驚才絕藝者陸續隨來，「留下許多新文化的因素」。〔註57〕所以「戰爭常
常是促成民族的大遷徙，也就是文化傳播的媒介，晉室南渡，使江域被化，
安史之亂，唐玄宗幸蜀，使四川被上一層濃厚的中原文化的色彩」。〔註58〕而
抗戰時期民族的遷徙，又何嘗沒有文化的播遷與流衍？

　　賀昌群論杜，也存在一些疏誤與時代侷限。付定裕曾指出，《讀杜詩》和
《記杜少陵浪跡西川》主觀色彩明顯，故有考證失察之處；《詩中之史》則有
「生硬套用當時主流理論觀點的弊病，行文蹇澀，多有理論與論述不相彌合
處」。〔註59〕

第三節　杜呈祥的杜甫研究

　　杜呈祥（1909～1965？），字雲五，山東樂陵人。1936年9月，國立北京
大學史學系畢業。與鄧廣銘同學。曾任安徽大學副教授、中國國民黨黨史編
纂委員。抗戰時期，任國民黨中央團部編審室編審〔註60〕。赴臺後，曾任臺
灣省立師範大學國文系教授、正中書局總編輯。〔註61〕前期編著有：《日寇暴

〔註57〕賀昌群：《讀杜詩（二）》，《中國青年》第7卷第4、5期合刊，1942年11月1日，第31頁。引文部分，於《賀昌群文集》第三卷中，辨讀多誤，如將「扈從」作「扈縱」，「許多」作「餘多」（第66頁），其編校未精，可以推知。
〔註58〕賀昌群：《記杜少陵浪跡西川》，《說文月刊》第四卷合刊，1944年5月，第271頁。此則引文，在《賀昌群文集》第三卷中（第580頁）文字多異。
〔註59〕付定裕：《賀昌群杜甫研究述評》，《杜甫研究學刊》2017年第3期，第96頁。
〔註60〕初供職於三民主義青年團中央團部宣傳處指導組。時任處長黃季陸，副處長鄧文儀，主持其事的是丁作韶，成員則有趙友培、張平君、褚道庵、杜呈祥。參見丁作韶《掃蕩報在桂林》，《掃蕩二十年——掃蕩報的歷史記錄》，臺北：中國文化基金會，1978年11月版，第172頁。
〔註61〕杜呈祥有子杜宇堂，係廣東省航道局離休幹部。1924年2月出生，1997年7月病故於廣州。杜宇堂與胡懷倫婚後，生育杜立誠（子）、杜漢芬（女）。2016年1月18日，廣東省交通運輸廳人事處曾出具《證明》，其中云：「根據杜宇堂個人自述，父親杜呈祥（杜呈祥的父親為杜樹麟），號稱雲五，1936年在北京大學歷史系畢業，先後在安徽大學教書，在臺灣師範大學文學院國文系

行論（1）》（時代出版社，1939 年 1 月），《國際援華運動（民國二十七年至二十八年）》（青年出版社，1939 年 12 月），《日人海盜行為的重演——對敵寇「以戰養戰」毒計的總檢討》（獨立出版社，1940 年 2 月），《到憲政之路》（青年出版社，1944 年 12 月），《張騫　蘇武》（青年出版社，1945 年 6 月初版，1946 年 8 月再版），《衛青　霍去病》（青年出版社，1945 年 12 月初版，1946 年 8 月再版），《鄒容》（青年出版社，1946 年 8 月再版），《蔣主席對青年問題之指示》（青年出版社，1946 年），《辛棄疾》（青年出版社，1946 年 8 月再版），《衛青霍去病新傳》（商務印書館，1948 年 8 月）。2011 年 7 月，中國三峽出版社再版其《大漢雄風之張騫與蘇武》和《大漢雄風之衛青與霍去病》，湮沒已久的杜呈祥，重新開始進入讀者的視野。

　　對於杜甫和杜詩，杜呈祥也有大量論述，計有下列篇章：

　　1.《杜甫的愛國思想》，《三民主義半月刊》第 6 卷第 2 期（第 29～31 頁），1945 年 1 月 15 日出版。該文後又分兩期重刊於《三民主義半月刊》，即第 9 卷第 4 期〔註62〕（第 23 頁），1946 年 6 月 15 日出版；及第 9 卷第 5 期（第 23～24 頁），1946 年 7 月 1 日出版。

　　2.《杜甫的才與藝》，《華聲》第 1 卷第 5、6 期合刊〔註63〕（第 49～52 頁）。其具體出版時間不詳〔註64〕。該文又曾發表於《中國青年》復刊第 3 號〔註65〕

　　　　任教授，約在 1965 年去世；根據省航道局黨委 1979 年 10 月 23 日《取消對杜宇堂同志限制使用的決定》，杜呈祥曾任三青團中央團部總編審、中央軍校教官等職。」2016 年 2 月 2 日，杜漢芬女士曾將該證明的掃描件發與筆者參考。杜呈祥的卒年，或云 1962 年。參見王學莊《跋鄒容長兄紹陽履歷》，載廖伯康、李新、隗瀛濤等著，重慶地方史資料組編《論鄒容》，重慶：西南師範大學出版社，1987 年 7 月版，第 39 頁。

〔註62〕社址：暫設國民大會堂後慕慈醫院。

〔註63〕出版者：華聲半月刊社（重慶民族路保安路第十一號）；發行：王書林、瞿桓；經理：趙文壁；編輯：顧樑。

〔註64〕《華聲》初為半月刊，第 1 卷第 4 期的出版時間為 1944 年 12 月 25 日，後因「印刷困難」，「自第一卷第五期及第六期起暫改每月出版一次，每次兩期合刊（原定每期三十二面左右，合刊後每期六十四面左右）」，但此後即停刊；而合刊「《華聲》備忘錄（讀者通信）」欄所刊四川蒼溪讀者夏珍的《看了〈貓國春秋〉之後》，末署「三十四年五月二日，蒼溪外東龍，古龍王廟」（第 16 頁），是則本期合刊的出版，至少當在 1945 年 5 月。

〔註65〕發行人：李俊龍；出版及編輯者：中國青年月刊社（南京中山路張家菜園十號）；印刷者：中央青年出版社（南京中正路廳後街十二號）；總經售：上海五洲書報社（上海山東路二二一號）。

（第 46〜49 頁），1947 年 5 月 25 日出版。後者在結構上有較大調整，文字與前者也多有不同。

3.《大詩人杜甫的青年生活》，《中國青年》第 12 卷第 3 期（第 31〜37 頁）之「人物故事」，1945 年 3 月 15 日出版。

4.《杜詩中的唐代婦女》，《婦女月刊》第 4 卷第 3 期〔註66〕（第 50〜56 頁），1945 年 4 月出版。末署「三十三年、九月二十六日於渝」。

5.《杜詩與唐代的歌舞書法繪畫》，《文藝先鋒》第 7 卷第 4 期〔註67〕（第 4〜11 頁），1945 年 10 月 31 日出版。

6.《從杜詩中窺見的盛唐政治作風》，有副題「關於唐太宗武后，唐玄宗的紀述」〔註68〕，《史學雜誌》創刊號〔註69〕（第 47〜55 頁），1945 年 12 月 5 日出版。末署「三十三年十一月廿八日於渝」。

7.《杜甫的貧病生活》，《文史雜誌》第 6 卷第 1 期（第 47〜56 頁），1946 年 7 月出版。末署「三十四年四月五日於渝」。

另有商榷類文章兩篇：

1.《關於〈杜甫在蜀流寓〉一文商榷》，《讀書通訊》第 96 期（第 11〜13 頁），1944 年 8 月 15 日出版。末署「三十三年七月廿日於渝」。所謂《杜甫在蜀流寓》一文，原題「杜少陵在蜀之流寓」。

2.《與翦伯贊論〈杜甫研究〉》，《文化先鋒》第 4 卷第 21、22 期合刊（第 17〜21 頁），出版時間不詳〔註70〕，末署「三十三年十二月於渝」。

〔註66〕 發行者：婦女月刊社（重慶南岸清水溪放牛坪六一號，城內通訊處：重慶中三路巴縣中學內）；編輯人：陸翰芩、林苑文、陸晶清；印刷者：中國農民銀行總管理處印刷所（李子壩正街九十九號）；總批銷處：渝中三路巴中本社。

〔註67〕 發行人：張道藩；編輯者：文藝先鋒社（重慶會府街曹家庵十六號）；印行者：文藝先鋒社；印刷者：鴻福印書館（重慶江北新村十七號）。

〔註68〕 《隋唐五代史論著檢索》（東北師範大學歷史系、吉林師範學院歷史系編，1984 年 10 月）作「關於唐太宗、武后、唐玄宗紀述」（第 66 頁）。

〔註69〕 主編者：顧頡剛、劉熊祥；出版者：史學雜誌社（重慶中山三路二一〇號）；發行者：鄭逢原；總發行所：史學書局（重慶中山三路二一〇號）；印刷所：說文社出版部（重慶中山一路九十六號）；經售處：國內各大書局。

〔註70〕 發行者：張道藩；主編：李辰冬、徐文珊；發行所：中央文化運動委員會文化先鋒社（重慶會府街曹家庵十六號）；印刷者：新快報印刷所（江北董家溪二號）；總經售：天地出版社（重慶民生路）。該期的出版時間未具署，但此前的第 19 期，出版時間為 1945 年 2 月 11 日；第 20 期，出版時間為 1945 年 2 月 21 日；筆者亦曾留意，自該期合刊之後的第 5 卷，連續數期，同樣未具出版時間。因其為週刊，可推知第 4 卷第 21、22 期合刊的出版，或在 1945 年 3 月上旬。

杜呈祥論杜，見解卓特，但長期鮮為人知，現再作疏列，以為引論。

一、關於杜甫其人的生平與思想

（一）杜甫的青年生活

1.「唐時代青年生活的特色」。杜詩中，有兩首七言絕句，最足以表現「盛唐時代青年的生活特色」，一曰《贈李白》，二曰《少年行》。李白「青年時期的生活特色」，也是「盛唐時代一般知識青年所共有的生活方式」。就生活的志趣和形式而言，李杜在青年時代，並無多大差異。這種生活，頗受當時「文化（道教），民族血統（北方異民族的新血統）和政治氛圍（向外發展的傾向）」的影響。對於「少年」的「粗豪」，杜甫「似喜似嗔，似諷似贊」，沒有「半點驚訝與憤慨」。再結合李白的同名詩《少年行》，可以看出：盛唐時代的青年生活，充滿「幻想」「豪奢」「放蕩」「遊動」和「冒險」，總括而言，即「浪漫的生活」。除「讀書作詩」之外，還有幾個不可缺少的因素：「求仙，遊俠，飲酒，賭博，歌舞和騎射」。〔註71〕

2.「杜甫的幻想生活」。此即言求仙。杜甫的求仙生活，一共經過三個時期。弱冠時即東遊吳越，歷時五年。此為第一期。開元末年與天寶初年，杜甫遊梁宋，是為第二期。天寶四年，李杜在山東共遊，係第三期。綜觀杜甫在梁宋齊趙間所作贈李白的詩歌，幾乎都提到「隱居或求仙」。至天寶五載，杜甫才罷遊回長安。〔註72〕

3.「杜甫與遊俠」。此即言遊俠。杜甫在《進鵰賦表》中曾說：「自七歲所綴詩筆，向四十載矣，約千有餘篇。」然其天寶三載以前的作品，百不得一。故杜甫青年時期的這些作品，大都散失。但《遣懷》《壯遊》等諸篇，卻有杜甫早年「遊俠活動的片段紀載」。此外，如《貧交行》，則反映出杜甫的「任俠思想」。而《義鶻行》一詩，借「鷙鳥的義行」，抒發個人的任俠思想，「足抵太史公的一篇遊俠列傳」。〔註73〕

〔註71〕杜呈祥：《大詩人杜甫的青年生活》，《中國青年》第12卷第3期，1945年3月15日，第31頁。

〔註72〕杜呈祥：《大詩人杜甫的青年生活》，《中國青年》第12卷第3期，1945年3月15日，第32～33頁。

〔註73〕杜呈祥：《大詩人杜甫的青年生活》，《中國青年》第12卷第3期，1945年3月15日，第33～34頁。

　　4.「杜甫的飲酒，博弈〔註74〕與歌舞生活」。杜甫幼年開始嗜酒；青年交遊，更是以酒為媒，蘇源明、鄭虔、李白、高適等，都是他的酒友；中年以後，雖有時「因病禁酒」，但酒和詩仍是其「生活的兩個重要因素」。飲酒、賦詩、鼓琴、垂釣之餘，喝雉呼盧也是盛唐青年豪俠生活的一種。不過對於「博」，杜甫好像不太感興趣，所以在其現存的詩歌中，只有《今夕行》一首，描寫自己「相與博塞為歡娛〔註75〕」。至於歌舞藝術，杜甫早年也曾「熱烈地愛好」並「努力學習過」。〔註76〕

　　5.「杜甫的文武並習與騎射生活」。其文武並習，首先表現於「會用劍」，其次是「善射」，再次是「頂會騎馬」。〔註77〕具體可見諸下文有關杜甫才藝的介紹。

　　總的說來，杜甫青年時期的生活，「深染著浪漫主義的色彩」。而這種浪漫主義，曾經「廣泛而周密」地籠罩著盛唐的「社會和文化」。隨著唐代「政治社會的隆替」，杜甫也「出沒於」這一時代潮流中。安史亂前十年，杜甫回到長安，「看破」盛唐的危機，也「深嘗」政治的失意，其「浪漫之夢逐漸被現實粉碎」，「從此步入寫實主義的藝術道路」。安史之亂發生後，「生活的流離，貧病的折磨，政治的紊亂和民生的凋敝」，使杜甫的「生活意識和方式」日見「接近現實，正視現實」，而且被迫與現實猛烈地搏鬥。可以說：杜甫的青年生活是浪漫的，中年以後的生活，則漸趨現實。前者「浮現著狂熱和幻想的色彩」，後者卻在「沉鬱和強韌」中，「透露出」高尚理想和深厚熱情。〔註78〕

〔註74〕「奕」，通「弈」。《廣雅‧釋言》：「圍棋，奕也。」杜甫《秋興》詩之四：「問道長安似奕棋，百年世事不勝悲。」「奕棋」，亦作「奕棊」「奕碁」。下棋，古代多指下圍棋。

〔註75〕語出杜甫《今夕行》。「博塞」，亦作簙簺，古之局戲也，亦樗蒲之類。《莊子‧駢拇》：「問穀奚事，則博塞以遊。」成玄英疏：「行五道而投瓊曰博，不投瓊曰塞。」南宋殘本、宋九家本、二蔡本云：「一作『賭博』。」參見蕭滌非主編《杜甫全集校注》一，北京：人民文學出版社，2014年1月版，第144、148頁。

〔註76〕杜呈祥：《大詩人杜甫的青年生活》，《中國青年》第12卷第3期，1945年3月15日，第34～35頁。

〔註77〕杜呈祥：《大詩人杜甫的青年生活》，《中國青年》第12卷第3期，1945年3月15日，第35～37頁。

〔註78〕杜呈祥：《大詩人杜甫的青年生活》，《中國青年》第12卷第3期，1945年3月15日，第37頁。

（二）杜甫的才藝

杜甫的青年生活，養成其多才多藝的基礎。同李白一樣，杜甫工詩，擁有卓絕的詩才。幼年時代，就已聲名大噪，寫作俱佳。兼之頗能苦吟，至中年，更是文名煊赫。然而，杜甫的「才高一世」，不僅表現於詩歌方面「邁絕常倫」的成就，對歌舞、書法與繪畫，亦有「高深的理解和強大的鑒賞能力」。〔註79〕

杜甫與當時著名的書畫家，多有往來，尤與鄭虔交誼最厚。與此同時，杜甫對書法亦曾下過相當的工夫，具有高深的造詣。如《壯遊》：「九齡書大字」。大曆四年（769），杜甫在離長沙赴衡山時，曾作《發潭州》。詩云：「賈傅才未有，褚公書絕倫，名高前後事，回首一傷神」。賈誼、褚遂良「俱曾謫長沙」，「並以鯁直獲罪」，杜詩於此「特舉才名書法者」，乃「藉以自方」，實杜甫「善書之一證」。〔註80〕杜詩仇注對此已有發覆。其《贈虞十五司馬》亦云：「遠師虞秘監」。虞世南以書法著名，從「遠師」二字看，杜甫學書，當是宗法虞體。錢牧齋箋注《贈衛八處士》「驚呼腸中熱」一語云：「近時胡儼曰：『常於內閣，見子美親書贈衛八處士詩，字甚怪偉。』」〔註81〕由此可知，杜甫書法的藝術特色，在於「怪偉」。

欣賞歌舞藝術，杜甫也有濃厚的興趣。集中有《觀公孫大娘弟子舞劍器行》《聽楊氏歌》《秋日夔府詠懷奉寄鄭監（審）李賓客（之芳）一百韻》《江南逢李龜年》等諸篇。杜甫本人，亦會歌舞，尤其是在筵席中，常「醉歌醉舞」。如《陪鄭廣文遊何將軍山林》十首之十云：「自笑燈前舞，誰憐醉後歌？」《題鄭十八虔著作》：「酒酣懶舞誰相拽。」又《暮春題瀼西草堂五首》：「哀歌時自短，醉舞為誰醒。」但其醉舞，多半是指舞劍。如《人日兩首》：「佩劍衝星聊暫拔。」器樂方面，杜甫大概「雅善鼓琴」。其書齋中，常提到琴；而其詩裏，也往往「琴書並稱」。如：「收書動玉琴」（《暝》）；「客至罷琴書」（《過客相尋》）；「琴書散明燭，長夜始堪終」（《向夕》）等。〔註82〕

〔註79〕杜呈祥：《杜甫的才與藝》，《中國青年》復刊第3號，1947年5月25日，第47頁。

〔註80〕杜呈祥：《杜甫的才與藝》，《華聲》第1卷第5、6期合刊，1945年〔5〕月，第51頁。

〔註81〕杜呈祥：《杜甫的才與藝》，《中國青年》復刊第3號，1947年5月25日，第47頁。

〔註82〕杜呈祥：《杜甫的才與藝》，《華聲》第1卷第5、6期合刊，1945年〔5〕月，第50頁。

　　對於弈棋，杜甫則「素精此道」，且「終身樂此不倦」。如「老妻畫紙為碁局」(《江村》)。玄宗宰相房琯，就曾經是杜甫的棋友。代宗廣德二年（764），杜甫在閬中別房琯墓時，曾作詩追憶：「對碁陪謝傅。」注杜詩者，「群以房琯為宰相時，喜聽董庭蘭彈琴」，後竟「受庭蘭之累」，此詩以謝傅（安）圍棋作比，「蓋為房公解嘲」。杜呈祥則認為，杜甫早與房琯友善。杜甫「固善弈，得與房琯對局」，乃尋常事。此詩實為「紀實」，未必含有為房琯「解嘲」之意。另外，杜甫早年遊吳時，曾結識一位棋友旻上人。其《因許入奉寄江寧旻上人》云：「對書寄與淚潺湲。」所謂「舊來好事」和「棋局隨竹」，都是指他們往昔的弈棋生活而言。朋友中間，還有一位彈碁名手席謙。杜甫嚮慕席謙的棋技，故在《存歿口號》第一首中說：「席謙不見近彈碁」，並致慨於「玉局他年無限事」。杜甫因為善弈，所以極喜「觀弈」，如：「置酒高林下，觀棋積水濱」(《贈王二十四侍御契四十韻》)。又因其精於「弈理」，故不時拿弈棋來比喻世事，如：「聞道長安似弈棋」(《秋興八首》之四)。〔註83〕

　　最後，說到杜甫的武藝。杜甫在「放蕩齊趙」的時候，曾和高適、李白同作梁宋之遊。他們都有長劍隨身，宴飲時可作舞具，平時則可防身。因為「攜劍自衛和十分愛劍」的關係，杜甫常把「劍」與「書」並舉。杜甫曾「文武並習」，所以自稱「壯年學書劍」。直到晚年，「每逢憂思雲集的時候，還不禁仗劍獨遊」；或在「壯心不死」的時候，「拔劍撥年衰」。此外，杜甫還「善射」。其《壯遊》一詩，曾自敘早年的射獵生活。杜甫「騎術」亦佳。寓居夔州時，有《醉為馬墜，諸公攜酒相看》，刻畫出杜甫酒後策馬馳騁，「自高而下，自城而郊」的情形。千載之後讀來，「猶覺如在目前」。〔註84〕

　　由此可見，杜甫堪稱一位「大藝術家」，並非「村夫子」型的腐儒。他所表現出的「道貌岸然和滿腔忠義」，只是其「外形和精神的一面」。在他的生命裏，還充滿著「天才的跳躍與藝術的因素」。「天才高，肯用功」，是杜甫「絕千古」「不可或缺」的兩個條件。李白飯顆山頭之譏，如果屬實，也只是觸及到杜甫「成功的要件」之一，即用功甚過而已。〔註85〕

〔註83〕杜呈祥：《杜甫的才與藝》，《華聲》第 1 卷第 5、6 期合刊，1945 年〔5〕月，第 51 頁。

〔註84〕杜呈祥：《杜甫的才與藝》，《中國青年》復刊第 3 號，1947 年 5 月 25 日，第 49 頁。

〔註85〕杜呈祥：《杜甫的才與藝》，《中國青年》復刊第 3 號，1947 年 5 月 25 日，第 49 頁。

（三）杜甫的貧困與疾病

1.「杜甫所生的時代」。杜甫生活在一個「內亂繼作，外寇侵陵，社會紊亂，人民困苦的變亂時代」。因為避亂和就食，從陝西經過甘肅逃到四川。後來因為徐知道之亂，從成都逃到梓州；又因為臧玠之亂，再從湖南潭州逃到衡州，「輾轉流離」，最後竟「流寓而死」。這種「流離的生活和變亂的時代」，充實了杜甫「創作的內容」，並提高了它的史料價值。〔註86〕

2.「杜甫的貧困」。在「安史之亂」前，杜甫就過著貧苦的生活，甚至出現衣食不繼的情形。其「維持生活的方法」，便是「寄食」或「投簡」告貸。〔註87〕杜甫一生，有兩個「嚴重關頭」。第一個，起源於公元754年的「關中大饑」。最直接的後果，是「入門聞號咷，幼子饑已卒」（《自京赴奉先詠懷五百字》）。第二次，是在同谷。其《同谷七歌》可以為證。入蜀之後的杜甫，因為裴冕、嚴武、高適等幾個顯宦好友的接濟，衣食相對周全。分析杜甫貧困的原因，有如下數端：杜甫雖出身宦家，但並未「承受大量的宦產」，自己又「不善謀生」，加上「過重的家室之累」，自然造成其「流寓時的貧困」。〔註88〕

3.「杜甫的疾病」。關於杜甫「幼年時的體質」，或根據《百憂集行》，認為「極健壯」。但杜甫在唐玄宗天寶十年（745）所上《進西嶽賦表》，自稱「少小多病」，「常有肺氣之疾」。其所害肺病，大概就是肺結核。杜甫晚年，有一個值得注意的病象，就是「吐痰很多」，如《別李義》：「我衰涕唾煩。」又曾自稱「羸瘵」「凋瘵」和「肺痿」。「瘵」普通釋作「癆病」；「肺痿」在唐代，更是代表「肺癆」。其起因，《寄薛三郎中據》云：是由於早年和蘇源明、鄭虔的狂飲。至於是否如此，或由傳染，抑或遺傳而得，現在還無法斷定。綜計杜甫從「棄官去秦州」到「死於湖南」的十多年內，幾乎「無日不在和病魔鬥爭」。最足以表現此種情形者，為代宗大曆三年（768）所寫的一句詩：「十年嬰藥餌。」其肺病，因受「流亡生活和劍南氣候的影響」，「日見沉重」，所以杜甫在入蜀後的詩作中，提到肺病的地方很多，而之前，

〔註86〕杜呈祥：《杜甫的貧病生活》，《文史雜誌》第6卷第1期，1946年7月，第48頁。

〔註87〕杜呈祥：《杜甫的貧病生活》，《文史雜誌》第6卷第1期，1946年7月，第48頁。

〔註88〕杜呈祥：《杜甫的貧病生活》，《文史雜誌》第6卷第1期，1946年7月，第50頁。

卻幾乎很少。〔註89〕

　　肺病之外，杜甫的另一痼疾是瘧疾。入蜀前，曾經「三年猶瘧疾」。到四川後，仍不時發病，最厲害的一次，是在夔州，從大曆元年冬天到二年春天。由於久病體弱，杜甫到五十歲以後，不但「頭髮盡白，牙齒也大半脫落」，可見諸《莫相疑行》和《春日江村五首》。兩詩俱作於永泰元年，時年五十四歲。杜甫的「左耳重聽」，始於大曆二年的秋天，有《耳聾》詩。到長沙之後，右臂又開始「偏枯」。「自經喪亂少睡眠」。由於「氣衰」和「心弱」，導致「神經衰弱」，杜甫晚年，常「徹夜不眠」。此外，杜甫在大曆元年寓居雲安和夔州西閣時，還曾患「腳疾」。〔註90〕

　　4.「杜甫處貧病的態度」。對於貧窮，杜甫並非「甘之如飴」，而是「詛咒有加」。杜甫百病交集，最大的困難，就是「營養不良」。其次，是「在耳聾臂枯之後，諸多行動不便，在在需人」，自會構成其「精神上的痛苦」。至於「籌措藥資」和「服藥針灸」，也常令詩人不堪忍受。〔註91〕入蜀以後，杜甫「到處依人為生」，但並未「消極悲觀」，從而放棄「自己的理想和寫作」。〔註92〕晚年杜甫，「深恨」「健康的限制」，「不能為國宣勞」，故其「憂時念君」的詩歌，大多提到自己的疾病。杜甫不但「病不忘君」，而且正因為多病，才更加「喁喁望治」，希望戰亂早日敉平。〔註93〕創作方面，杜甫是窮而後工，窮而後多。不可否認的是，疾病曾經妨害杜甫的創作，使其在質與量上，都蒙受相當的影響。可以說：「貧病致杜甫於死，而流離的生活和變亂的時代」，則有以促之。〔註94〕

（四）杜甫的愛國思想

　　如上所言，國家變亂所造成的貧苦生活，對杜甫的愛國思想，是一種「試

〔註89〕杜呈祥：《杜甫的貧病生活》，《文史雜誌》第6卷第1期，1946年7月，第51頁。

〔註90〕杜呈祥：《杜甫的貧病生活》，《文史雜誌》第6卷第1期，1946年7月，第52～53頁。

〔註91〕杜呈祥：《杜甫的貧病生活》，《文史雜誌》第6卷第1期，1946年7月，第53頁。

〔註92〕杜呈祥：《杜甫的貧病生活》，《文史雜誌》第6卷第1期，1946年7月，第54頁。

〔註93〕杜呈祥：《杜甫的貧病生活》，《文史雜誌》第6卷第1期，1946年7月，第55頁。

〔註94〕杜呈祥：《杜甫的貧病生活》，《文史雜誌》第6卷第1期，1946年7月，第56頁。

驗和淬礪」，並使之得以增強。東坡曾謂杜甫是「一飯未嘗忘君」，而杜甫眼中，「君」就是「國家」。對國家的「愛戀和關心」，可說是「造次必於斯，顛沛必於斯」。〔註95〕杜甫的「忠君思想」，根本就是「極其純正而深厚」的「愛國思想」。從杜甫一生的事蹟，可以顯見。

杜甫並非「一介不取」，但在「出處大節」方面，卻是「絲毫不苟」。杜甫雖「蹭蹬仕途，流身劍外，也絕未降低自己的政治理想或小就」，更未因生活的壓迫，「屈身於叛臣或藩鎮之門」。即便途陷賊中，也未出任偽職。杜甫不但「潔身自好」，還「時常勉勵」當時的一般文人：「願子少干謁」。〔註96〕相較於李白和王維，更可見其「愛國熱忱」和「貞亮大節」。《述懷一首》和《北征》，正是杜甫忠君思想的寫照。最具體的表現，是「安史之亂」發生後，杜甫的許多詩歌，都「有意貶斥叛逆，鼓吹中興」。如《鳳凰臺》，如《憶昔二首》之二、《往在》等，均曾深致此意。〔註97〕

杜甫愛國思想的另一重要表現，是其詩歌時常「諄諄勸誡」安史之亂後的藩鎮，希望他們「停止割據，服從朝廷」，使唐代能重建一統。首先，杜甫敢於「明白指謫」「當時藩鎮的割據行為」。如其《入衡州》所說：「重鎮如割據，輕權絕紀綱」。其次，則是「勸誡藩鎮不要擁兵自保，要能率兵勤王」。如《冬狩行》《承聞河北諸道節度入朝歡喜口號絕句十二首》。

最後，杜甫的忠君，「不是一味地依違取容，而是敢言直諫，頗有古大臣之風」。除批肅宗逆鱗、疏救宰相房琯之外，杜甫詩中，更有許多諷刺皇帝「失德失政」的作品，如《洗兵馬》《憶昔二首》首章，所以杜甫的忠君思想，「不是忠於皇帝個人，而是忠於社稷」，也即是「忠於整個國家民族」。〔註98〕

二、杜詩所反映的唐代社會

杜甫是「寫實主義的大詩人」，其「政治興趣」亦頗「濃厚」。杜詩有許多是「對於時事的敘述批評，諷喻，希望和頌揚」，「直接構成了它們的史料價

〔註95〕杜呈祥：《杜甫的貧病生活》，《文史雜誌》第 6 卷第 1 期，1946 年 7 月，第 55 頁。

〔註96〕杜呈祥：《杜甫的貧病生活》，《文史雜誌》第 6 卷第 1 期，1946 年 7 月，第 55～56 頁。

〔註97〕杜呈祥：《杜甫的愛國思想》，《三民主義半月刊》第 6 卷第 2 期，1945 年 1 月 15 日，第 30 頁。

〔註98〕杜呈祥：《杜甫的愛國思想》，《三民主義半月刊》第 6 卷第 2 期，1945 年 1 月 15 日，第 31 頁。

值」，同時也使之贏得「善於鋪陳終始」（見唐元稹所作杜甫墓係銘序）和「詩史」的評語與稱謂。其中，「以文化的材料為最豐富」，記錄了「唐代詩歌、書法、繪畫和歌舞等部門發展的實況」；關於政治史的材料，則「以敘述安史之亂，吐蕃回紇入寇，肅宗代宗的施政和藩鎮之禍的諸詩為最可貴」。〔註99〕

（一）杜詩中的唐代婦女

「情不忘君」是一面，「傷時撓弱」則是另一面。杜甫偉大深厚的同情，一半源自天性忠厚，一半是受個人貧困生活的磨煉而成。這種同情，在杜甫對婦女的描述中，也隨處可見。

杜詩中的唐代婦女，主要有以下類型：1.「天才的政治家」。中國歷史上，有幾位「握有政治實權的女性」，如西漢的呂后、唐代的武后和清代的慈禧太后，比較而言，武后最值得注意：第一，她是中國歷史上「唯一的女皇」，曾完成「改朝換代」。第二，唐高宗在世時，武后就曾「代為處決政務」，如果加上這段時間，則其掌握政權長達四五十年之久。第三，武后在位的時代，國勢並未衰落，文化也極發達，由此證明其有「一般大政治家應具的智慧，度量和毅力」。杜甫通過他的描寫，常無形地「顯示出這位女天才政治家的種種優點」，如「提倡文化」「尊重知識分子」。再有則是「知人納諫」。故當時「人才盈庭，名臣輩出」。杜詩中的另一位「有政治天才的女性」，是太宗宰相王珪的夫人杜氏，曾實際參與唐代的開國活動。〔註100〕

2.「女藝術家們」。杜詩裏的第一個女藝術家，是玄宗時的「歌舞明星」公孫大娘。當時「歌舞藝術的中心」，是在宮廷。等到安史亂起，「乘輿播遷」，一般宮廷藝術家，也紛紛流落各地，如李十二娘、李仙奴以及楊氏歌女等。〔註101〕

3.「貧苦婦女群」。對唐代的貧苦婦女，杜甫「屢次用極同情的筆調」，寫出「她們的生活和痛苦」。如《自京赴奉先詠懷五百字》《遣遇》。《負薪行》也是一首極富「社會史料價值」的詩歌，主要是描寫夔州貧困「處女們」的痛苦生活。「雜亂時代」，有不少「無依無靠的婦人」，甚至以偷竊為生。杜甫對於

〔註99〕杜呈祥：《從杜詩中窺見的盛唐政治作風》，《史學雜誌》第1期，1945年12月5日，第47頁。

〔註100〕杜呈祥：《杜詩中的唐代婦女》，《婦女月刊》第4卷第3期，1945年4月，第51頁。

〔註101〕杜呈祥：《杜詩中的唐代婦女》，《婦女月刊》第4卷第3期，1945年4月，第52頁。

她們，「更是極端憐憫」，如《又呈吳郎》。〔註102〕

4.「戰士的家屬」。在剿平安史之亂的過程中，由於「戰禍的延長和府兵制度的破壞」，一般國民的兵役負擔也極不公平。戰士家屬「所遭受的種種痛苦」，在杜詩中也一一得到反映。最具代表性的，是千古絕唱「三吏」「三別」。一方面，她們表現出貢獻親人的「悲苦」；另一方面，也表現出「勇敢果斷」的性格。〔註103〕

5.「亂離時代的犧牲者」。安史之亂時，由於「玄宗倉皇西走，許多妃嬪宮女，未及隨行，紛遭賊兵殺戮和蹂躪」。又有許多「名門淑媛」，因為和「夫家或母家」失去聯繫，「流離失所」，甚至慘遭遺棄。而一般民間女子慘遭「殺戮或蹂躪」者，更是「實繁有徒」。如《往在》《佳人》《三絕句》等。「戰時的婚姻問題」，作為「社會問題的一種」，其社會意義，不容忽視。以上「幾種類型的婦女活動」，是杜甫用同情的筆調和語氣所紀述，她們代表著「唐代婦女社會的光榮面或悲慘面」。〔註104〕

杜詩中另有一種典型婦女，便是關於楊貴妃和她三個姐姐的豪奢生活。如《麗人行》《虢國夫人》。杜甫可謂「深惡痛絕」。同時，對楊貴妃的「恃寵招亂」，杜甫在《哀江頭》中，也表達了自己的「鄙棄」。〔註105〕

（二）杜詩中的盛唐政治作風

杜呈祥認為，通過杜詩，得以「窺探」「初唐到盛唐的三個政治領袖——唐太宗、武后、唐玄宗」的「政治作風」及所得評論，進而「測量」「人的因素」在歷史發展中的作用，最終「把握唐代歷史發展的動力」。〔註106〕

1. 唐太宗。中國歷史上一位「天才的政治家和軍事家」。杜甫不但欽仰秦王的「開國武功」，更「極力讚揚」其文治。「一劍總兵符」（《別張十三建封》）說明唐初能「削平群雄」，端賴「秦王的軍事指揮」。《行次昭陵》與《重經昭

〔註102〕杜呈祥：《杜詩中的唐代婦女》，《婦女月刊》第4卷第3期，1945年4月，第53頁。

〔註103〕杜呈祥：《杜詩中的唐代婦女》，《婦女月刊》第4卷第3期，1945年4月，第54頁。

〔註104〕杜呈祥：《杜詩中的唐代婦女》，《婦女月刊》第4卷第3期，1945年4月，第55頁。

〔註105〕杜呈祥：《杜詩中的唐代婦女》，《婦女月刊》第4卷第3期，1945年4月，第55～56頁。

〔註106〕杜呈祥：《從杜詩中窺見的盛唐政治作風》，《史學雜誌》第1期，1945年12月5日，第47頁。

陵》除謳歌其「戡亂之功」外，還觸及「造成貞觀之治的一個最重要的條件」，即「知人納諫」。杜甫視「貞觀之治」為「標準政治」，其時「名臣輩出，直諫風熾」，最為知名的便是魏徵的「敢諫」。

　　杜甫另有《送重表姪王砅評事使南海》，提到唐太宗「起義前的政治活動」，「最富有史料價值」。因杜甫與王珪有姻婭關係，此詩又為王珪玄孫而作，故詩中所言，當有「強固之根據」，是研究唐太宗與房玄齡、杜如晦、王珪諸人早期政治關係「最為可信的紀載」，可以補正新唐書的有兩點：第一，「替王珪招待房杜的是珪妻杜氏而非珪母李氏」；第二，「王房杜與唐太宗在隋末早有政治關係」，「並非是在太宗起義後」方才結合。〔註107〕

　　2. 武后（或應稱為周神聖皇帝）。中國歷史上一位「最偉大的天才政治家」。前引《杜詩中的唐代婦女》已有說明。一方面，武后為維持政權，「濫行殺戮」，「以誅鋤異己」；另一方面，則為享樂而「多置嬖寵」；但「尤其可貴的」，是能「接受」「唐太宗的優良政治作風」，「信用正直，接受諫諍，以謀求政治上的安定和改進」。杜詩中提到武后朝敢於直諫者，首推狄仁傑（《狄明府》），次為李邕（《贈秘書監江夏李公邕》）。

　　武后在位時，曾「大量引用文人學士」，亦為杜甫「嘖嘖稱道」，如《贈蜀僧閭丘師兄》，曾敘武后朝「文人之多」與「文人之尊」；又如《寄劉峽州伯華使君四十韻》，同樣敘及武后朝「文人之盛」，其中更可見武后的「禮遇文士和熱心提倡文化」。〔註108〕

　　3.唐玄宗。唐代政治史上「興衰關鍵的製造者」，一方面，曾造成「開元之治」的黃金時代；另一方面，又在天寶時代，使大唐帝國「走上潰滅的道路」。通過杜詩，可進一步多方位瞭解這位「綰轂唐代國運的政治領袖」。首先，唐玄宗不但「禮遇一般詩人」。對一般書畫家，也「極喜歡接近」。如李白的「乘醉揮毫，出入深殿」，早成「千秋佳話」；追隨皇帝「賦詩佐酒，領受賞賜」的文人，有如張垍；而鄭虔曾「自寫其詩並畫以獻」，玄宗大署其尾曰「鄭虔三絕」；其餘以書法受知於玄宗者，如韓擇木、蔡有鄰、顧誠奢。對於音樂，唐玄宗更是「十分愛好」，當時宮廷中「歌舞人才甚盛」。不僅如此，玄宗亦

〔註107〕杜呈祥：《從杜詩中窺見的盛唐政治作風》，《史學雜誌》第1期，1945年12月5日，第47～49頁。

〔註108〕杜呈祥：《從杜詩中窺見的盛唐政治作風》，《史學雜誌》第1期，1945年12月5日，第49～50頁。

「素曉音律」,「嘗自為法曲俗樂,以教宮人」。「一個富有藝術興趣和素養的人,當然會懂得愛情。」其「愛情的對象」,便是眾所稔知的楊貴妃。對於「貴妃的飲食服飾」,玄宗「力求精美」。而兩人的遊樂,則可見於杜甫的《宿昔》。雖然「愛好藝術並懂得愛情」,但玄宗並不文弱,早年頗好騎射,曾特養大批馬匹,其地在沙苑。玄宗「養馬和愛馬」,正足代表其「尚武精神」。杜甫因受「儒家思想的影響和不甚瞭解唐代的國防形勢」,對於玄宗的開邊政策,曾「表示反對」;但另一方面,對玄宗的「重要軍事幹部哥舒翰」,則「極稱其功」,兼「美及」玄宗,譽為「神武」。文治方面,對於可「比隆貞觀」的「開元之治」,杜甫也「承認其可貴」,其中自然包含著對玄宗政治才能、優良作風以及艱苦努力的肯定。〔註109〕

唐玄宗的「由治致亂」,究其主要原因,杜甫以為,是「寵任蕃將安祿山以用兵契丹」。《後出塞》五首,「可代表杜甫對安史之亂如何發生的具體看法」。其後寓居夔州時,杜甫又「撫今思昔」,作《又上後園山腳》《昔遊》《遣懷》,「深深致慨於」唐明皇的「開邊致亂」。前二詩,「似專指玄宗任用安祿山攻契丹而言」,後一詩之「猛將收西域」,則「兼指哥舒翰輩用兵西域而言」。其次,天寶末年,「皇帝及貴戚」的「奢侈生活」,也是「招致變亂之由」。杜甫將「上層階級的奢侈生活」,視為社會病態和政治病態,故在天寶亂後,屢「以行儉期望於中興君臣」。而關係政治隆污的「最大關鍵」,則是「玄宗不用張九齡之言」,「寵任李林甫安祿山」,「完全喪失」「任賢納諫的優良政治作風」。

玄宗失位之後,幾「陷於趙武靈王之遭遇」。對於這位「悲劇人物」,杜甫「十分同情」。其《同谷七歌》之六與《杜鵑行》,分別以「草木黃落時的蟄龍」和「哀聲呼號的杜鵑」作為「玄宗的寫照」,最足動人。可以說,杜詩所「供給」的關於玄宗傳記的許多「新鮮材料」,較其本紀,「更增加了對於他的瞭解和同情」。〔註110〕

綜上以觀,「唐代開國和促成國勢發展的三個皇帝」,具有「兩點共相」。第一,大體上都能知人納諫,知人善任,且「都很尊重文士」。正因為如此,

〔註109〕杜呈祥:《從杜詩中窺見的盛唐政治作風》,《史學雜誌》第1期,1945年12月5日,第50～53頁。

〔註110〕杜呈祥:《從杜詩中窺見的盛唐政治作風》,《史學雜誌》第1期,1945年12月5日,第53～54頁。

「在唐初的政治上，理想與現實獲得接近的機會」，最終「造成規模宏大，凌越往古」的「武功與文治」。第二，大體上都具有「馬上皇帝的體格和精神」，「對外能守而且能攻」。如唐初朝野上下，愛馬「蔚成風氣」，「充分表示出當時社會習尚的戰鬥性」。〔註111〕

（三）杜詩中的唐代歌舞、書法與繪畫

杜甫興趣廣泛，並且在很多藝術領域造詣深邃，故杜詩所包含的藝術史料，除文學之外，還關乎歌舞、書法和繪畫。這些篇什，「紀載並討論到當時繪畫和書法藝術發展的動向及其特點」，既是研究杜甫個人「藝術理論的重要資料」，更是「研究唐代美術史的珍貴史料」。〔註112〕

唐代的歌舞，「集合南北中西（西域）之大成」，十分發達。玄宗「最嗜音樂，兼愛舞蹈」，故「開元時代的宮廷歌舞」，已臻極點。公孫大娘、李十二娘、李仙奴、李龜年，都是玄宗時的樂工，可以說是宮廷藝術家。《觀公孫大娘弟子舞劍器行》一詩，其主人公實為公孫大娘。〔註113〕從中不但可以看出這一時期歌舞藝術發達的盛況，還可約略見出當時舞風的「雄健」，以及公孫大娘舞技的「動人」。〔註114〕

書法方面，由於唐代科舉考試列有「書法遒麗」一條，一般士子，「競相學書，名家輩出」，就中以虞世南、褚遂良、歐陽詢、張旭、顏真卿、柳公權等最為著名。杜甫與張旭同時而稍晚，故有《飲中八仙歌》。又有《殿中楊監見示張旭草書圖》，其中「悲風」六句，完全用象徵手法，寫出張旭草書的風格：「蒼老，生動，遒勁，起伏與浩瀚」，總評為「俊拔」。杜詩所提到的草書家，除「草聖」外，尚有杜唐的從侄勤和張彪。工篆與八分者亦多，有李潮和顧誡奢。前者見《李潮八分小篆歌》，後者則見於《送顧八分文學適洪吉州》。此外，時人之善書者，有薛稷、鄭虔等。〔註115〕

〔註111〕杜呈祥：《從杜詩中窺見的盛唐政治作風》，《史學雜誌》第1期，1945年12月5日，第54頁。

〔註112〕杜呈祥：《杜甫的才與藝》，《中國青年》復刊第3號，1947年5月25日，第47頁。

〔註113〕杜呈祥：《杜詩與唐代的歌舞書法繪畫》，《文藝先鋒》第7卷第4期，1945年10月31日，第5頁。

〔註114〕杜呈祥：《杜甫的才與藝》，《華聲》第1卷第5、6期合刊，1945年〔5〕月，第50頁。

〔註115〕杜呈祥：《杜詩與唐代的歌舞書法繪畫》，《文藝先鋒》第7卷第4期，1945年10月31日，第6～7頁。

　　盛唐的繪畫，不僅進入「極盛時代」，而且形成一個「轉變時期」。所謂「極盛時代」，是指畫家輩出，如閻立德立本弟兄、薛稷、吳道玄、李思訓及其子李昭道、王維、鄭虔、畢宏、曹霸、韓幹、韋偃等，皆「當時名手，千載宗師」。所謂「轉變時期」，是指「玄宗開元天寶以前，六朝之風未泯，人物畫精奕邁古」；吳道玄、王維以後，「人物畫衰而山水畫興」。〔註 116〕杜詩中所見的名畫家及其作品，可分述如下：（1）人物：吳道玄，曹霸。（2）畫馬：曹霸，韋偃。（3）松石：韋偃，李道士。（4）禽鳥：薛稷，馮紹正，姜皎。（5）山水。山水畫為唐代的新興藝術。「唐宗室李思訓，好作金碧山水，王維好作破墨山水，遂各自成宗」，開南北兩派。杜甫「雖有《奉贈王中丞維》諸詩，但未提及王維之畫，僅稱其詩，對李思訓，則毫未提及」。〔註 117〕見於杜詩者，有鄭虔，亦以山水畫知名於時。此外，有劉單、王宰。另有觀畫詩《觀李固請司馬弟山水圖三首》《奉觀嚴鄭公廳事岷山沱江畫圖十韻（得忘字）》。

　　由上所述，可以覘知：1. 在藝術理論方面，杜甫首先非常看重「創作的靈感」。「讀書破萬卷」，是功力；「下筆如有神」，則是靈感。杜甫論畫，同樣應用靈感說。其次，杜甫主張藝術要有「矯健和奇古」的風格。〔註 118〕如其《題李尊師松樹障子歌》云：「老夫平生好奇古。」《李潮八分小篆歌》云：「書貴瘦硬方通神。」又《殿中楊監見示張旭草書圖》稱讚張旭的草書：「俊拔為之主。」好「奇古」，貴「瘦硬」，重「俊拔」，可代表杜甫對書畫藝術的見解。〔註 119〕

　　2. 從藝術的本質上看，首先，杜詩中所顯示的唐代藝術，仍是一種「以宮廷藝術和寺廟藝術為骨幹的貴族藝術」。歌舞、書法、山水，已如前論。與此同時，「畫壁之風」也仍在盛行。無論壁畫取材如何，其性質都只「適宜於粉飾宮殿，廟宇，廳事」，而非「一般平民所能享受的藝術」。其次，可見出唐代藝術的「混合性和戰鬥性」。所謂「混合性」，是指中國文化和外來文化的混雜與融合；所謂「戰鬥性」，是指這一時期的藝術，還「充分保留」著「北

〔註 116〕　杜呈祥：《杜詩與唐代的歌舞書法繪畫》，《文藝先鋒》第 7 卷第 4 期，1945
　　　　　　年 10 月 31 日，第 7 頁。

〔註 117〕　杜呈祥：《杜詩與唐代的歌舞書法繪畫》，《文藝先鋒》第 7 卷第 4 期，1945
　　　　　　年 10 月 31 日，第 9 頁。

〔註 118〕　杜呈祥：《杜詩與唐代的歌舞書法繪畫》，《文藝先鋒》第 7 卷第 4 期，1945
　　　　　　年 10 月 31 日，第 11 頁。

〔註 119〕　杜呈祥：《杜甫的才與藝》，《中國青年》復刊第 3 號，1947 年 5 月 25 日，
　　　　　　第 47 頁。

方游牧民族的戰鬥精神」。〔註120〕

三、有關杜甫研究的批評

杜呈祥對杜甫和杜詩的見解，還體現在兩篇批評文章中，其具體內容，見諸朱偰論杜與翦伯贊論杜兩節，此處僅略述大概。

1944年2月17日，朱偰作《杜少陵在蜀之流寓》，發表於《東方雜誌》四十卷八號。杜呈祥以為，朱文雖是近年研究杜甫生平諸作的翹楚，但於許多問題，尤嫌考證未精。7月20日，杜呈祥撰文與之商榷。其一，關於杜甫到達成都的時間，杜呈祥以為，當在乾元二年十二月二十日前。其二，關於高適刺蜀和杜甫往依，杜呈祥亦有新論。其三，杜甫寓蜀期間，曾避漢州。推其時間和原由，疑即是廣德二年的春天，杜甫從閬州回成都時的路遊，並非「往謁房琯」。其四，杜甫與嚴武相知最深，感情逾恒，《新唐書》少陵本傳關於嚴武欲殺杜甫的紀載，絕不可信。對朱文關於嚴武遷拜出鎮的年月之說，杜呈祥亦頗質疑。最後，有關朱文失實處，杜呈祥也有所指陳。〔註121〕

同年，翦伯贊在九卷二十一期的《群眾》雜誌上，發表《杜甫研究》一文。杜呈祥「拜讀」之後，於12月，「本學術立場，擇要提出討論」。〔註122〕首先，杜呈祥從史料批評和事實考訂的角度，歷舉翦文的錯誤，指出：由於撰者對杜詩未能詳細閱讀和慎重使用，往往誤解誤用，以致「張冠李戴」。〔註123〕其次，對於翦文的結論，杜呈祥也未敢苟同。第一，杜呈祥認為，杜甫「超過一切」的思想是對「君主和國家民族的感情」，但翦伯贊只是承認「杜甫的情感非常熱烈」，「愛家，愛友，愛貧苦人群」，對其「忠君思想」即「愛國思想」，卻隻字不提。第二，翦伯贊以為，杜甫的作品很少「吟風弄月，流連光景之作」，也很少「歌功頌聖，讚美權要之辭」；但在杜呈祥看來，杜詩裏到處充滿了「風」「月」「光」「景」一類的字眼和紀述，而「歌功頌聖」的作品，更是比比皆是；

〔註120〕 杜呈祥：《杜詩與唐代的歌舞書法繪畫》，《文藝先鋒》第7卷第4期，1945年10月31日，第11頁。

〔註121〕 杜呈祥：《關於〈杜甫在蜀流寓〉一文商榷》，《讀書通訊》第96期，1944年8月15日，第11～13頁。

〔註122〕 杜呈祥：《與翦伯贊論〈杜甫研究〉》，《文化先鋒》第4卷第21、22期合刊，出版時間不詳，第17頁。

〔註123〕 杜呈祥：《與翦伯贊論〈杜甫研究〉》，《文化先鋒》第4卷第21、22期合刊，出版時間不詳，第17頁。

與此同時，杜甫不但用詩歌來「讚美權要」，還常「奔走於權貴之門」，且「不自隱飾」。〔註124〕

　　作為歷史學家，杜呈祥的杜甫研究，有別於文學研究者的角度和路徑，從文學到藝術與社會，境界開闊，深細入微，呈現出文化社會學的特徵。如其《杜詩與唐代的歌舞書法繪畫》，開門見山，申明寫作的目的，是根據「史學的觀點」，從「杜詩的紀述」裏，窺探「唐代美術發達的盛況及其特質」，而不是「把杜詩當作一藝術品」，拿它「和歌舞，書法，繪畫比較」，或去「發現它們之間的相互關係」。〔註125〕

　　與此同時，杜呈祥還提出詩史互證的研究方法。由於兩唐書的《杜甫傳》和元稹的《唐故檢校工部員外郎杜君墓係銘》，均失之簡略，且紀載不同而大體都有訛誤。因此，關於杜甫及其詩的研究，仍有許多問題未能獲得圓滿解決，尚需作更詳盡的推考。〔註126〕杜呈祥以為，研究杜甫，應「一以杜詩為準，而副之以兩唐書本傳及其他同時人的紀載」，實際上，這也是研究古人生平者所應「共循」的途徑。〔註127〕材料方面，一方面，要擴大「史料搜集的範圍」，如研究唐代的文化史和政治史，需關注「東亞各國的歷史紀載和唐代一般文學家的作品」。〔註128〕另一方面，材料的甄別和選擇也至關重要。自唐宋以降，雖注杜詩者輩出，但現存最好的注本，首推錢牧齋的《杜工部草堂詩箋》，次之為仇兆鰲的《杜少陵集詳注》，再次為楊西

〔註124〕杜呈祥：《與翦伯贊論〈杜甫研究〉》，《文化先鋒》第 4 卷第 21、22 期合刊，出版時間不詳，第 20～21 頁。

〔註125〕杜呈祥：《杜詩與唐代的歌舞書法繪畫》，《文藝先鋒》第 7 卷第 4 期，1945年 10 月 31 日，第 4 頁。

〔註126〕杜呈祥去臺後，曾就此一問題撰成《兩唐書杜甫傳訂誤》，發表在《師大學報》1961 年第 6 期。該文認為，「現存有關杜甫傳記之資料，以元稹撰《唐故檢校工部員外郎杜君墓係銘》為最早，內容亦較最為可信。惜全文除稱讚杜詩外，敘及杜甫生平者，僅有二百多字。次為舊唐書之杜甫傳，共一千一百九十餘字，幾將元稹文中論杜詩部分全部錄入，直接敘杜甫生平者，僅六百八十餘字，然竟錯誤甚多。新唐書杜傳附於杜審言傳之末，其敘事部分，較舊書又減，約五百四十餘字，亦有不少之錯誤。乃依次為之訂正，兩傳各得十餘條」。參見程發軔主編、國立編譯館編《六十年來之國學》第三冊「史學之部」，臺北：正中書局，1974 年 5 月版，第 178 頁。

〔註127〕杜呈祥：《關於〈杜甫在蜀流寓〉一文商榷》，《讀書通訊》第 96 期，1944 年8 月 15 日，第 11 頁。

〔註128〕杜呈祥：《從杜詩中窺見的盛唐政治作風》，《史學雜誌》第 1 期，1945 年 12月 5 日，第 47 頁。

河的《杜詩鏡銓》。〔註129〕另外，歷史研究在集體敘事之外，也當注重個人敘事。杜呈祥指出：在「男性中心社會」裏，婦女史料的缺乏，成為必然的現象。因此，欲明瞭某個朝代的婦女活動及其生活，須從一些能反映或紀錄現實的私人著作裏，去搜求珍貴而重要的材料。〔註130〕這些觀點和主張，至今仍不乏指導意義。

〔註129〕 杜呈祥：《與翦伯贊論〈杜甫研究〉》，《文化先鋒》第 4 卷第 21、22 期合刊，出版時間不詳，第 17 頁。
〔註130〕 杜呈祥：《杜詩中的唐代婦女》，《婦女月刊》第 4 卷第 3 期，1945 年 4 月，第 50 頁。

第四章　抗戰大後方關於杜甫研究的論爭

抗戰時期，在大後方形成了抗戰文化的多元空間。各種文化在相摩相蕩之間，爆發出激烈的論爭，反映在文學領域，也就出現了論爭此起彼伏、高潮不斷的態勢。而在杜甫研究方面，同樣伴隨著學術爭鳴。縱觀此一時期的杜甫研究論文，有兩篇與他人的「商榷之作」，一是杜呈祥的《與翦伯贊論〈杜甫研究〉》，二是張汝舟的《與周邦式教授論杜詩書》。〔註1〕前者在指謬糾誤的背後，也隱藏著雙方史學思想與方法的尖銳對立；後者則是一種直抒己見的學理探討。

需要說明的是，題中所謂的「論爭」，從某種角度而言，並不成立。論爭意味著你來我往的交鋒，但本章所論及的兩篇文章，更多的只是單方面的行為。杜呈祥對翦伯贊的批評，自戰時延燒到戰後，雖在逐步升級中，時有硝煙彌漫，偶見火光衝天，但翦伯贊在當時，並無直接回應。而張汝舟的書信，雖然對彼時杜甫研究的弊端多有指謫，不過也僅是泛泛而論，並不針對具體個人。

另外，鑒於翦伯贊歷史學家的身份，故在結構安排上，將本章置於「抗戰大後方歷史學者的杜甫研究」之後，並首先對其《杜甫研究》的主要內容和主要觀點詳加引述，從而使之自然具有了一種承前啟後的作用。

〔註1〕孔令環：《現代杜詩學文獻述要》，《中州學刊》2016 年第 10 期，第 138 頁。該文將「張汝舟」寫作「張汝州」，有誤。

第一節　翦伯贊的《杜甫研究》及其引發的批評

　　1990 年 3 月，臺灣《傳記文學》第 56 卷第 3 期，曾刊載《在「文革」中被迫害致死的翦伯贊》一文。作者鄧廣銘在緬懷故人時，提及抗戰時期，寓居重慶的翦伯贊在《群眾》週刊（新華日報社編印）上發表過一篇《杜甫研究》，「真正是一篇粗製濫造的文章」，其中「對杜詩的誤解以及這樣那樣的硬傷，不勝枚舉」。「五十年代以後」，鄧廣銘和翦伯贊相熟，「知道他能寫很好的文章，舊詩也寫得不錯，不應當寫出那樣拙劣的文章。然而這篇文章出自他手，用他的名字刊出，卻又千真萬確」，因而感到這是「最令人難解的一件事」。〔註2〕

　　《杜甫研究》1944 年 10 月作於重慶歌馬場〔註3〕，發表於《群眾》週刊第 9 卷第 21 期，1944 年 11 月 15 日出版。共分六部分，包括：前言；杜甫的時代；杜甫的身世；杜甫的性格；杜甫的作品；餘論，並附《杜甫年表》。原文不易尋見，故先述其大略。

　　杜甫在中國文藝史上有「詩聖」之稱。「詩如何而後始為聖，沒有標準。不論杜甫的詩，是否至於聖，但自唐以來，迄於近世，言詩者無不推尊他，確是事實」。作者引元稹、王安石、畢沅、梁啟超對杜甫的評價，說明四人「雖各有其自己之觀點，但推崇備至，則異代同聲」。「推崇的出發點」，除梁任公著重於「作品中所含的情感」，餘者皆讚揚其「文學素養之深厚與文字技術之熟練、嚴謹、細緻與醇樸」。翦伯贊依據清人楊西龢所輯的《杜詩鏡銓》，從中發現「杜詩的真正價值」，「最主要的，還是由於杜甫的作品具有豐富的內容、深刻的含義和真實的情感。易言之，杜甫作品的價值，不僅在於他的美辭，

〔註2〕　鄧廣銘：《鄧廣銘全集》第十卷「書評　序跋　雜著」，石家莊：河北教育出版社，2005 年 7 月版，第 367 頁。

〔註3〕　據翦伯贊《回憶歌馬場》（載《人世間》第 5 期，1947 年 7 月 20 日，第 28～35 頁，末署「一九四七，六，一五於上海」），其寓居歌馬場，具體地點是「距離市鎮半里左右的劉家院子」，時間是從 1940 年春至 1946 年春。此一時期，市鎮附近有「立法院，司法院，司法行政部，最高法院，行政法院，乃至戰地黨政委員會」，以及「朝陽大學和鄉村教育學院」。翦伯贊於此的「最初半年」，寫成「若干關於中國人種起源和明史的論文」，後收入《中國史論集》第一輯；自 1943 年秋至 1946 年秋，又完成「中國史綱一二兩卷，中國史論集第二輯」。同時，從 1940 年秋，應閒住重慶巴縣中學的馮玉祥（煥章）之邀，為其講授中國史一年；應郭沫若之邀，在文委會講學，又應陶行知之邀，在育才學校講學，歷時三年。前後講授中國通史六次，專題講演若干。

而是在於他的現實主義」。「他控訴社會的罪惡，代言人民的痛苦。所以杜甫的詩，可以說是唐代天寶前後之時代的呼聲。即因如此，所以他的詩歌，便具有一種不冷的熱力，一直到現在，尚能鞭闢讀者的情緒，震盪讀者的心弦」。〔註4〕「杜甫為什麼要為自己、為大眾而哭叫？」這與其所處的時代及個人的遭遇，乃至他的性格都有很大的關係。

首言其時代。杜甫所處的時代，是從睿宗先天元年到代宗大曆五年，即公元 712 年至 770 年的 59 年。在此期間，唐朝的政權，以天寶之亂為轉捩點，發生了很大的變化。接後，又有僕固懷恩之叛和回紇、吐蕃的屢次入寇。同時，自關以東，藩鎮割據。「政治的變局，必然要影響到文學的作風」。天寶之亂以前太平盛世「靜止的文學」，到天寶之亂以後，一變而為「波瀾壯闊」的「動的文學」。「杜甫正是這個變局時代的詩人」。〔註5〕

次言杜甫的身世。「杜甫一生，真是閱盡治亂盛衰之跡，歷盡刀兵山川之險，嘗盡飢寒流離之苦，自中年以後，一官廢黜，萬里饑驅，餓走災山，老病孤舟，其生世之慘淡，實已極人生之酸辛」。〔註6〕

再言杜甫的性格。杜甫「曾經是一個活潑而天真的孩子，曾經是一個浪漫、清狂、豪放的青年」。但其晚年的性格，卻很「沉鬱」；不過，他的沉鬱並非天生，而是因為殘酷現實的壓迫所致。杜甫「極有骨氣」；「雖然窮困，但毫不將就」。他「常以清白自賞，不肯同流合污」。其「脾氣雖然很大，但情感卻非常熱烈」。對夫人、兒女、兄弟、姊妹、朋友，杜甫都有一種真摯的情感。這種情感，還表現在對當時貧苦人民的關懷。「富有不屈的氣節，最真摯的情感，同情貧窮人民，痛恨貪官污吏，這就是杜甫的性格」。〔註7〕

最後，是關於杜甫的作品。杜甫處於一個變局的時代，而「個人的身世，又如此慘淡」；同時，他又「孤芳自賞，情感熱烈」，所以其作品「必然要走上現實主義的道路」。杜甫的詩，「完全是紀錄他的時代，紀錄他的身世」，「有時直書，有時暗示，有時諷刺，有時譴責」，「毫不走樣」。「杜甫的詩歌，簡直

〔註4〕翦伯贊：《杜甫研究》，《群眾》第 9 卷第 21 期，1944 年 11 月，總第 945 頁。
〔註5〕翦伯贊：《杜甫研究》，《群眾》第 9 卷第 21 期，1944 年 11 月，總第 945～947 頁。
〔註6〕翦伯贊：《杜甫研究》，《群眾》第 9 卷第 21 期，1944 年 11 月，總第 948～949 頁。
〔註7〕翦伯贊：《杜甫研究》，《群眾》第 9 卷第 21 期，1944 年 11 月，總第 949～950 頁。

就是天寶前後的一部歷史」。〔註8〕總之,「杜甫的詩,最大的特點,就是不以美辭而害意,因而字字真切,毫無浮辭浪語。而且描寫細膩,真實入微」。「杜甫的確是中國文藝史上首屈一指的詩人」。〔註9〕

對於此文,如其「杜甫的身世」部分,李誼指出,作者「雖然表面上是在談唐代儒生的不幸遭遇,而實際上卻是在揭露抗戰期中進步知識分子所受的迫害」,「文章的矛頭指向」「十分清楚」,「並不是為研究杜甫而研究杜甫」。〔註10〕因此,作者在最後亦有聲明:「本文稿費移作援助貧病作家捐款」。〔註11〕

抗戰時期,經濟崩潰,物價高騰,若干作家,「病不能醫,貧無所告,死不能葬」。〔註12〕有鑑於此,中華全國文藝界抗敵協會在 1943 年 3 月召開五週年紀念大會時,決議救援貧病作家。至 1944 年下半年,更是高聲呼籲社會,發起大規模的「募集援助貧病作家基金運動」。翦伯贊撰寫此文,其初衷或許在於對此作出回應,但行文不免匆促,留下許多錯紕。「刊出之後,讀者大嘩」。〔註13〕如鄭學稼就曾譏刺翦伯贊「連杜甫作品都沒有讀清楚」,並進而指出:「他在《史綱》中連盆地,莊園的名詞都一知半解」。〔註14〕不僅如此,還「有人」「寫了文章,對其中的失誤逐一揭露出來,很迅速地在陶百川編的《中央週刊》上刊出,到抗日戰爭勝利之後,該文作者又重新加以改動,寄與《大公報》的《文史週刊》(胡適主編)再次刊出」。〔註15〕

鄧廣銘筆下的「有人」,應是杜呈祥。前文已有介紹。文曰《與翦伯贊論〈杜甫研究〉》,開門見山,題旨顯豁。末署「三十三年十二月於渝」。從時間上看,不可謂不「迅速」;從內容上看,也的確是對翦文「失誤」的「逐一揭

〔註8〕翦伯贊:《杜甫研究》,《群眾》第 9 卷第 21 期,1944 年 11 月,總第 950 頁。

〔註9〕翦伯贊:《杜甫研究》,《群眾》第 9 卷第 21 期,1944 年 11 月,總第 952~953 頁。

〔註10〕李誼:《「挺身艱難際 張目視寇讎」——試談杜甫及其詩歌在抗日戰爭中的影響》,《抗戰文藝研究》1982 年第 4 期,第 72 頁。

〔註11〕翦伯贊:《杜甫研究》,《群眾》第 9 卷第 21 期,1944 年 11 月,總第 954 頁。

〔註12〕中華全國文藝界抗敵協會:《為宣布結束募集援助貧病作家基金運動公啟》,《抗戰文藝》第 10 卷第 2、3 期合刊,1945 年 6 月,第 2 頁。

〔註13〕鄧廣銘:《鄧廣銘全集》第十卷「書評 序跋 雜著」,石家莊:河北教育出版社,2005 年 7 月版,第 367 頁。

〔註14〕鄭學稼:《由李健吾事件說浪子》,《中央週刊》第 9 卷第 16 期,1947 年 4 月 11 日,第 22 頁。

〔註15〕鄧廣銘:《鄧廣銘全集》第十卷「書評 序跋 雜著」,石家莊:河北教育出版社,2005 年 7 月版,第 367 頁。

露」；但文章卻是刊發在《文化先鋒》第 4 卷第 21、22 期合刊〔註16〕。

　　一開始，杜呈祥便談到他對翦伯贊的瞭解：「據說是」「一位用功頗勤的史學家」，然在「拜讀」《杜甫研究》之後，卻「發現其中頗多值得商討的地方」，乃「本學術立場，擇要提出討論，藉供讀過此文的人和撰者參考」。研究杜甫，當以杜甫的詩集為主要材料。翦伯贊自稱寫作此文時，係根據《杜詩鏡銓》，但對於杜詩本文，卻「往往誤解，而且誤用」，以致「張冠李戴」，「不一而足」。如在「杜甫的性格」一節中，把「叢臺」從「趙」（河北）擺到「齊」（山東）。又如，將「痛食狂歌空度日，飛揚跋扈為誰雄」兩句用來諷諫李白的「極普通」的詩，「看作杜甫的自敘」，並據以斷定其曾是一個「醉酒狂歌」的青年。同時，也將鄭虔的事情誤認為是杜甫的自敘。再如，「親朋無一字，老病有孤舟」，係杜甫在岳陽所作，卻被誤作是寫於長沙（第948頁）；而《又呈吳郎》的寫作地點，原是夔州，卻被誤認為成都。更有甚者，杜詩名句「朱門酒肉臭，路有凍死骨」，本出自《自京赴奉先縣詠懷五百字》，竟被誤作為「贈韋左臣詩」（第951頁）。最可笑的是，翦伯贊在「杜甫的作品」中引到「箭入昭陽殿，笳吹細柳營，內人紅袖泣，王子白衣行」一節時，下注「送郭充詩」四字。究其原因，當是將詩題「奉送郭中臣兼太僕卿」和「隴右節度使三十韻」之間的動詞「充」，誤作是郭中臣兼太僕卿的大名。上述種種，均表明翦伯贊的「治學態度欠慎審」。正因為如此，《杜甫研究》一文的紀載「多訛」。例如「杜甫在安史亂前安置和探視家小的情形」；又如「敘杜甫從賊中脫險到鳳翔以後的情形」；再如「撰者寫杜甫棄官後流寓秦隴，展轉入蜀的情形」，其中的錯誤不但比比皆是，甚至達到「令人驚異」的程度。

　　翦文在「史料批評和事實考訂」方面的錯誤大致如此，至於其寫作動機和所得結論，杜呈祥既有質疑，也未敢苟同。因為第一，「用同樣的材料或事實本來可以抽繹出不同的結論」；第二，杜呈祥本人對杜甫，「也還沒有一個十分清晰完整的面容」。在他看來，杜甫雖在各方面「現實」而且「熱情」，但「並不庸俗，也不浪漫」，更不會「只是詛咒現狀而絕對避免讚頌一切」。對研究者而言，「應該竭力地尋求他的全貌和真面目」。〔註17〕

〔註16〕據合刊《編後記》云：「杜呈祥先生是三民主義青年團編審，對杜詩極有研究。」
　　　　（第11頁）

〔註17〕杜呈祥：《與翦伯贊論〈杜甫研究〉》，《文化先鋒》第 4 卷第 21、22 期合刊，
　　　　出版時間不詳，第 17～20 頁。

對於此次批評，杜呈祥曾有回顧：「民國三十三的冬天，我正在看杜詩，因而也搜集到不少的時人所寫有關杜甫和杜詩的文章，其中之一，便是翦伯贊的大著《杜甫研究》。當時，翦伯贊雖已出版「一本《中國史論集》和一本《中國史綱》」，但杜呈祥尚無暇拜讀，因此對其「著作和學問」，「可以說是毫無成見」。及至讀過翦文，感覺「十分詫異」，認為其「粗心」，「連極淺顯的舊書都讀不懂」，於是「費了兩天的工夫，把那篇《杜甫研究》的錯誤一起鈎出來，就手寫了一篇《與翦伯贊論杜甫研究》，送給了正在編文化先鋒的徐文珊先生」。徐看後提出兩點意見：一是「文字太長」，「翦君的原文只萬多字，這一篇批評文章也快到一萬字，而且文化先鋒的篇幅小，也委實登不下過於冗長的文章」；二是主張「把文內批評到翦君整個治學態度的話都刪去」。杜呈祥乃照此意見，刪掉「將及五分之二」。但文章刊出之後，卻「沒有一點反響」。〔註18〕

1947 年 1 月 22 日，《文萃》第二年第十五、十六期合刊（總第六十五、六十六期）〔註19〕又發表翦伯贊的《正在展開中之史學的反動傾向》。文中對「曾經參加國大制憲的胡適」有所攻擊，同時宣稱參加「抗戰的首都」重慶「全國歷史學會」的「二百以上〔註20〕大學和專科的史學教授」是「應詔而至」，〔註21〕並隱然將「中國的史學界劃分為兩大壁壘」，即「古典學派和科學的歷史學派」。〔註22〕是年 2 月初，杜呈祥讀到此文，頗有感觸，遂檢出批評翦伯贊《杜甫研究》的舊作，「初登載於天津大公報二月二十八日的文史週

〔註18〕杜呈祥：《論翦伯贊的史學方法》，《中央週刊》第 9 卷第 32 期，1947 年 5 月 27 日，第 13 頁。《中央週刊》時任主編為張文伯。

〔註19〕編輯出版者：文萃社（上海福州路八九號二樓三九號）；華北總經售處：中外出版社（北平西長安街甲二三）。該刊「每逢星期四出版」。

〔註20〕「中國史學會」正式成立於 1943 年 3 月 24 日，實際參會人數為 124 人，會議公推黎東方擔任臨時主席，公推顧頡剛、黎東方、徐炳昶、傅斯年、雷海宗、蔣復璁、黎錦熙、金毓黻、陳衡哲九人為主席團，並由主席團公推顧頡剛為總主席（《中國史學會今日成立》，《新蜀報》1943 年 3 月 24 日第 3 頁；《中國史學會成立大會紀念錄》，《史學雜誌》創刊號，1945 年 12 月 5 日，第 125 頁）。會刊為《中國史學》，其第一期由重慶中華書局於 1946 年 5 月出版。

〔註21〕翦伯贊：《正在展開中之史學的反動傾向》，《文萃》第 2 年第 15、16 期合刊，1947 年 1 月 22 日，第 42 頁。

〔註22〕杜呈祥：《論翦伯贊的史學方法》，《中央週刊》第 9 卷第 32 期，1947 年 5 月 27 日，第 13 頁。

刊，繼登載於上海大公報三月十二，十九日的文史週刊」。〔註 23〕

杜文的此次重載，則「發生了相當的影響」〔註 24〕。四月十三日，上海《文匯報》發表「老張」的《故都瑣記》，小標題為「善不必明，理不必察，胡塗胡適」，文章末尾說到：「『京派』學者們是常常無理由地自相驚擾的，胡適亦然。他聽說誰要對《文史》開火了，特地請了一次客，決心整頓《文史》，以新姿態出現，於是就出現了第十九期杜呈祥一篇《讀翦伯贊的杜甫研究》，不但批評杜甫研究，而且批評翦伯贊的為學態度，而且譏嘲到一切『海派的』以『科學的』的『史學家自居』的人。文章的話是對的，態度卻是可卑的幫閒姿勢。因為照他們這〔樣〕推論，大概只有認為『科學』是『京派』學者到美國資本家那裡去包銷獨佔了的。眼界心胸之小，也足以為這些人的沒落作一說明。」

對於此文，杜呈祥認定是「翦伯贊之徒」所寫，乃再撰文評論翦伯贊的「史學方法」，而其戟指的靶的，仍是《杜甫研究》。

首先，杜呈祥認為，史學的研究，「絕對離不開對於『人』，『地』，『時』和『數字』的研究」。但在《杜甫研究》中，可以看出翦伯贊對「歷史中的『人』的觀念」，「很馬虎」；對於「地」的觀念，「更不十分清楚」；對歷史的「時間」，「更不十分注意」；在「數字」上，則「毫不加計較」，「一篇和三篇賦，三個兒子和兩兒兩女」，「是可以隨便寫的」。這在杜呈祥看來，「是絕對不可饒恕的一種粗率，是絕對無法救藥的一種低能」。

杜呈祥進而又舉一例，杜甫《奉贈鮮于京兆二十韻》的寫作，「應該是在天寶十二載，而不在天寶十一載」，「根本是在李林甫死後」所寫，但翦伯贊為說明「當李林甫在位時，一般詩人不能進身」，「硬是」將其寫作時間，「嵌入『李林甫在相位的十九年』中」。

最後，杜呈祥指出，《杜甫研究》所附《杜甫年表》，是「由各種杜詩本子所載杜甫年譜雜抄而成」，而「文內的一些紀述」，則多半是「自己根據『史料』抽繹出來或雜抄旁人的文章」。「最可笑的」是，其「本文所記杜甫的生平」，很多地方與「附表上的紀載」不同，且「大半是本文錯而附表不錯」，二

〔註 23〕杜呈祥：《論翦伯贊的史學方法》，《中央週刊》第 9 卷第 32 期，1947 年 5 月
　　　　27 日，第 14 頁。
〔註 24〕杜呈祥：《論翦伯贊的史學方法》，《中央週刊》第 9 卷第 32 期，1947 年 5 月
　　　　27 日，第 13 頁。

者「雜然並列」，但翦伯贊卻「不自知其矛盾」。

文章末尾，杜呈祥對翦伯贊發出呼籲：「如果不肯從頭做起，仍舊是這樣好高騖遠，自欺欺人」，「將永遠是一個中國史學界的游民」，「不但無法完成『寫成完整而有系統的歷史』的任務，連『整理史料』也成為不可能」，更遑論「變成『科學派』的『領導人物』」。〔註25〕

其後，對翦伯贊的批評，則溢出《杜甫研究》之外，如繆鳳林〔註26〕在「開卷閱讀」《中國史論集》時，「僅僅看了第一面之半」，便在「短短的半面六行之中」，「直覺地發現了六個錯誤」。〔註27〕

《杜甫研究》發表後所引發的批評，「對翦在學術文化界的聲譽和地位」，「起了一些不好的影響」。「翦伯贊對於這篇批評文章，始終保持緘默，不作答辯」。〔註28〕但這也僅限於彼時。1957 年 9 月 23 日的《文匯報》，刊有翦伯贊的《從學術自由談起》，作者在抨擊國民黨的圖書雜誌原稿審查制度時，曾現身說法道：

> 我記得我寫過一篇《杜甫研究》，在這篇文章中我引用杜甫的《兵車行》《前出塞》《石壕吏》《新安吏》《垂老別》《新婚別》《無家別》，全被刪去了。因為被刪的地方不准做任何記號，以致前後脫節，達到了不通的程度。而審查官的批示是：「此文顯係以古非今，破壞兵役，發還修改，再送審。」
>
> 問題並不到此為止，這篇文章還引起了中統局的憤怒，有一個

〔註25〕杜呈祥：《論翦伯贊的史學方法》，《中央週刊》第 9 卷第 32 期，1947 年 5 月 27 日，第 14～15 頁。

〔註26〕繆鳳林（1898～1959），字贊虞，浙江富陽人。1923 年，畢業於南京高等師範，應聘前往瀋陽東北大學，講授歷史。1928 年，應國立中央大學之聘，住南京居安里。抗戰軍興，隨中大遷重慶，除任教於歷史系外，又因西北軍事當局邀請，四度赴大西北地區講演與考察。其後中大師範學院史地學系成立，兼系主任。1949 年，曾自南京攜部分藏書去臺，臺灣省政府主席陳誠與之晤談，並邀其主持臺灣省文獻委員會，故決定返回南京準備行裝。但返抵南京後，中大聘其為文學院歷史學系主任，遂留任。大陸易手後，一度被送往東北「勞改」，獲釋返南京後，「病休多年」。1959 年 5 月病逝，年六十有二。參見劉紹唐主編《民國人物小傳》第 10 冊，上海：上海三聯書店，2015 年 8 月版，第 387～388 頁。

〔註27〕繆鳳林：《看了翦伯贊中國史論集第一面之半》，《中央週刊》第 9 卷第 52 期，第 54～113 頁。該刊時任發行人：劉光炎，編輯人：劉光炎、馮放民。

〔註28〕鄧廣銘：《鄧廣銘全集》第十卷「書評 序跋 雜著」，石家莊：河北教育出版社，2005 年 7 月版，第 367 頁。

名叫杜呈祥的特務，在中統的刊物《文化先鋒》上寫了一篇文章向我作政治性的進攻，原文很長，記不清楚了，只記得其中有這樣一句是：「杜甫終究是第八世紀的中國詩人，他的詩裏面絕不會有『衝呀，同志們！』一類話的。」應該說明一下，這一類的話，在我的文章中是沒有的。〔註29〕

考《杜甫研究》原文，發表時刪節頗多，尤其是其第五部分《杜甫的作品》，有兩處明確的標示：「下被略八百字」，「下略八百餘字」。〔註30〕1962 年，該文被《杜甫研究論文集》第一輯〔註31〕收錄，並附翦伯贊同年 9 月 1 日所作的《後記》。據此可知，《杜甫研究》發表後，曾收入《中國史論集》第二集，1948 年 8 月再版發行時，對刪節部分有所增補，卻又刪去結語和所附年表等；文字、標點亦略有出入。此次出版，又就記憶所及，再作修改。寫作的背景，則是日寇已陷衡陽，正向西南進犯之際。文章發表時，「桂林、柳州、南陽已相繼淪陷，黔邊吃緊，重慶震動」，並有詩為證：「焦土常桃血未乾，又傳日寇陷衡山，焚書到處縱秦火，殺敵何人出漢關，南渡君臣憐晉宋，北征豪傑遍幽燕。不堪回首巫巴外，萬里烽煙遠接天。」〔註32〕

「杜甫終究是第八世紀的中國詩人，他的詩裏面絕不會有『衝呀，同志們！』一類話的。」杜呈祥此說，原是針對翦伯贊關於杜甫的評論有感而發，即「在杜甫的作品中，很少有那種吟風弄月，留連光景之作；也很少有那種歌功頌聖，讚美權要之辭」〔註33〕。杜文如下：

> 翦先生這樣的說法，當然是極端恭維杜甫是革命詩人的意思。其實，杜甫無論如何革命，他終究是第八世紀的中國詩人，他的詩裏面絕不會有「衝呀！同志們！」一類的詞句在內的。相反的在杜甫詩裏面，可說是到處充滿了「風」，「月」，「光」，「景」一類的字眼和紀述的。尤其說到杜甫〔詩〕裏面很少有歌功頌聖，讚美權要之辭，我更不敢贊同。至少是杜甫裏面的「歌功頌聖，讚美權要的」

〔註29〕翦伯贊：《歷史問題論叢》，北京：人民出版社，1962 年 2 月版，第 24 頁。
〔註30〕翦伯贊：《杜甫研究》，《群眾》第 9 卷第 21 期，1944 年 11 月，總第 951 頁。
〔註31〕翦伯贊：《杜甫研究》，《杜甫研究論文集》一輯，北京：中華書局，1962 年 12 月版，第 148～167 頁。
〔註32〕翦伯贊：《杜甫研究》，《杜甫研究論文集》一輯，北京：中華書局，1962 年 12 月版，第 166～167 頁。
〔註33〕翦伯贊：《杜甫研究》，《群眾》第 9 卷第 21 期，1944 年 11 月，總第 950 頁。

的〔註34〕詩，並不少於翦先生在本文內所列舉的罵貪官污吏和揭錄貪污剝削的詩歌的。〔註35〕

　　「讚美權要」自然是不大好的，但唐代的一般文人如杜甫、李白、韓愈等，都是並不恥於因為自己的前途和生計而干人的，在他們大概認為這是小節，與個人的人格無損的。

　　杜甫不但用詩歌來「讚美權要」，還常奔走於權貴之門，他並且不自隱飾。〔註36〕

　　不過，需要指出的是，《杜甫研究》中雖然沒有「衝呀，同志們！」一類的呼喊，但是，翦伯贊在論及安史之亂時，卻說：「不久，肅宗即位於靈武，新的抗戰政府在西北出現，這才收回首都扭轉危局」〔註37〕這些辭句，出現在「抗戰」的時代語境中，難免不會引人猜想。而多年後翦伯贊的講述，也仍只是一種「政治性」的迴護，對於杜呈祥在學術上的「進攻」，並未展開阻擊。

　　相較而言，朱自清對翦伯贊的評價則平和得多。1945 年 8 月 1 日，其日記載：「讀完翦伯贊的《中國史論集》，具有新的立場，但深度不夠」。又 8 月 4 日，「讀翦伯贊的《杜甫研究》。彼強調杜甫之社會因素，但作為一位學術研究者，其學術性不足」。〔註38〕

　　後來的杜詩研究者，對翦文也多有論及。如焦裕銀認為，《杜甫研究》在論述杜詩的思想內容時，主要還是強調其作為「詩史」的意義與價值。〔註39〕在研究方法上，林繼中則認為《杜甫研究》是對階級分析法的嘗試。〔註40〕吳中勝的《杜甫批評史研究》第五章「民國時期杜甫批評」第四節「抗戰時期的杜甫形象及杜詩評論」，也有較多文字的評述。在他看來，翦文認為「杜詩

〔註34〕原文如此，其中的一個「的」當係衍字。

〔註35〕杜呈祥：《與翦伯贊論〈杜甫研究〉》，《文化先鋒》第 4 卷第 21、22 期合刊，出版時間不詳，第 18 頁。

〔註36〕杜呈祥：《與翦伯贊論〈杜甫研究〉》，《文化先鋒》第 4 卷第 21、22 期合刊，出版時間不詳，第 19 頁。

〔註37〕翦伯贊：《杜甫研究》，《群眾》第 9 卷第 21 期，1944 年 11 月，總第 947 頁。

〔註38〕朱自清：《朱自清全集》第十卷「日記編・日記（下）」，朱喬森編，南京：江蘇教育出版社，1998 年 3 月版，第 360 頁。

〔註39〕焦裕銀：《杜甫研究論文綜述（1911～1949 年）》，《文史哲》1986 年第 6 期，第 102 頁。

〔註40〕林繼中：《百年杜甫研究回眸》，《河北大學學報》1999 年第 2 期，第 6 頁。

的哭叫喊出了史上諸多大變局時期人們共同的心聲」〔註41〕，因而杜甫堪稱「全民眾全社會的代言人」〔註42〕。此外，該文「從歷史學家的眼光來看杜詩」，所以「充分肯定其寫實性」〔註43〕。但吳中勝的行文也小有瑕疵。一是注釋的錯誤，將《杜甫研究》發表的卷期顛倒為「《群眾》第9期第21卷」。二是引述的錯誤。如：「歷史學家翦伯贊作有《杜甫研究》一文，認為杜甫不像梁啟超所說的那樣『三板一眼地哭叫人生』，而且是『為貧苦大眾，為變局的時代而哭叫』」。〔註44〕證之原文，則是：「誠如梁任公所云杜甫的詩，是『三板一眼』地在『哭叫人生』，他不僅為自己的窮愁抑鬱而哭叫，也為貧苦大眾、為變局的時代而哭叫」。〔註45〕其後，翦文在論述杜甫的作品時，斷定其「必然要走上現實主義的道路」，也「用梁任公的話說，他必然要『哭叫人生』」。〔註46〕可見，翦伯贊對梁啟超的觀點是持贊同的態度，而吳書則以是為非。

　　翦文對杜甫性格的探討，也為研究者注目。杜曉勤曾有過梳理，勾畫出一條簡潔的線索，即：梁啟超的《情聖杜甫》和胡適的《白話文學史》，是20世紀較早把杜甫還原為普通人，分析杜甫身上平民意識的研究成果。從它們開始，杜甫性格的可愛之處和生活情趣，才開始凸現出來。〔註47〕從三十年代直到七十年代末，學界又因各種政治因素和時局的影響，多注意杜甫的思想和世界觀的研究，涉及杜甫性格、情感和生活情趣的文章只有翦伯贊的《杜甫研究》、馮靖學的《杜少陵對生物的情感》和彭清的《杜甫的性格》等可數的幾篇。〔註48〕但論者亦有忽略，例如：1925年，余俊賢的《杜甫平傳》之三，就以「杜甫之性格」為題，專門論述杜甫的個性，並歸納出七點：忠君愛

〔註41〕吳中勝：《杜甫批評史研究》，北京：中國社會科學出版社，2012年4月版，第324頁。

〔註42〕吳中勝：《杜甫批評史研究》，北京：中國社會科學出版社，2012年4月版，第323頁。

〔註43〕吳中勝：《杜甫批評史研究》，北京：中國社會科學出版社，2012年4月版，第324頁。

〔註44〕吳中勝：《杜甫批評史研究》，北京：中國社會科學出版社，2012年4月版，第324頁。

〔註45〕翦伯贊：《杜甫研究》，《群眾》第9卷第21期，1944年11月，總第945頁。

〔註46〕翦伯贊：《杜甫研究》，《群眾》第9卷第21期，1944年11月，總第950頁。

〔註47〕杜曉勤：《隋唐五代文學研究》下，北京：北京出版社，2001年12月版，第890頁。

〔註48〕杜曉勤：《隋唐五代文學研究》下，北京：北京出版社，2001年12月版，第891頁。

國；矜誇；高傲；富於同情；篤於友誼；弟妹情深；嗜酒。〔註49〕1941年，朱偰在其《杜少陵評傳》中，也曾闢出一節，根據杜甫一生的行事思想和言論詩詞，推定其個性有四端：一曰忠厚，二曰質直，三曰沉鬱，四曰真摯。〔註50〕其餘論及杜甫的性格但未明確點題的文字，並不鮮見。針對翦文的有關說法，杜呈祥以為，雖然翦伯贊承認杜甫的情感非常熱烈，愛家，愛友，愛貧苦人群，但杜甫的忠君愛國思想，更是超越一切，所以蘇東坡才說他是「一飯未嘗忘君」。實際上，封建時代的君主，就是國家的代表；杜甫的忠君，就是愛國。遺憾的是，翦文卻隻字不提。〔註51〕

在杜甫批評史上，翦伯贊的《杜甫研究》雖佔有一席之地，但終究不過是「敗筆」〔註52〕。研究者應自有辨識，不可輕信盲從；而個中教訓，治學者也當時時戒惕。

第二節　張汝舟與周邦式論杜

張汝舟（1899～1982），生於安徽合肥東鄉蠻張村（後改稱南張村，今屬滁州市全椒縣章輝鄉）。名渡，以字行，號二毋居士，取「毋欲速、毋自欺」之義。1926年，考入東南大學中國文學系，受業於王伯沆、黃侃、吳梅、汪辟疆。1928年，就讀於國立中央大學，從黃侃習聲韻。1930年畢業後，執教於安徽省立六中。1938年，安徽省立六中併入安徽國立八中，隨校遷湘西永綏。1941年秋，應錢基博之邀，受聘藍田師院國文系講師，一年後升任副教授。與張舜徽過從甚密。〔註53〕1945年，受貴州大學校長張廷休及中文系主任錢堃新之邀，任貴大中文系教授。1952年，因院系調整，往貴陽師範學院執教。1959年，調回新貴大。1971年9月，被遣返南張村故里賦閒，曾設館

〔註49〕余俊賢：《杜甫平傳》，《國立廣東大學文科學院季刊》第1期，1925年秋，第166～174頁。

〔註50〕朱偰：《杜少陵評傳》，重慶：青年書店，1941年6月版，第118～119頁。

〔註51〕杜呈祥：《與翦伯贊論〈杜甫研究〉》，《文化先鋒》第4卷第21、22期合刊，出版時間不詳，第19頁。

〔註52〕章詒和：《心坎裏別是一般疼痛——憶父親與翦伯贊的交往》，《社會科學論壇》2004年第7期，第76頁。據此可知，章詒和出生於「重慶北碚李子壩」「嘉陵新村半山新村」，但李子壩並不屬於北碚，而在今之渝中區。

〔註53〕張道鋒：《張汝舟年譜簡編》（一），《滁州職業技術學院學報》2018年第1期，第97～100頁。

講學。先後擔任中國佛教協會理事、安徽省文史館顧問、安徽省書法協會名譽理事、安徽省詩詞學會顧問等職。1978 年秋，被安徽師範大學滁州分校聘為顧問教授。1982 年 1 月 22 日，卒於滁州師專家中。出版著作有：《簡明語法》（五十年代出版社，1955 年 4 月）、《二毋室古代天文曆法論叢》（浙江古籍出版社，1987 年 2 月）、《二毋室漢語語法論叢》（貴州人民出版社，1987 年 3 月）、《二毋室論學雜著選》（貴州人民出版社，1990 年 3 月）等。〔註 54〕2019 年 3 月，《張汝舟手稿集》（全四冊）由國家圖書館出版社出版。〔註 55〕

　　《與周邦式教授論杜詩書》，發表在《貴大學報》第一期文史號〔註 56〕（第 6～7 頁，總第 149～150 頁），1946 年 9 月出版。周邦式（1895～1968），名長憲，號恕齋，以字行。湖南長沙人。北京大學法學院法律系畢業。曾任北京警官高等學校教官，新華商科大學、畿輔大學、郁文大學、平民大學、大夏大學、光華大學、勞動大學、湖南國立師範學院、重慶國立女子師範學院等校教授。1950 年任西南師範學院教育系教授。後調入重慶師範學院（即今之重慶師範大學），任中文系教授。〔註 57〕《貴大學報》第一期的「汝舟近稿」中，另有與周邦式唱和者兩首（第 7 頁，總第 142 頁），署名「張渡」。其一，《邦式五十初度居士林為拜普佛敬獻長句》：「養禮養心理不違，都應計日論臞肥。尚須待我三年學，方可希君去歲非。何幸講筵欣結契，更難禪寺對忘機。就中多少醍醐味，今以稱觴各醉歸。」其二，《庵居二首用邦式一春韻》：「華顛始欲一庵送〔註 58〕，我未顛華願不違。山珍野蔬天布施，雨蛙晴鳥道樞機。最難攝念成今是，何遽馳情憶昨非。病後工夫嗟減退，憑欄竟夕看螢飛。」

〔註 54〕張道鋒：《張汝舟年譜簡編》（二），《滁州職業技術學院學報》2018 年第 4 期，第 96～99 頁。

〔註 55〕手稿集由張道鋒整理，分為九類：一、聲韻學；二、漢語語法；三、天文曆法；四、歷史學；五、文學；六、佛學；七、書信；八、日記；九、其他。「近現代學人學術著述叢刊」之一。張道鋒為滁州學院客座教授。據悉，此書之後，將有《張汝舟文集》和《張汝舟先生編年事輯》繼續整理出版（安徽網大皖客戶端訊，2019-06-13）。

〔註 56〕編輯者：貴州貴築縣花溪新村國立貴州大學學報編纂委員會；發行者：國立貴州大學教務處出版組；印刷所：貴陽中央日報社承印組。

〔註 57〕參見西南師範大學教授名錄編寫組編《西南師範大學教授名錄》，重慶：西南師範大學出版社，2000 年 10 月版，第 201 頁；吳宓《吳宓書信集》，吳學昭整理、注釋、翻譯，北京：生活‧讀書‧新知三聯書店，2011 年 11 月版，第 413 頁。

〔註 58〕原詩有旁注：「遺山詩『一庵吾欲送華顛』。」

「性本孤高強適俗，可憐垂老尚依違。苦無託俗承僧憫，敢道棲遲避世機。到此勞人蠲草草，且容玄想證非非。挑燈誰共深宵雨，點點簷花傍檻飛。」

　　書信首先從杜甫的思想傾向來解讀杜詩。一是杜甫「深於儒術」。如《法鏡寺》「身危適他州，勉強終勞苦」之句。所謂「身危」，指身處危難。黃鶴曰：「身危，謂避關輔之饑也。」似嫌拘泥。蔡夢弼曰：「《發秦州》詩云『無食問樂土，無衣思南州』是也。」「謂此行本出於不得已也。」〔註59〕對於「勉強終勞苦」，陳式《問齋杜意》卷六曾稱讚其「妙」，進而指出：「本謂生來勞苦，即有不得不終之勞苦。鋪敘深山古寺，景可破愁，幸從初日至亭午，卻不能更尋子規微徑，以日計之，一日有一日應終之勞苦也。從一日念生平，『終』字中本帶有二意。」〔註60〕張汝舟則拈取「勉強」二字加以申論。在他看來，「勉強」二字，一方面，應從《中庸》去理解。杜甫自居勉強，不敢擬於安行利行之列，如同韓愈《答李翊書》所自謙，是「望孔子之門牆而未入其宮」。可見，「真用力者，出辭必有分寸」。另一方面，也足見杜甫「用力之勤，竟終勞苦」，較之「儒冠多誤身」，尤「深蘊可痛」。

　　二是杜甫「亦通佛法，時有禪機」。如《題張氏隱居》其一云：「不貪夜識金銀氣，遠害朝看麋鹿遊」。張氏，殆指張玠。《左傳·襄公十五年》：「宋人或得玉，獻諸子罕。子罕弗受。獻玉者曰：『以示玉人，玉人以為寶也，故敢獻之。』子罕曰：『我以不貪為寶，爾以玉為寶，若以與我，皆喪寶也。不若人有其寶。』」又《南史·隱逸傳》：「（孔）道徵父祐至行通神，隱於四明山，嘗見谷中有數百斛錢，視之如瓦石不異。採樵者競取，入手即成砂礫。」此「不貪」所本。《孟子·盡心上》：「舜之居深山之中，與木石居，與鹿豕遊，其所以異於深山之野人者幾希；及其聞一善言，見一善行，若決江河，沛然莫之能禦也。」仇注引《關中記》：「辛孟年七十，與麋鹿同群，世謂鹿仙。」董養性曰：「三聯稱美張氏，內能清心寡欲，外能全身遠害。」〔註61〕金聖歎《唱經堂杜詩解》卷一曰：「『不貪』『遠害』四字，是隱居真訣。《天官書》：『金銀之氣見於上，下必為覆軍之墟。』古語：『麋鹿走於山林，而命懸於庖廚。』

〔註59〕蕭滌非主編：《杜甫全集校注》四，北京：人民文學出版社，2014年1月版，第1727頁。

〔註60〕蕭滌非主編：《杜甫全集校注》四，北京：人民文學出版社，2014年1月版，第1730頁。

〔註61〕蕭滌非主編：《杜甫全集校注》一，北京：人民文學出版社，2014年1月版，第14～15頁。

利害如此，既已識得透，看得確，而尚敢貪，尚敢不遠，豈人情哉？說得悚然。七八承上文，言說到此處，便使人回視山外，茫無投足之處，古云『杳然』。既對君如虛舟，然則山外干戈相尋，不言可知。」〔註62〕張汝舟認為，「金銀」二字，實與佛寺有關，當求其義於佛法。古文法中，多有「金銀該七寶」之說。而「金銀佛寺開」，即是說佛寺七寶莊嚴。整句意為：張氏乃隱君子，兼修佛乘，當其夜課，觀照佛國莊嚴，更何有人間富貴，可以「不貪」。而下對中的「朝看麋鹿遊」，是指絕士夫之往還，可以「遠害」。兩句辭義相稱。舊說之所以含混，是未見其旨趣所在。

又如《上兜率寺》云：「庾信哀雖久，何顒好不忘」；《嶽麓道林二寺行》云：「久為謝客尋幽慣，細學周顒免興孤」，諸家皆云：何顒為周顒之誤。《南史‧周顒傳》：「顒音辭辯麗，長於佛理，著《三宗論》，言空假義」，其「清貧寡欲，終日長蔬。雖有妻子，獨處山舍」。〔註63〕《杜甫全集校注》在此詩「備考」中，有「關於『何顒』之歧解」〔註64〕一則，可參考。汪瑗認為，「庾信哀雖久，何顒好不忘」一聯所引，「蓋謂己雖久思故鄉，而客中朋友之好，亦有不能恝然而忘者。乃述己登寺所感之懷耳，無與佛書事也」，而「久為謝客尋幽慣，細學周顒免興孤」亦是此意。〔註65〕張汝舟認為，何是指何胤，顒是指周顒，一姓一名，如巢由、伊望之比。何胤、周顒相契，皆奉佛法，所謂周妻何肉為累者。杜甫心雖好佛，而有妻食肉，詩用何顒，方見精切。《二寺行》中也當是何顒，即「比己與所欲依止之老宿」。「老宿」，王洙注為「僧之年臘高者」。張汝舟疑其「所欲依止之老宿」，即「太守庭內之僚屬」，若作周顒，「免興孤」三字，便無著落。

次則著眼於杜詩的藝術技巧，尤其是「曲筆」的運用。如《樂遊園歌》云：「聖朝亦知賤士醜，一物自荷皇天慈。此身飲罷無歸處，獨立蒼茫自詠詩。」「樂遊園」，亦名「樂遊苑」「樂遊原」。詩寫春日美景遊筵情事及所生發的感

〔註62〕（清）金聖歎：《杜詩解》，鍾來因整理，上海：上海古籍出版社，1984年1月版，第15頁。

〔註63〕蕭滌非主編：《杜甫全集校注》一〇，北京：人民文學出版社，2014年1月版，第5737～5738頁。

〔註64〕蕭滌非主編：《杜甫全集校注》五，北京：人民文學出版社，2014年1月版，第2794～2795頁。

〔註65〕蕭滌非主編：《杜甫全集校注》五，北京：人民文學出版社，2014年1月版，第2792頁。

慨。杜甫此時困守長安多年，獻《三大禮賦》，待制集賢院，僅得「參列選序」資格，未嘗授官，一生理想抱負難以實現。〔註66〕前兩句意為：聖朝亦知賤士為醜行，既然朝不棄一士，天不遺一物，難道「我」不是「士」之一，不是「物」之一麼？何以「朝廷不錄，皇天不慈」，「使我失所」。後兩句則「極無可奈何之至」。此四句，寄慨遙深。其中，「聖朝亦知賤士醜」為主，「一物自荷皇天慈」為賓。而「亦」字最見精神。昏君庸相，亦知貴士為榮行，如史遷所云，此即「忠者不忠」「賢者不賢」之謂。所謂「一物」，仇兆鰲《杜詩詳注》卷二云：「指酒，猶陶公云杯中物。江淹詩：『一物之微，有足悲者。』」謂朝已被棄，而天尤見憐，故「假以一飲之緣」。張汝舟認為，仇注以「賤士」為老杜自指，言聖朝亦知我醜，故曰「朝已被棄」，此說「大誤」。而下句尤非，「杯中物」雖可用以代酒，但「一物」怎能指「酒」？更有甚者，因附和仇注，或改「亦」為「已」，改「自」為「但」，如此則「意味全失」。

最後是對時人論杜的批評。一種觀點，認為《秋興》八首「不通」。關於《秋興》，已有韓昌黎、蘇東坡、黃山谷，以至王漁洋、沈歸愚、袁隨園、姚惜抱、曾文正、陳散原等「千百文豪」，「保證其通」，無需再去饒舌。

另一種觀點是，杜詩「非戰」，致令民氣消沉。張汝舟認為這是「淺見」，並從三方面加以論述。第一，強調內政清明是根本。如果「賢者在位，能者布職，海內晏如，四夷向化，斯為美矣」，則「何事於兵」？第二，闡明講武練兵的重要，即「整軍經武，備而不用，胡虜畏威，宵小斂跡，斯亦可矣」。第三，指出用兵的危害。即便「揚威萬里，勒銘燕然」，但也會導致「民困財枯，重傷國本」，「斯為失矣」；而最壞的狀況是，如果「君昏將庸，喜談邊略，屢挫國威，徵調不繼」，便有「分道捕人，枷鎖押送，草菅民命，呼籲無門」，如天寶年間的用兵，這就是杜甫寫作「前後出塞」「三別」「三吏」、《兵車行》諸篇的根由。至於「諸將詠贈」，其所期望者，恐非「非戰」。因為「儒家為國」，當有「《洗兵馬》之道」。

張汝舟的闡發，另闢蹊徑，既新人耳目，且大多信實可徵，值得借鑒。不過，此封書信，既是張汝舟與周邦式就杜詩所作的商討，想必周邦式前後當或呼或應。但遺憾的是，周邦式的信件已無處覓得，故其觀點也無從得知。

〔註66〕蕭滌非主編：《杜甫全集校注》一，北京：人民文學出版社，2014 年 1 月版，第 214 頁。